暮色

于普宏◎著

中国言实出版社

图书在版编目（CIP）数据

暮色 / 于普宏著 . —— 北京：中国言实出版社，2023.1

ISBN 978-7-5171-4174-7

Ⅰ.①暮… Ⅱ.①于… Ⅲ.①长篇小说 – 中国 – 当代
Ⅳ.①I247.5

中国国家版本馆 CIP 数据核字（2023）第 002573 号

暮色

责任编辑：王蕙子
责任校对：王战星

出版发行：中国言实出版社
　　　　　地　址：北京市朝阳区北苑路180号加利大厦5号楼105室
　　　　　邮　编：100101
　　　　　编辑部：北京市海淀区花园路6号院B座6层
　　　　　邮　编：100088
　　　　　电　话：010-64924853（总编室）010-64924716（发行部）
　　　　　网　址：www.zgyscbs.cn 电子邮箱：zgyscbs@263.net

经　　销：新华书店
印　　刷：北京中科印刷有限公司
版　　次：2023年2月第1版　　2023年2月第1次印刷
规　　格：800毫米×1230毫米　　1/32　　9.625印张
字　　数：237千字

定　　价：48.00元
书　　号：ISBN 978-7-5171-4174-7

目录

序幕

有一种非洲摇蚊，其幼虫经干燥后会停止生命活动，遇水又能复活。国际空间站（ISS）进行过实验，100只干燥状态下的幼虫，遇水基本都复活了，部分幼虫变成了蛹或成虫。

这种生命力顽强、双翅目的昆虫，在《人与自然》一档节目中播出过。非洲南部的马拉维湖，每年会出现"摇蚊之雾"的壮观景象，数以亿计的摇蚊盘旋在湖面，远望如一团燃烧的火焰。那美丽的瞬间被早期的探险家误以为湖面上的燃烧物。

每年的雨季，幼虫会从七百米的深处往水面一点点生长。五到十天的繁殖期来临时，一只跟着一只浮出水面，蜕变为成虫。成虫在短暂的一天内，去寻找另一半，然后交配产卵，紧接着死去。

"朝生暮死"是对这种以露水、花露、花粉、蜜汁为食的小生命生动又贴切的概括。它们简单的一生，短暂到连声叹息都没有。

走出飞机舱门，寒风凛冽。我裹紧外套，低着头，混进了人群里。

机场出口，围着一群人，咋咋呼呼的，有拉客的黑车司机、举着旅馆住宿小牌的中年妇女、推着餐车兜卖的商贩。

"去哪？"

"到县城不？"

几个拉客的中年男人围了上来。他们的眼睛露着光，焦急地等着回答。

"跟车不?"一个中年男人跟了上来,目光诚恳。他的年龄应该和我相仿,50岁上下。

我加快脚步,逃离包围圈,跟在他健硕的身后。

"大兄弟,南方人吧?"他的声音浑厚,略带嘶哑。

我没有搭理他,拉开车门就钻了进去,倚坐在靠窗位置上。

男人跳上车,发动了车子,打开了暖气。他转过头,憨笑着对我说:"是到县城吗?"

我只是点了点头。

"你很紧张,很少出远门吧?"男人言笑间,几道深深的皱纹,在额头上一张一合,"你坐会儿,我再去看看,看能不能再拉到客。"

我安静地坐着。中年男人折返了两次,抱怨了两次。天色渐渐暗下来,他终于回到了车上,快快不乐地打开储物箱,掏出几个馒头,分给我一半。啃着干巴巴的馒头,他终于不再言语。

驶进空旷的田野,车子犹如脱缰的野马,飞奔前行。车窗外没有人类的气息,全是自然的风景。暮色降临,晚霞映衬着黑土地,在地平线交汇在一起,颜色也随着时间的流淌,由紫红变成了浅灰。

约莫过了半个钟头,中年男子冷不丁说道:"县城里的旅馆最多五十,你不要多付了。"

他的诚实和热情打动了我。于是,我同他攀谈了起来。然后,他告诉我,他叫杨素志,漠河古城岛人。漠河的旅游业刚起步,他就开始跑车,一干便是二十年,换过三辆车。

他说,钱挣得不多,比较自由,也顾得了家。他有5个孩子,大的中专毕业,分在供电局。小的刚上小学。

"生这么多孩子?"我惊讶道,"不容易!"

"我倒是没啥,就是媳妇遭了罪,瘦得没了个人形。添的几个小犊子没有一个乖的,尤其是老闺女,整宿整宿地哭。"他的兴致看似上来了,"这不,孩子大了,再想想,受过啥苦也值了。对了,你家几个孩子？"

"两个女儿，都在北京读书。"我犹豫了一下，继续说道，"大女儿读美术学院，小女儿今年刚考上服装学院。"

"不错，不错，你有喝不完的酒喽！"

"是的，孩子都大了。"

听完杨素志的话，我开始了短暂的思考：黎若希马上大学毕业，唐糖也快独立了，而我突然没了方向。

"大兄弟，你是旅游还是走亲戚。依我看，又都不像。"

"何以见得？"

"你有心思，不开心。"他说这话时，车刚停了下来。

下了车，我站在"春晖旅馆"的招牌下，四处张望，过往的车辆和行人很少。沿街的欧式商铺，清一色的红墙白瓦，只是亮灯营业的不足半数。

"有事打电话，我认识的人多，景区也熟。"杨素志搬完行李，憨笑着递上名片，"你想包车的话，可以找我，吃住去我家，花费不多。"

旅馆前台，背景墙上，挂着鎏金的铜牌，注明单间80元。我没有讲价，直接付了200押金。

工作人员晃动着钥匙圈，慢悠悠地穿过走廊，将我领上了二楼。他拧开球型锁的同时，也热心提醒，10点试供暖，可以给前台打电话换房。

抛下重重的行李，我洗了个澡，蒙着被子，睡了一觉。醒来时，暖气来了，暖得美美的。

再过了一会儿，窗外响起了由远及近的雨声，忽急忽慢，时而沙沙地洒落，时而噼里啪啦地撞击。

听着嘶吼的风声，我拨通了名片上的号码，对他说，雨下得太大，路会不会不好走。

电话那端，响过一阵嘈杂后，又渐渐清晰了一点。杨素志说他还在楼下，没有离开。

起身，拉开窗帘，我朝楼下张望，隐约见着了他的面包车。于是，我跑到宾馆的前台，多定了一间房，让工作人员打着伞去找他。

没过多久，杨素志敲开了我的门，塞回80块钱，失望地嚷道："我早说过啦！最多50！你花这冤枉钱！"

我没同他争论，轻轻掩门。他闷闷不乐地退后，又猛地垂下头，脚步沉沉地穿过走廊。沉闷的声响消失后，我想起太久没同人交往了，才会对一个陌生人过分热情。

雨下了大半夜，风刮了一整夜。三番两次，我从浅睡中醒来，想起那张憨厚的脸，便忍不住朝窗外瞧一瞧。

天刚刚亮，我决定包下他的车。

敲了敲车窗玻璃，我唤醒熟睡的杨素志。听见声响，他忽然警觉地坐起，蜷在车门边，眯着小眼睛，伸直脖子，目光巡视着。见到我，他立刻放松了下来，再次露出憨厚的笑容。

一听我说想去看漠河的极光，杨素志面露难色："你是信了那些瘪犊子的宣传。再说了，你来的时间也不对。"

听他这么一说我有点失落，忍不住反问："到漠河不看极光，还能干什么？"

"赏雪、滑雪、狗拉雪橇。很快就要下第一场雪啦！"

前往乌苏里浅滩景区。道路两旁极少见到其他树种，只有稀疏有序的白桦树，茫茫没有尽头。

几个钟头过去，人烟依旧稀少，迎面的车辆也屈指可数。直到半山腰的木屋群出现在视野里，又行驶了一段距离，终于见到了环形的江湾。

杨素志打起精神，讲起江湾的成因：乌苏里江绕过湾口时，沉淀下来的淤泥，形成了独特的浅滩生态。大雪过后，积雪覆盖住浅滩，风景才会更美。

到了景区门口，我突然改了主意，不打算进到景区内。

杨素志怎么也不理解，跑了100多公里山路，就是来看一眼的吗？

我耐心向他解释："远远看一眼就够了，这样就不会丧失心中的憧憬与期待。"

他完全没听懂，或许理解了那么一点，才叹了一口气，点了点头。

看见他无奈的眼神，想起他为钱心疼的模样，我心生出愧歉，毕竟当着他的面，又做了件花钱且遭罪的事。

只是他不知道，我是怎样，一步步变成现在的样子。我好想告诉他，有过那么一个人，曾不顾一切地靠近我，然而有一天，她永远停下了脚步，对我说：于溪，距离刚刚好，靠得太近，梦就会醒了。

乌苏里江景区门外，停留了半小时，又折返了回去，前往80公里外的古城村。杨素志说，抄近路的话，会颠得更厉害。我说，没关系。

面包车在砂石路上跳跃着，像一头出没在丛林里的野兽，弄出很大的动静来。

坐在副驾驶位置，我紧握着门把手，扯住座椅垫，发出呜呜的惊叫。时不时，杨素志同我对视一眼，露出坏坏的笑，再宽慰几句："大兄弟，坚持、坚持，等会儿到了，咱干它个几碗高粱烧。"

古城村地处偏僻，交通闭塞。村民普遍不富裕，只能发挥着"靠山吃山，靠水吃水"的理念。他们利用丰富的森林资源，盖房，架桥，竖木栅栏，烧大锅灶。至于水产资源，撒上几网，大马哈鱼、胖头鱼、鳌花、鳇鱼、鲟鱼啥的，轻易就能捕获。

至于当地的习俗，便是赶在大雪封山前，往地窖里储存食物，少则两三个月的食物，多则小半年的食物，基本以白菜和土豆为主。富裕的人家，会宰些鸡鸭鹅挂在院子里的阁楼上。

　　刚停稳车，杨素志就跳了下去。他套了件大褂，钻进小屋，收拾起杂物。他的妻子也忙活起饭菜。他们两口子热火朝天地忙活，留下无所事事的我。不过，享受着远方主人的热情招待，确实挺感动的。

　　围着木栅栏，我来回踱着步。

　　突然，柴垛下面冒出一只大黄狗，抖了抖身上的草屑，一脸谨慎地盯住了我。我蹲下身子，伸了伸懒腰，顺便吓唬吓唬它。眼见败了下风，大黄狗怏怏不快地摇了几下尾巴，扭头迅速跑开了。

　　杨素志往门框上挂厚布帘子，叫我过去帮忙。我站在凳子上，双手提起帘子，贴准门框边。他朝门框上砸进几十颗钉子，以确保布帘子钉得牢固。

　　看着收拾整齐干净的屋子，杨素志拍着大褂上的灰尘，满意地说："天气预报有雪，也不打紧。我给你准备了三床被子，炉子里也添足了木炭。"

　　到了饭点，杨素志妻子端出四大盆菜，红烧杂鱼，红烧土豆，大白菜烧肉，炖鱼汤。杨素志提出桶装的白酒，倒了满满一大碗，推到了我面前。他顺带夸赞了妻子一番，说天上的麻雀都馋他媳妇酿的高粱烧。我端起酒碗，呡了一口。确实是好酒，入喉绵柔，回味香浓。

　　同他们一大家子围坐在炕上，我们有说有笑地吃起了酒菜。

　　"你的头发是染白的吗？"他们家最小的女儿看着我，突然认真地问。

　　杨素志体态宽胖的妻子使了个眼色。小女孩嘟囔着嘴，扒拉了两口饭，离开了饭桌。

　　"一夜白头夸张了点，我确实比同龄人老得快一点。"我不懂缓和尴尬，便诚实地回答。

　　夜幕降临，大雪纷纷落下。远处商店的广告招牌亮着，街道上的人消失了一样，空荡荡的。

　　我点燃香烟，走出门外，走到了村头，走到三岔路口，又停了下来，折返回去。大黄狗正乖乖地躲在柴垛里，露出呼着白气的鼻尖，发出哼哼的抗议声，以表达对突如其来的降温的不满。

　　我也钻进了干净的小屋，盖上厚厚的三层被子，沉沉地睡了过去。

　　外面呼呼的寒风，猛烈地刮着。

　　世上的故事没有结局多好，就像蜡笔小新永远不会长大。时间能否慢一点，再慢一点，我们就不用再告别啦，哆啦A梦也可以永远陪在大雄身边啦。

　　光影颤抖中，传来舒晓的声音："于溪，要是能一直陪在你身边，该多好呀。我不在，你能好好生活吗？"

　　答应过舒晓，我要好好活着，可惜青丝照样变成了白发。那个口含树哨的少年，端坐象牙塔里的青年，倚靠树下的中年人，如烟般消失在了黄昏里，似乎悠悠晃晃打了个盹，阳光不再是昨日的模样。

　　"于溪，有一天，我迷路了，你就不要来找我了。我走了，来生见！"

　　躺在摇椅上，我还在等她。也许哪一天，从昏睡中醒来，她就笑着推开门，然后仰头俏皮地问："于溪！你这么老啦，等得很辛苦吧？"

　　寒冷的深夜，燎壶溢出的水，洒在炉沿上，发出滋啦、滋啦声响。于是，我从半睡中醒来，关上了炉门。

　　再次钻进被窝，早没了睡意，思维又混沌了起来。环顾漆黑的屋子，我又似乎看见那个身影，正躲在角落里，一动不动地注视我。这样的情形很久了。于是，我打开灯，捧出书来读，继续整理着记忆。

　　"于溪，偷偷哭鼻子的样子不帅哦！来世我不会来人间了，也不再同你相爱。"

"你忍受着折磨，也不抱怨我。你给我强大的保护，只会让我心疼。"

"昨晚，如此难过，忍不住就哭了，哭累了就睡着了。"

"我带着自私又无耻的念头，偷偷求了咱俩的缘分，卦象和签都很好，是能走到一起的。"

"于溪，月老是牵错了线，才让你这么苦。这两天想到你，我的眼圈是红的。今生我欠你太多，来生让我有机会偿还的话，我愿一辈子替你诵经祈祷。"

"人没有下辈子，你过好今生，别为我难过。爱太重，背不动，会伤了你……"

村庄记忆

盲诗人荷马去世界各地采风，著下享誉全球的《荷马史诗》。

暮色垂矣的我，本想把一生写成《荷马史诗》那样，既能像歌曲般传唱，又能像诗画般唯美动人。奈何，我不能清楚地表达所思所想，只能絮絮叨叨一番，就如同剥一剥小脚女人的裹脚布。

没有夏花般灿烂的人生阅历，所以写不出惊涛骇浪的场面；亦没有秋叶般静美的从容境界，所以只能道一道简短又迷茫的人生。

江苏北部，上千的村庄，几乎大同小异，地势平坦，水道纵横。其中，有那么一个村庄，四面环绕着肥沃的水田，八方密布着蛛网般的沟渠，中心住着四十多户，一百多口人。

村庄赤脚医生的《出生与死亡人口登记册》，详细地记录着，历年死去和出生的人员名单。建国 70 多年来，村里的人口常年维持在 180 人上下，这些数据像是自然的某种平衡。

村口有一座清朝时期的石桥和两棵百年树龄的槐树。石桥是通往外界的唯一通道，来来往往的人都要经过那座石桥。槐树是村民交流的场所，也是鸦雀的安乐窝。

村里的老老少少，男男女女，捧茶壶的、端饭碗的、织毛衣的、纳鞋底的、杀鱼的、剥毛豆的，聚在老槐树下，聊着张家长李家短的事。

不远万里飞来的鸦雀，落满了树冠，筑起巢窝。雏鸟和成鸟的粪便掉落下来，又滋生起蚊虫。

我经常去槐树下玩耍，要么追打着蚊蝇，要么混迹在人群里，听些牛鬼蛇神的故事，或是村里的风流韵事。

村里的老人最爱讲，半大小子最爱听的，就是《水浒传》里的英雄好汉和《杨家将演义》里的报国忠烈，其次是《鬼狐传》和《三侠五义》。

中年男人和妇女，则乐此不疲地聊些荤段子。他们常常看着半大小子们面红耳赤的样子，乐呵呵地笑个不停。他们甚至同几岁娃娃开玩笑，问孩子的爸妈有没有在床上打架。有人假装咳嗽两声，提醒影响不好。他们则异口同声：没事，娃娃知道啥。

我不是一个普通的娃娃，打小什么都听得明白。唯一不明白的，就是自己到底出生在哪里。据说，村里也没人知道。

也许，正如他们分析的一样，农村人的娱乐就是夜晚多生孩子，同谁生也不重要。或许，很多娃娃都是这样来的。村里的人常常趁爷爷不在的时候，拿我的出生说事。隔壁村的黄花大闺女偷偷生了孩子，扔到了野地里，让谁捡了去。前年有人来咱村找过孩子，听说和我差不多大的年纪。

我去问爷爷。他让我不要相信这些子虚乌有的话，往后别人讲什么，只需捂上耳朵，或者跑开。我只听爷爷的话。村民不取笑我的时候，那些鬼呀、神的故事，听得我无比入迷。

我就是在这样一个村庄长大，也是唯一，在《出生与死亡人口登记册》里，找不到名字的人。

上世纪60年代初，碰上了罕见的自然灾害，老村长挨家挨户动员，鼓励年轻人外出谋生。

村里的大龄单身汉，就这样离开了，南下北上地乞讨。也正是这年，舒晓的继父乞讨至福建霞浦，谋了份"挑海"的活，愣是靠一条扁担，一箩筐一箩筐地挑着海产品，往返于码头和渔市间。十多年的时间，他不光养活了自己，还攒钱买了条小渔船。

1974 年的冬天，雾气沉沉的长江边，年过四旬的男人救下了轻生的女人。女人身份不明，又没有去处。男人见其怀有身孕，好心收留了下来。

女人念及肚子里的孩子，便断了轻生的念头，只是没了去处，又或是，想报答救命之恩，才阴差阳错地留在渔船上。关于这点，我亦无从得知。

男人逃荒十多年，靠卖苦力讨生活，眼瞅着就要打一辈子光棍。突然，遇见个送上门的城里女人，就算怀着遗腹子，也是祖坟上冒了青烟。

这个遗腹子就是舒晓，渔船上的男人是舒晓的继父，轻生跳江的女人便是舒晓的母亲——李文兰，也是我后来称呼的兰姨。

自从兰姨遇见舒晓的继父，便过上了东飘西荡的日子，从来也不下船。确切点说，在他们在回村庄前，在舒晓读书之前，兰姨吃喝拉撒都在船上。

几个月后，初春的暮色下，小渔船穿梭进茫茫的水荡里，舒晓意外出生了。

渔船上没有接生婆，只有老实巴交的男人守着将要临盆的女人。他烧了一锅又一锅的湖水，手忙脚乱地忙活着。女人则躺在船板上，看着消失的红霞，望着远处岸边的灯火，听着四周的蛙声，给自己打气。

用舒晓的话说，是冥冥中有灵性让她出生在一望无际的美景里，正如从贝壳中诞生的维纳斯。

舒晓自诩维纳斯，可惜没有勇气承认神灵并没有眷顾过她，甚至没有给过半点怜悯。童年多半的时光，舒晓同大多渔船上的孩子一样，身上拴着绳子，整日在渔船上度过。

十二米长、两米多宽的渔船，沿着海岸线，追着鱼群，漂过各地水域。渔船停泊一处地方，继父总带上舒晓逛逛当地的集市，购买些生活用品，或是挑选些玩具。

　　舒晓骑在继父的脖子上，走马观花地看过各地的闹市。他们父女走在路上，常被人误认为爷孙俩。碰见有人问起，继父常常笑而不答。若有人追问到底，他才憨厚地说，老来子，老来子。

　　久而久之，舒晓主动替继父回答，他是俺爹，从水里把俺捞上来的。那些个大嫂、大婶笑得合不拢嘴问，哪条河里捞上来这么漂亮的姑娘？

　　初春时分，刚刚孵化的鳗鱼洄游到内河生长发育。渔民大量聚集到长江口，用两根竹竿制成簸箕状的抄网，筛选有"软黄金"之称的鳗鱼苗。

　　那段时间是渔民收入最关键的时刻。每天天色微暗，诱捕鳗鱼苗的灯光一束接着一束打在水面上。小型的渔船安装不了专业的捕捞设备，只能依靠人力操作。但即使没日没夜地劳作，多半也是依靠天气和运气。

　　夏秋两季，渔船停靠在浅水域，然后下网、放笼，捕获鱼蟹，维持开销。

　　冬季的歇渔期，渔民会拖船上岸，修补渔网，添置过冬用品。经济困难点的渔民，则会寻点别的收入。舒晓的继父制作了大量的捕鼠夹，放置在动物必经的路上。夹到的獾子、野兔，留着自己食用；拔毛后的田鼠晒成干出售；取完整张皮的黄鼬，肉腌制起来出售，皮毛晾干后，等待上门收购的商贩。

　　这是个四面临水、人口不多的小自然村。根据地理位置，每家每户编在不同的生产小组。耕地丈量划分好，再由生产小组抓阄。每年各一季的小麦和水稻是村民收入的唯一来源。除去贫穷的一面，这算是一座静美的村庄。每年的大部分时间，村民望着月亮，数着星星，话家长里短。他们相处和睦，没有攀比，过着"往来有白丁，谈笑无鸿儒"的悠闲生活。

村庄大致的形状呈不规则的圆形，中部住户相对密集，越往四周散去住户越稀稀拉拉，再往外围便是宽宽窄窄的水道。

到了舒晓上学的年纪，继父变卖了渔船，又凑了点钱，在村里购置了一处房产。舒晓家急于落脚，没有细细斟酌，才选了一座空置多年的老宅。

追溯起那座老宅的历史，几乎同村口石桥的年头差不多。早在清朝末年，一大户人家花费巨资，雇能人巧匠，花了几年时间建成宅院，然后又购得良田千亩，雇用几十个佃户，才慢慢形成了现在规模的村庄。

到了民国时期，大户人家开始衰落，卖了老宅，举家搬迁走了。新中国成立后，老宅成了集体资产，常年空置着。据村里的老人讲，老宅的风水不好，聚不了财，再大的家业也能败光。村里的孩子从不忌讳风水啥的，经常钻进老宅里玩得不亦乐乎。

老宅的院子里种有几株桃树，年年开花结果，荒废的菜畦地藏着很多蛐蛐，这俨然就是孩子们的天堂。

当别的孩子热衷于偷桃子、抓蛐蛐的时候，我则喜欢趴在院子中央的那口石井上，往里面扔石子，听清脆的"叮咚"回响。

后来听闻，井里死过人，常闹鬼。再次钻进宅院时，孩子们总会远远地绕过石井。可在好奇心的驱使下，我们又从门缝里去窥视老宅的秘密。昏暗的光线下，堂屋角落的柳藤椅上，似乎坐着一个看不见的人，轻轻摇晃着。

当恐惧越发强烈时，我们就往老宅的门窗上贴一些咒符，煞有其事地念些经文。当时，我站在一旁就猜想过，世间是否存在沉睡的幽灵？

时至今日，回想当初胆怯的模样，仍觉得好笑。可这一切，随着那场大火，永远成了记忆，就像经过百年风雨洗刷的老宅，只留下些斑驳的枯萎的色彩，千疮百孔的木门，摇摇欲坠的镂花窗户，支离破碎的琉璃瓦片。

第一次接触

村庄北头共有六户，其中包括了舒晓家和我家。从地理位置来看，村庄北头的北面连着大面积的耕地，东、南、西三面又同村中心隔着河。也就是说，村庄北头自成了一座孤岛，不过互为邻里的几户人家，彼此总有照应，大事小事也会互相帮忙。

舒晓搬进了村庄北头的老宅，便同我成了邻居。两家仅隔一片杂木林，不过树林面积过大，还是相距很远。

十岁那年，初见八岁的舒晓。她穿着蓝色的背心，灰色的大裤衩，脖子上套着硕大的银项圈，从上到下的肤色呈棕色还透着油亮，若没有一束卷发扎成的马尾，很难看出是个女孩。

那日，舒晓站在烈日炎炎的院子里，手里拿着竹蜻蜓，笑盈盈地问我，能不能一起玩。

我扒住门框，怯生生地问，你们家真的什么都有吗？逮鱼的，捕老鼠的，网麻雀的东西。她立刻转身，一溜烟跑回家，背来一捆崭新的尼龙丝线，又从皱巴巴的裤袋里，摸出一把浮漂和竹梭。

她摆弄着眼前的东西，咧开缺了两颗门牙的嘴，哧哧笑着说，你这个傻子，我们家捕什么老鼠呀，是夹黄鼠狼啦，肉可以吃，皮可以卖钱。可我不能让你玩，那夹子危险，不如织一张网，既能张鸟，也能网鱼。

舒晓席地而坐，织起了大网。从她手里划过的雪白的丝线，变成了一寸寸菱形的网。她像纳鞋底的村妇一样认真，时不时地挲点卷发上的油脂。

花了几天时间，我们织好了大网。爷爷不同意我们去河里捕鱼。舒晓闷闷不乐地跑进了杂木林，把网支在了树林里。一连几天，我们捕获了不少鸟雀，布谷鸟、云雀、柳莺，还有许多叫不出名字的鸟。

舒晓对男孩子们的活动也感兴趣，比如去湖堤摘苍耳，逮天牛；田垄间挖猪草，灌田鼠；树上采槐花，掏鸟窝。

舒晓的继父时常也会送些小动物，交与我们饲养。

一天，舒晓提着一只奄奄一息的野兔，语气平淡地说，兔子快死了。没等我来得及难过，她便三两下扒掉了兔皮，然后生起火堆，烤上了兔肉，最后将兔皮缝制成手套送给我。我问她不难过吗？她摇了摇头说，一点不难过。

两个世界里的孩子，很快变得无话不谈，总会聊些古怪的话题。

"于溪，你的爸爸妈妈呢？"

"我有很多爸爸妈妈。"我思考了一会儿回答道，"我还不知道，他们谁是真的。"

"你这个傻子！"舒晓傻呵呵地笑个不停。

"你什么时候知道，他不是你的亲爸？"

"他喜欢喝酒，喝醉了经常讲，会对我比亲生女儿还好。可他没有孩子。"

这几句简单的对白，后来变成了秘密，埋在了心底。只是偶尔想想，还会没来由地痛苦。

舒晓跟着渔船四处漂泊，又少与人交往，便染了狂野之气。村里的人经常议论她，是个早熟的小大人，疯疯癫癫的丫头，天不怕地不怕的假小子。她偷偷跑来诉苦，说村里的长舌妇啥都不懂，只晓得生孩子，也不知道下那么多崽崽干嘛，还比不上养大了就能吃的猪崽。

我嘲笑她傻，动物才能吃，人又不是动物。

舒晓困惑地说，能跑能游的动物，都能吃该多好。但继父又说，生出感情的动物也不能吃。从前，她在渔船上养过一只猫，又肥又大的猫。突然有一天，她想把猫煮了吃，继父却不让，说即使猫死了，也要把它埋起来。

显然，舒晓同小动物无法建立感情，倒是同我建立起了友情。她传授我各种抓鱼的本领，徒手从泥洞里掏进去，尖叫着摸出黄鳝，又或是用烧红的针弯成鱼钩，再挂上饭粒，放到绿油油的水草间，吸引着无知的鳑鲏。

我认真地学习，也仔细观察鱼的死亡过程：刚刚离水的鱼蹦跶得厉害，鳃盖一张一翕地寻找氧气，很快就张大了嘴，一动也不动弹。最后，带有血丝的黏液从鳃盖里流出，薄薄的白衣覆盖住原本黑亮的眼睛……

当时，我并不理解死亡，但又好像明白生命的意义，比如飞舞的萤火虫，指引着夜行人；小草花很大力气，一直想长成大树。孩子抓鱼和捕鸟，是满足自己的乐趣。

二十世纪七十年代末期，村民在庵堂的墙上刷上几块黑板，摆了十几张桌椅，便把散养的孩子赶了进去。从此，村里有了第一所学校。

村办小学共有四个年级。六十多岁的白胡子校长负责教语文，四十多岁矮胖的代课老师负责教数学。全村十五岁以下的孩子，不分男女，全部挤在两间教室里。一年级和三年级在一个教室，二年级和四年级在另一个教室。

舒晓挎着书包入学的模样，是我最难忘的，也是至今脑海里所剩不多的印记：她淡黄色的鬈发，松松地垂了下来，遮挡了脸颊，盖过了脖子。头顶中间扎着马尾，显得十分精神。她细长油亮的脖子上套着一只银项圈，明晃晃的。项圈上挂一块半圆形的长命锁，银色中透着黑。她的肩膀上斜挎着一只发黄的枕套裁剪的书包，书包上面还绣了一对彩色的鸳鸯。她的上身穿着蓝白条纹的水手汗衫，松垮的汗衫盖到了大腿根部的位置。她的下身穿着棕灰色的裤衩，肥大的裤衩正好遮过膝盖。裤衩上面还有几个洞，大小同膝盖下方的伤痂差不多，蚊虫叮咬后的紫色伤痂，形如小一圈的硬币。

矮胖的数学老师领着舒晓，站到讲台上，让她做一番自我介绍。舒晓低着头，摸着项圈，憋红了脸，就是一声不吭。

她胆怯的模样惹得课堂上响起阵阵哄笑。结果，她拎起书包，冲出了教室。

再等老师追了出去，舒晓早跑得没影。过了一下午，她采了一把野花，大摇大摆地走进教室。那段时间，她到处乱跑，好像教室只是歇脚的地方。

一个下雨天，舒晓又消失不见了，任凭全校师生冒雨呼喊、寻找，就是不见她的踪影。

要不是大风刮倒了教室后面的草垛，谁也不会想到她藏在里面。原来舒晓钻进了草垛，挖出宽敞的隧洞来，再用秸秆堵住洞口，使其恢复原样，让人怎么也看不出来。

舒晓就是这么调皮，乐意呆在自己的世界里。不过，她心中的世界不大，小到一个草垛而已。她经常回忆，那时无忧无虑，又惶恐不安，就像舒舒服服蛰伏起来的冬虫，盼望着飞雪迎春，大地重回生机；又怕燕飞鸟惊，衔一树枝，捅进自己的小窝。

正是那个下雨天，我见到了兰姨。她穿着奇怪的衣服，同画报上的女人一样，露出胳膊和腿。她身材高挑，齐腰的长发像海藻般散乱；她深邃的大眼睛上，覆盖着乌黑浓密的睫毛；鹅蛋形的脸泛着冰冷和苍白。

兰姨步态款款地走近舒晓，抡起胳膊，重重扇了一巴掌。舒晓从地上爬起来，抹了抹脸上的雨水，露出雪白的牙齿，羞涩地笑了笑，然后踉跄着身子，跟在蓝姨身后，消失在大雨中。

那个大雨滂沱的傍晚，我看见了一颗幼小的心灵，正懵懵懂懂地接纳这个不完美的世界。起初，矮胖的数学老师想磨掉舒晓的野性，经常用竹尺抽她手心，罚她站着听课。舒晓受再多惩罚，也就是流几滴眼泪，马上又能笑着做出鬼脸。

慢慢地，老师们对舒晓古怪的行为司空见惯了，又发现她成绩优异，便睁一只眼闭一只眼。

80 年代，苏北农村，有经济能力的盖起了瓦房，没经济能力的依然住着土坯房。

土坯房就成了贫穷的代名词，它不但湿气重，通风差，舒适性也低。那时的孩子哪里懂这些，他们觉得土坯房好处多了去了，比如自然形成的墙体裂纹，会呈现出生动的图案：山峦起伏的景，活蹦乱跳的动物，惟妙惟肖的人物。除此之外，柔暖的墙体适合野蜂筑巢。每当春天来临，成群结队的野蜂，闹哄哄地盘旋在四周。几天的工夫，大大小小，密密麻麻的小洞布满了墙体。

小伙伴们揣着玻璃瓶，拿着草秆或树枝，去捅蜂洞。蛰了满脸包，挤一挤，涂上点唾沫，又继续工作。在连连惊呼声中，野蜂一只接一只地钻进瓶中。小伙伴们晃动着瓶子，炫耀着自己的战利品，然后手舞足蹈地跑向野地。

三四月份，田垄上、沟渠边，野花到处盛开，有阿拉伯婆婆纳、救荒野豌豆、蛇含委陵菜、看麦娘、无心菜、鹅肠菜、宝盖草。

小伙伴们将采来的野花，小心翼翼地摘去花瓣，把花蕊丢进瓶中，然后趴在草地上，目不转睛地盯着瓶中的野蜂，恨不得马上酿出蜜来。

可惜，野蜂总活不过当晚。第二天，小伙伴们又去捉，就这样日复一日，直到花儿凋谢了，蜂群搬走了，夏日来临了。

那些小伙伴中，舒晓是最会玩，也是疯到最晚的一个。另外，她还特别喜欢粘着我，从南跟到北，从地下追到树上，跟着我一起吃饭，一起写作业。慢慢地，我发现她似乎不乐意回家，总要等着继父来接，才肯回家。

每天傍晚，舒晓继父载着满满一船"7"字形黄鳝笼，去滩涂上，沟渠里，水田里，挖坑放笼。他干完手头上的活，常常到了月亮高挂的深夜。

不管多晚多累，他总会开开心心地接舒晓回家。偶尔回来得早，他碰见我们在打闹，上前揪一揪小伙伴的耳朵说："你们这群小子，不许欺负咱家丫头！不然，甭指望我带小螃蟹、小乌龟啥的。"

一群傻小子呵呵地笑起来，然后呆呆看着憨厚的男人，一个比一个点头快。

舒晓继父是捞鱼摸虾的能手，也是孩子心目中的大英雄。他经常捉些小动物，哄孩子们开心。只是有一天，孩子们再也见不到他了……

爷爷经常叹息：寒冬腊月的，咋就冒出个大仙来，挨家挨户地晃悠，一会儿黄雀看牌，一会儿摇龟钱。也不知道是假大仙，还是真骗子，搞得满村风雨。殊不知，人畜各有命，儿孙自有福。

据村里的人说，那年的冬天比过年还热闹，烧香拜佛请大仙，杀猪宰羊做法事。舒晓继父也请到大仙，恭恭敬敬地伺候上。大仙吃饱喝足后，在他家做了一场法事。结果钱花了，法事做了，人却是没了。

舒晓继父出事的那天，正赶上他家的小麦脱粒。邻里全上了打谷场，去打工帮忙。

中午歇工时，舒晓继父心情好，多喝了几杯酒。上工后，打谷机高速运转，添麦穗，耙秸秆，装麦粒，一系列环节需要人工紧密配合。

每个人专注于自己的环节，无暇顾及舒晓继父的不适。即使他腿脚一晃，栽倒在地。一同干活的人也没当一回事，以为他只是喝醉了。谁会想到一个身体结实、正值壮年的男人会出什么事。有人察觉不对劲时，他已经含糊不清，说不出话来了，没过多久，便不省人事。

后来，村里传出邪乎的谣言："山根折断"的凶兆应在了舒晓身上。大仙碍于舒晓继父的跪求，又同情年幼的孩子，才完成了那场续命的法事。

那场逆天而为的法事，废了大仙的双眼，耗尽了继父的阳寿，才续得舒晓的命。再后来，还传出其他版本的谣言。有人说，舒晓继父杀过太多黄鼠狼，惹怒了黄大仙，才导致大仙现身。也有人说，是老宅的阴气太重，各路孤魂野鬼吸走了舒晓继父的阳气。

谣言的伤害不是最致命的，而是继父的离世让舒晓失去了保护，让她的生活发生了天翻地覆的变化。继父是家里的顶梁柱，也是家里经济的来源。兰姨放不下城里人的身段。即便日子过得越来越拮据，她的十指也沾不了阳春水。兰姨脾气极为暴躁，遇上点不如意，就往舒晓身上发泄。

退学后，舒晓不是呆在家里做家务，就是在田里干农活。她慢慢疏远了许多玩伴，也不能随心所欲地陪我玩耍。不知哪个时刻起，我也一下子长大了，同舒晓一起提前告别了童年。短暂、快乐又恍惚的童年，就那样永远地留在了记忆里，时而想起，依旧美好。

春风拂面，白昼如画，柳絮漫天。我们折下柔软的柳条，编织成花环，再插上野花，然后跑过大片大片的油菜花田，最后气喘吁吁地坐在独木桥上，看着脚下清澈的河水发呆。

夏日炎炎，蛙声阵阵，夜光如水。我们溜出家门，藏进茂盛的草地里，捕捉行动迟缓的萤火虫，再将它们塞进瓶子，然后借着绿莹莹的光，捉青蛙，逮黄鳝，折腾几个小时，也能收获不少。

　　秋色沉沉，云淡风轻，麦浪缓缓。我们趟过河流，潜入飘香的果园，饱尝成熟的瓜果，再装一点回家，分享给其他伙伴。舒晓每看到我光着屁股渡河的模样，总要羞红着脸，笑弯下腰。

　　冬天还有许多趣事，只是时间飞快流逝，只是要说再见了！再见了童年！再见了长不大的我们！

最好的选择

历经多次教育改革，国家逐步推行义务教育，修建了大量的新校舍。接受教育的儿童、少年数量呈几何倍数递增，相配套的教学设施也如雨后春笋般冒出来。

五年级升初中的统考中，舒晓取得各科满分的成绩。然而，她出乎意料地告诉我，不愿再读书了，因为上了初中还要考中专，甚至还要读大学。

老师替她惋惜，三番两次找过兰姨。得到的答案永远只有一个：读书有什么用，早点嫁人才好。

乡里建好了教学楼：雪白的墙壁，崭新的桌子，宽敞明亮的教室。一年四季可以安心学习，再不会担心寒冬和酷暑，然而这一切已经同舒晓无关。她已经选择了另一条路，漆黑的还是敞亮的，只有自己心里清楚。

县郊外的养鸡场，距乡里有40多里路。在这里，舒晓过起了全新的生活。后来，她常常回忆说，在养鸡场的时光是最快乐的。虽然早起晚睡，日子过得清苦，但是那里的每个人都喜欢她，也格外照顾她。

舒晓经常请假来看望我。镇上的小面馆，5毛钱的馄饨，管饱的汤汁，已算改善了伙食。

我细细地吃着馄饨，听着鸡场里发生的趣事：鼠灾频发的季节，鸡场损失惨重。舒晓制作了大量的捕鼠夹，准确判断出鼠群的活动规律，从此打掉了它们的嚣张气焰。针对屠宰工人误伤手指的情况，她还发明了铁手套，从而降低了事故率。为此，她没少得到单位的奖励。

从她眉飞色舞的神情可以看出，舒晓过上了向往的生活。对比她的生活，我倒是没有任何变化，就连身体也发育得迟缓。直到读了高中，我的个子才高挑了些，模样也俊了些。这时班主任担心着早恋的问题，反复强调其危害，尤其对从农村走出来的学生，喜欢沿用"寒门生贵子，白屋出公卿"的古训。

班主任再怎样的耳提面命，也没能杜绝男生频吹口哨、女生私递情书的乱象。正值荷尔蒙泛滥的青春期，我也偷偷暗恋着英语老师。

一个月色朦胧的夜晚，满是油菜花的湖堤上，我忍不住同舒晓诉说，如何心神不宁地暗恋着老师。

舒晓出乎意料地冷静。她看着我，耐心地说："于溪，我和你一样，正经历着身体的变化，但是没人告诉你这些。《曼娜回忆录》里有答案，你可以去借一借手抄本。至于你说暗恋自己的老师，我想你更多的是想了解女人的身体。"

我羞红了脸，不知回答，摸着发烫的耳朵，尴尬看着她。舒晓像慈爱的母亲，满眼温柔地抚摸我的脸。我看着那双美得无以复加的眼睛，一点一点地凑近那张漂亮的脸蛋，轻轻地触碰到了那对柔软的唇。

舒晓清了清嗓子，嗫嚅着嘴唇，没有开口。

我紧张地问："怎么了？"

"正在变嗓音呢。"舒晓微闭起双眼。

隔着衣服，我抚摸她结实的乳房。舒晓轻轻地推开我，她光洁的脸庞同月光交融在一起，洁白无瑕，细腻如玉。

万籁寂静的菜花丛中，偶尔传来的一两声虫鸣，很快又随着暮色流淌走了。天空的朦胧的月亮，时隐时现。挂在黑色油布上的星星，交头接耳地诉些什么。

舒晓告诉我，她想学裁缝，然后到大城市上班。我说，以后出人头地了，也去大城市生活，一辈子照顾她。

1993 年的夏天，广洋湖乡举行重大的庆典。村口的老槐树上挂起了"撤乡建镇"的横幅，村庄小店的墙体上刷上了大大的石灰字，铺天盖地宣传这个大喜讯。

沉湎在庆典的喜悦，许多村民憧憬起未来。此时年迈的爷爷正在老去，出现机能衰退的症状。听力、视力下降，到了影响正常交流的地步；偶尔还出现意识模糊，嘴里不停地唠叨，你啥时候长大？啥时候娶老婆生孩子？

同年 8 月份，北京人文大学寄来了录取通知书。爷爷捧着通知书，流着泪说，我在等你娶妻生子呢！

爷爷去村里开了介绍信，又陪着我去信用合作社申请助学贷款。我们递交完申请资料，接下来等批复就行。

就在我为学费来回奔走时，儿时的玩伴吴国富出乎意料地汇来200 元的款，附加超酷的留言：上海很大，带你转转！

国富听说我考进了大学，替我送来了祝福。邮局签字时，我突然想起，几年来，隐约等待的消息，自然而然地来了。

听闻过上海的繁华，我梦想着见见，于是搭上长途班车，迫切地奔向上海。

炫酷的"雅马哈"颤颤作响。国富拉紧油门，掀起翻滚的声浪，算是打了招呼，然后载着我，按着清脆的喇叭，驶进热闹的人民广场，兜了一圈又一圈，最后在别人"小赤佬"的骂声里，扬长离去。

淮海路的西餐厅，国富教我规范使用刀叉，但又厌恶地往水杯里吐口水。他的神情异样，让我羞红了脸。国富不以为然地笑了笑。

他的笑容依旧憨厚，模样也比从前帅气了很多。我再静观了一下，发现他卷卷的头发下面，隐约藏着一道暗红色的新伤疤。

街旁的发廊亮着粉红色的霓虹灯。

"你以前来过？"我装得很洒脱，笑着问道。

"和老板来过几次。"他颇为得意地说，"我们的地盘，很安全。"

"我们还是回去吧？"我心中不快地央求他。

"来了，就进去嘛！"国富突然急了，擦了擦额头上的汗，执意拖我进去。

那一刻，我再也找不回曾经腼腆的国富。也无法继续装得老于世故，于是，扭头就走。

弄堂的石阶上，我坐着生气：国富再不是那个憨憨的好人，也不再是我崇拜的孩子王。他就是智商低下、多次留级、被学校提前开除的问题学生。

时间过了很久，傻大个还没追上来，这显然让我更难过。当吵闹的音乐声伴随着轰鸣的摩托车声，越来越近时，我心里终于舒坦许多，因为国富还是在乎我的。

"上来吧。"国富冷冷地说，"和你在一起真没劲！"

我惊讶地看了他一眼说："这种事，你该找女朋友想办法！"

一路上，国富再没搭理我。我想起他的女朋友来，并为她感到愤愤不平。

晚上，国富留下我一人，独自出去了。

躺在床上，半睡半醒地做了很多梦，我感觉自己被隔离了，心里无比的空荡。国富还是我的玩伴吗？难道他们家成了有钱人，便再瞧不起我们这些乡下人了？

我不愿相信这是真的，希望他还是从前我认识的国富：爬上树冠，轻易掏到鸟窝；游进荷塘，轻松摘回莲蓬；指着飞翔的蜻蜓，让一群孩子齐呼它为"直升机"。

雨季里，他领着一群孩子，堵上沟渠，舀光里面的水，捡拾遍地的鲫鱼、鲤鱼、鲶鱼、乌鱼。

深夜时分，两个年轻的女孩搀扶着国富，回到了公寓。

"你也别闷骚了，这两个女孩，你先挑一个吧？"国富搭住我的肩膀，口齿不清地说。

我默默给国富倒了杯冷水。他见我不搭理他，灌完整杯水，搂着微胖的女孩进了房间。

女人优美的弧线和翘起的白臀，从门缝里看得清清楚楚。我从沙发上起身，关上未掩好的门。

卫生间里传来阵阵呕吐声。过了很久，女孩洗完澡走了出来，半躺在沙发上，目光迷离地看着我说："你喜欢我化的妆吗？"

女孩撩起乌黑的长发，露出小巧雪白的耳朵。她仰起苍白的脸看着我，长发像海藻般铺洒下来。我瞅见她眼角上未洗净的眼底，像略显滑稽的小丑妆。

"你可以叫我伶霜。大家都这么叫我。"

伶霜毫不避讳地谈及自己。她的生活里出现过无数的男人，只是再也记不起名字。她15岁谈恋爱，有过刻骨铭心的记忆。18岁那年开始，靠陌生的男人养活。

我看着她，安静地听她倾诉。伶霜的眼睛很迷人，大而明亮。

"你这样看着我，一定很心疼，对吗？"

我点了点头，让她早点休息。

伶霜从沙发上支起身，将我扑在身下。

我闻见她嘴里的烟味，立刻皱起了眉头。她突然歇斯底里哭了起来，让我很尴尬。

国富赤裸着身子从房间跑出来。他看着捂住脸哭泣的伶霜，不满地嘀咕了一句："伶霜也是朋友。"

我按耐住气愤，白了他一眼。

房间里传来另一个女人声音："发生什么事了？"

我轻轻抓住伶霜的手。她仍在哽咽着，声音模糊。

国富走后，我将伶霜搂在怀里。她仰面微笑地躺在我的臂弯，睫毛上的泪珠晶莹剔透。

我打开电视。伶霜又去卫生间吐了两次，其间喝了两杯牛奶。

"我一直很难受。他说不要我了，看不起我挣的钱。"伶霜闭上眼睛，抚摸着我的胸膛，"今晚呆在你怀里可好？"

"我就要离开了。"

"嗯，我不会纠缠你的。"她睁开眼，露出意味深长的微笑，"我们只是陌生人。"

我点了点头，继续观看午夜剧场，直到伶霜沉沉地睡了。

国富像懒散的狗，白天蜷缩在家里，晚上穿戴整齐，人模狗样地出门，深夜又醉醺醺回来。

他几次撵走上门讨租的房东，又继续着混沌的日子。

同国富告别的那天晚上，他已经连续两天没出门，坐在电视机前，同我观看活塞与开拓者的比赛。

经验丰富的伊赛亚—托马斯赢到了阵阵喝彩。最终，活塞以4:1的绝对优势完胜开拓者。电视机散发的荧光下，国富露出了灿烂的笑容。

那场比赛结束，我们喝完了两箱啤酒。国富看着满桌散落的空酒瓶，沉默了良久。他目光凄然地注视着我，然后低下头抽泣起来。这是他的另一面，也是我唯一见过的一次。

国富揣着香烟，起身去了卫生间。接着，卫生间里传来阵阵咳嗽声，然后是哗哗的水流声。国富推开门时，眼里已经充满了血与火。

清晨六点刚过，阳光透进了屋，无疑又是炎热的一天。

国富留下一张便笺，便不见了踪影。便笺上留有短短两行字：

天地不仁，以万物为刍狗。命苦不要怨政府！

他留了厚厚一沓钱，是我见过最多的一次。我坐在公寓里，边看电视边等他回来。

早间新闻开始，我又胡乱切换了些频道，直到电视里出现检修的地球图。

又一天过去了，国富依旧没有回来。我躺着，坐着，来回走着。时间好像故意走得缓慢，秒针拖了重重的尾巴，停止在密闭的空间里。

在漫长的等待中，我竟抽起了香烟，来抚慰空虚的灵魂。当烟缓慢地进入肺里，起初会咳嗽、流鼻涕，但最终还是战胜了昏沉沉的不适。稍微清醒点，我又忍不住猜想国富的处境，重新痛苦不已。

两天后，国富的父母着急慌忙地找到公寓。十多年过去了，他们变得苍老了许多。两人憔悴的脸上，已经生出了密密麻麻的老人斑，让我联想起常年不见阳光、染上白斑病的树叶。

"国富说接你来上海玩，上午留了一封信就走了。我们特意来找你，看你能不能帮帮忙找找。这个孩子没有一天让人省心过。"

"叔叔、阿姨，你们不要急。"我撕下便笺，从抽屉里取出那叠厚厚的钱，交到他们的手里，"钱也是他留下的。"

"我担心他想不开。"阿姨眼圈一红，放声大哭起来。

"这个孩子不孝顺，成天在外面惹事。"叔叔皱起眉头，几道深深的皱纹缠在了一起。他清了清嘶哑的喉咙说，"前段时间跑到外地收账，差点让人砍掉了脑袋。没有他妈照顾，浑小子早就死了。"

"我们老两口子省吃俭用，想攒钱替他讨个老婆。"阿姨插上话来，"哪知道他不争气，给你这么大一笔钱，平时连口吃的都舍不得买给我们。"

"叔叔阿姨，先找到人吧！"我有点不耐烦。

"哪，这钱我们先保管起来，以后娶媳妇要花钱。"

"嗯，钱，你们收好。房东要把房子收走，我们收拾一下，赶紧搬走吧。"我看着神情沮丧的二老，实在想不出宽慰他们的办法。

控江街道的临终医院，只收留时日不多的病人。国富的父母在这里做护工，帮助病人有尊严地迎接死亡。

上百间病房，上千个床位，躺着满满的病人。每天上午，工作人员拉走咽气的，送殡仪馆；再拉进些新人，输上液，连上监护仪，静待死亡的降临。

临终医院里的护工，每人负责20多个病人，听见病人哼哼，就得上前接屎接尿，动作稍慢，就得换洗病服、床单。

遇到特殊照顾的病人，护工不但端屎端尿，还要干些擦洗身子的活。一天下来，基本累得够呛，说话都很费力。

村里谣传，摩登上海，十里洋场，遍地黄金。只是没人明白，"上海遍地黄金"的传说，是上流阶层颇为得意的调侃。

国富的父母怀揣着梦想，生活在不见阳光的臭气熏天的地方，十多年如一日地干着底层的工作，不过图那碎银几两。

医院二楼的杂物间，是我的临时住处，紧临病房，听得见痛苦的哀号声，尤其到了深夜，成片的哀号声让我辗转难眠。

坚持了几天，依然没有国富的消息，我便萌生了退意，再不敢回那阴森森的让人毛骨悚然的地方。

在上海停留了一段时间，我又返回了农村。

由于台风经过，给广洋湖镇带来了强降雨。我冒着雨从车站出来，一步一滑地走在田间的小路上，再次闻见了熟悉的气息：流淌的风声，碰撞的雨声，呱呱的蛙声……

来过几场降雨，杂木林瞬间热闹了，密集的夏蝉，鸣吟不绝于耳；形状各异的花草，钻出了潮湿的地面；五颜六色的毛毛虫，聚上枝头议论纷纷。

在离开之前，我爬上高高的树桠，仰望露白的天空，远眺一望无际的湖荡，俯瞰茂密的灌木丛，环顾安静的村落。那一刻，杂木林犹如沉睡的处子，呈现出静美的面容，甚至没有华丽的词语来形容。

天空泛蓝，阳光倾洒，万物苏醒。潮湿的树林云烟氤氲，这是全新的一天。

远处传来"咯咯"的笑声，犹如清脆和美的韵律。一个模糊又洁白的身影正在穿过杂木林，缓缓向我靠近。她像鱼一样浮现，裹着洁白的羽纱。我惊讶于她的美，仔细端详着，一分一秒停不下来。

舒晓圆润的脸蛋像琥珀细腻，齐刷刷的刘海粘上了露水，紧紧地贴在眉端。

我控制呼吸，但管不住乱跳的心。谁都没有开口，气氛异常尴尬。

太阳升高，树叶间洒落的光线，斜过她的刘海，照在嫩滑的肩上。舒晓低下头，脸上露出害羞的潮红，紧接着她又微闭上了双眼，直到红晕渐渐退去。

"你走了这么久，爷爷挺担心你的。"舒晓拉起肩头的羽纱，语气中带着责备。

"计划一个礼拜的。"我抬起头，偷偷瞥了她一眼，"国富留我多住了几天。"

"村里在议论，国富骗人去做销售。爷爷整天吵着要把你找回来。"

我不禁打了寒颤，脑海有股不祥的预感。

"国富混得挺好的吧？"舒晓好奇地问道，"隔壁村王婶的女儿也在上海上班，一个月竟能拿四百块的工资。"

"国富骑上摩托车了，日子过得甭提多潇洒了。"我嘴上搪塞舒晓，心里其实还是挺担心国富的。

"于溪，我也要去上海了。他们都说上海的钱好挣。"舒晓睁大着眼睛，直勾勾地看着我，脸上写满了憧憬。

"钱肯定好挣。"我没有让她失望，语气肯定地回答，"只是钱会让人迷失心智。"

"迷失心智？你真能想！"舒晓哈哈大笑，"先解决温饱，再迷失也不晚。"

舒晓拉着我的手，走出了杂木林。一阵风吹来，簌簌而落的水滴打在身上，舒晓露出幸福的笑容，而我隐约担心着什么。

国富想让我见世面，免得遭人嘲笑。他也如愿了。我见识了炫酷拉风的摩托车，直插云霄的摩天楼，灯火璀璨的十里洋场，还有自由随性的夜生活。

信用社批下了助学贷款，每年200元，共计四年。村里又开出了贫困证明，据说能争取到学校的贫困补助。

爷爷听到这接二连三的好消息后，眉头上的愁云倏地不见了。一连几天，他容光焕发地挨家串门，又或是去野地里溜达。

每次出门，他总背上背篓，割些上好的柳条回来，然后从掰去外皮的柳条中挑出没有瑕疵的柳藤，晒成半干，最后编织成轻便的行李箱。他满意地看着自己的作品，又雕刻上"喜得连科"的图案，再抹上桐油晾干。

舒晓也送了我礼物。她带着裁衣的皮尺，围着我捣鼓了一番。几天时间，便做出了蓝白相间的格子衫。

临走那天，爷爷早早地起床，替我收拾好行李。他又从箱底翻出捋得整齐的钱，缝进了我贴身的衣服里。

路上，爷爷挑着行李，哼着小曲，碰见熟人，便得意洋洋地说："孩子要去北京读大学，这不，我来送送。"

走了快一半的路程，舒晓意想不到地追上了我们。她满脸通红，弯着腰，喘着粗气："你们走……也不吭一声。"

"丫头，路远，怕你累着。"爷爷赶紧解释道。

舒晓累坏的样子，怕是一路小跑着过来的。于是，我们停下休息。爷爷取了只茶缸，顺着湖堤滑了下去，舀上清澈的湖水。

舒晓接过茶缸，仰起脖子，大口喝了起来。

爷爷着急地说："丫头，慢点喝，喝慢点。"

看着她上下蠕动的雪白的脖子，站在一旁的我偷偷笑了起来。

"丫头，出汗了没？"爷爷关切地问。

舒晓摇了摇头。

从行李箱翻了件衣服，爷爷递给了舒晓："把它穿上，得出出汗！白露啦，往下别穿这么少了。"

湖面上刮来的风，确有阵阵凉意。

"这件针织衫挺好看的。"舒晓理了理衣领，高兴地说道，"怎么从来没见你穿过？"

"国富送的。我挺喜欢的，就带了回来。"

"国富怎样啦？"

"他应该挺好的。"我酸楚了起来，"我会给他写信的。"

爷爷挑着行李，步伐缓慢地走在前头。舒晓拉着我的手，不断放慢着脚步，故意落在后面。

她傻呼呼地盯着我看，时不时地低头傻笑。我喜欢她的笑容，如同喜欢纯洁的百合，处处散发着爱情的味道。

湖畔的白杨遮天蔽日，狭窄的林荫小道蜿蜒曲折。平日没有尽头的路突然变短了。绕过几座村庄，渡过一条河，再走了一段柏油路，就到达了镇上。

晌午时分，在车站附近的面馆，饱饱地吃完汤面，也到了首发车的时间。我坐到最后排的位置，看着神情凝重的爷爷，依依不舍的舒晓，红砖灰瓦的村落，同眼前熟悉又陌生的故乡告别。

说来很奇怪，我竟然没有太多的眷念和依依不舍。即将逃离贫穷的故乡，反而隐约觉得兴奋；想到身躯佝偻的爷爷和满脸幸福的舒晓，又隐约有点闷闷不乐。

有人会觉得我冷血，没有眷恋地离开了。是的，现在回想，都因看似远离的贫穷，深深扎根在心底。

谁能摆脱掉乡愁，哪怕各种痛苦的呈现：落后的医疗卫生，粪便污染的河流，数量庞大的病毒、细菌、寄生虫，营养不良的面孔，孱弱多病的躯体。

这里出生的孩子，活着就是第一课，面对病疮，排血自愈；对付肠道的寄生虫，灌进苦涩的槐根汁；遭到铁钉刺伤、猫狗咬伤，只用清水洗洗。比起各种讲究的处理方法，花钱远比伤痛来得难受。

1993 年秋，舒晓和我的生活悄然发生了变化。北京、上海，相隔 1000 多公里的繁华都市，各自开始了全新的生活。

走进安静的象牙塔，我进入了一片全新的天地。经人介绍，舒晓去了上海的服装厂。除了维持基本生活，舒晓还要给我寄生活费。

她夜以继日地加班，换来的钱，小心翼翼地藏在信件里。我经常趁宿舍没人时，读着她写来的字体歪歪扭扭的信，然后情不自禁地流泪。

于溪：

这里有许多同龄的女孩，各自做着不一样的梦。虽然嘻嘻闹闹，我却和她们说不上话。

每天我过得很充实，有着自己的快乐，清晨，我会抓紧时间读点书，晚上，常常要加班，还要洗洗弄弄，便没有时间读书。

刚刚出版的《平凡的世界》，你有空也去读一读。路遥先生描绘的农村生活，就像是在写咱老家，无比生动。

只是孙少平吃了太多苦啦！咱们同他比起来，不算什么啦！你整天到晚想着退学的事，多少让我心酸呢！你那么努力考进大学，是多少人羡慕的事，要是半途而废，最对不起的是你自己！

你当下的任务就是好好读书，将来才不会吃没文化的苦。至于我，一切都好，切勿挂念！

舒晓

1993 年 9 月 4 日

同舒晓分开的日子，我无比地想念她，并把浓浓的思念付诸笔端：

思念一个人，好比登高望月。近，仿佛触手可及；远，却在天涯之外。

思念一个人，又好比镜花水月。镜水之中，是幻化的美；镜水之外，是迷离的泪。

思念一个人，是闺阁里的守候。是珠帘外的期盼；是青鸟不停挥动的翅膀；是尺鱼上下拨动的双鳍。

如今，再回忆起来，很多的画面早没了色彩。舒晓怜楚的笑脸，晶莹的眼眸，让时间一层一层地剥去了颜色，仅留下了凸显的黑与白。

寂寞相拥

同年9月，十一届亚运会临近，北京全城都热闹了起来，在街头巷尾悬挂条幅，组织学生义务劳动，规范市民的礼仪。

人人参与支持亚运时，舒晓打来电话问我，能否陪她去趟福建。我欣然答应了下来，约好各自乘车，前往福州火车站汇合。

水稻收割的季节，火车由北向南行驶。窗外满是金灿灿的秋色，田间堆放的垛子，远远望去，幻似中世纪平原上的城堡。大片晚熟的水稻，经由微风吹拂，掀起层层浪花。

福州火车站汇合后，我们又转乘汽车，到达永泰县城。一路上，我在猜想，舒晓是想去继父生活过的渔村，或是探望福建的亲戚。

舒晓仍不愿谈及自己的身世，只说是一场简单的旅行。

"于溪，你就别问了。我只想散散心而已。"

"你外公外婆不是福州本地人吗？"我继续问。

"我从没见过外婆。据说外婆闹离婚，没能遂她愿，就扯了一匹红布，悬梁自尽了。"舒晓言语漠然，仿佛在说别人的事，"我只见过外公一面。他和一般的老人不一样呢！长须白发、瘦骨嶙峋的样子，躺在酸臭的病房里。他用力抓住我的手，说我不该到这世上，是我毁了他女儿……"

"没有其他亲戚吗？"

"外公死了，家里也就没人了。"

"……"

于傍晚时分，我们抵达了有着"人间仙境，云顶之巅"之称的青云山山脚下。

入住旅社时，碰见一名骑行中国的女孩，名叫夏雨。两年前，夏雨从哈尔滨骑单车出发，饱览蒙古大草原后，又穿过戈壁，翻过天山，到达布达拉宫，然后途经云南、贵州、湖南、江西，现在又到了福建。

那个皮肤黝黑、略显瘦弱的女孩，给我们带来了视听盛宴，赢得了我们的赞叹。

舒晓听得两眼冒光，连连称赞："夏雨姐，你真了不起！六月飞雪的天山，该有多美！"

舒晓提出结伴同行，却遭到了夏雨的婉言拒绝。因为自选线路登山，夏雨担心有迷路危险，所以不能答应同行。

回到房间，舒晓躺在床上，久久不能入睡。

"于溪，你说她孤单吗？两年的时间，行走在路上。"

"生命都会有终点，夏雨选择了自己喜欢的方式到达终点。"

"于溪，你咋回事？20岁的年纪，谈什么生命终点。"她突然训斥了两句，"如果哪一天，我也到处跑，只为了更好地活。"

"……"

第二天清晨，同夏雨告别，我们沿着开凿的山路登山。

山路两旁，高大的栎树在山风的吹拂下，发出"哗哗"的声响。巴掌大的树叶落在山涧的溪流，俨然变成了一条条游动的鱼。

舒晓一蹦一跳地走在前面，肩头的挎包也有节奏地摆动。她看见路边奇花异草，要驻足观赏；遇见树林里窜出来的松鼠，会兴奋得尖叫；听见山谷里鸟鸣声，她也要高吟低唱地附和两声。

舒晓走走停停，时隐时现，像捉迷藏一般。见我落下了，她便回头给一个鼓励的微笑。

几个小时，背包变得越来越沉，我忍不住抱怨，徒步登山的主意真愚蠢。舒晓仍哼着轻快的小曲，一副精力旺盛的样子。

又过了几个小时，我们走了一半不到的路程。暮色开始降临，袅袅的雾气充盈着山谷，估摸离住宿的山顶还有20公里。

"搭车吧？六点的末班车快到了。"我看着正沿着盘山公路向上爬行的旅游巴士，心中燃起了希望。

"我没走累呢！"舒晓坐在路崖边上，捏着脚说。

"我担心住宿的问题。这荒山野岭的。"

"住宿的问题，我自有办法。"

"你能有什么办法？"我不满地看着她，"雾气又大，地面又潮湿，不知道有多少蜈蚣、蝎子会冒出来。难不成，我们要爬到树上过夜？"

"这主意挺不错，正好咱俩会爬树。"舒晓抬起头，狡黠地笑了起来，"没准还能抓点蜈蚣、蝎子。"

从山脚下驶过来的末班车，稳稳当当地停了下来。舒晓没有理会司机的好意，三言两语把司机打发走了。

于是，我卸下背包，瘫坐在岩石上，快快不乐地说："我背不了这几十斤的包，也走不了几十里的山路。"

舒晓夺走背包，扭头就走。我回过神，她已经走远。

我追上去，搭了几次话。她没有理我。

"你笑什么？"我瞥见她嘴角上露出的一丝笑容。

"笑你没责任心。"舒晓转过身，凑近我的脸说。

"谁说我没责任心了？！"

"从现在起，你不能当乌龟了。"她把背包重新塞给我，"你得像我一样，跑得比兔子还快！"

说完，舒晓撒腿跑开了，消失在浓雾里。我迈着灌了铅的腿，一步步追赶她。

山谷上空的圆月在雾气遮蔽下，仅剩下一团模糊的光亮。舒晓快速躲闪的身影，同我始终保持二三十米远的距离。

突然，舒晓把我领进通往山坡的小路。远处的山坡上，有座亮着昏暗灯光的房子。

"你来过这里？怎么不早点告诉我。"

"我不敢确定。八岁那年，继父带我来过。他不让我告诉妈妈。"

"十多年过去了，你还能记得路。"

"你难道没察觉，我有过目不忘的本领。"

舒晓一脸认真地看着我。我将信将疑地点了点头。

我们沿着小路，约莫又走了半个钟头，终于来到山坡上的小屋。

石基、土墙、茅草顶的小屋，又矮又破旧。一扇单开竹门从里面拴住了。屋里的灯光从竹篾间的缝隙漏出来。

舒晓敲了半天门。屋里终于传来低低的回应。一位身形佝偻的老阿婆打开了门，歪着脖子惊诧地看着我们。

阿婆约莫 70 岁上下，满头银发，耳朵似乎也不太灵。

"婆婆，你记不起我啦？"舒晓特意提高了嗓门。

阿婆愣了一会儿，又突然乐了起来："你变啦！女娃家越大越好看。阿爸怎样啦？"

"他去世了。"舒晓想起了什么，突然停顿了一会儿，"从这里离开后，没过两年就走了。"

"阿爸是好人呐！"阿婆抓住舒晓的手说，"进来吧。"

我们受到了热情的款待。阿婆进了灶房，刷锅下米。拒绝了我们的帮忙后，她步履蹒跚地跑进菜园，摘回新鲜的蔬菜。她围着锅灶，忙上忙下，端出几道香气诱人的菜。

"你们先吃菜。我去灶膛添点火，粥还要再熬熬。"

阿婆又去了厨房。我急不可耐地享受起来。

"阿婆真热情！"我嘴里塞着满满菜，支吾了一句。

"那是自然。因为我长得漂亮，婆婆看着喜欢。"

我扑哧笑了起来，差点没喷出来。

舒晓夹了块炒鸡蛋，塞到我嘴里，然后瞪着眼睛说："瞧你那傻样，婆婆还以为我领着个傻子呢。"

嬉闹间，阿婆切好了泡菜，同热腾腾的小米粥一起端上了桌。她笑盈盈地看了我们一会儿，然后扶着桌沿，挺直腰杆，挨着舒晓坐下。

"窦么秧，女腮碟了愣？"

我傻愣愣地看着阿婆，完全没听明白意思。

舒晓会心一笑，然后翻译道："婆婆问你哪里人？"

"哦，哦……江苏人……"我赶忙点头，用普通话大声说，"阿婆！我和舒晓同村，扬州人。"

阿婆接连又冒出方言，同我词不达意地交流很久。舒晓翻译得吃力，也渐渐失去了耐心，打断了我："于溪，你呆在家里，我要和婆婆去洗温泉。"

没等我回答，舒晓便搀着阿婆走出了门。闲来无事，我也走出屋子。深山的夜晚，昆虫藏于密林，借着雾纱的掩护，鸣叫得格外欢腾。

夜色渐深，雾气渐浓，凉意来袭。我折返了回去。此时，花斑狗正从竹门的缝隙往里钻。我抓住花斑狗的尾巴，想把它拖出去。花斑狗不满我的行为，眦起牙，低沉地咆哮个不停。无奈之下，我往墙角的狗盘里，倒了点剩粥进去。

堂屋的藤椅上，我侧卧在上面，眯眼看着花斑狗舔食。过了很久，舒晓依然没回来，我便睡着了。

"这么快睡着啦？"舒晓把我从睡梦中摇醒。

我揉了揉眼睛，看着她湿漉漉的长发，模糊地应了一声。

"温泉可舒服了，柿子也熟了，洗洗就能吃。"

"我困了。"我翻过身，舒展了一下酸痛的身子，重新闭上了眼睛。

舒晓见我不理睬，继续摇晃着我。她见没辙，干脆扒开我的眼皮："那感觉太美妙了！泉水冒着热气。四面八方的虫叫声，萦绕在耳边，抬头可见大大的月亮。"

舒晓俯近过来，几乎贴近了我的嘴。闻见她身上淡淡的清香，我立刻停止了遐想，将目光落在了她的脸上。

阿婆铺好了床，已经唤了两声。

"我陪婆婆聊会儿。"舒晓诡谲地笑了起来，"你到隔壁睡吧，别再想入非非了。"

"我？想入非非？"

"是的，冒着绿光的眼睛哪来的？"

"你说的是它吧？"我指了指着蜷在墙角边的花斑狗。

"盲流！"舒晓倏地起身，扬长而去。

花斑狗承担了"盲流"的罪名，让我洋洋得意了一会。转念，又想起她性感的身段，似乎很难入睡。

于是，我搬上藤椅，进入阿婆的房间，加入了她们的谈话。三个人的房间里，几乎是她俩闲聊。

阿婆取下脖子上亮闪闪的珍珠项链，帮舒晓戴上："这串项链，从娘家带来的，快戴了一辈子了。"

舒晓摩挲着滚圆又硕大的珍珠，仔细端详了一番，突然惊叹道："这种是上等的海水珍珠！我不能要！"

一再的坚持下，阿婆看着舒晓戴上了项链，露出了满意的笑容。然后，她又打开床头上的木箱，从里面取出相框，捧在手里。

我起身，凑上前去，瞧了瞧。朱红边框、玻璃面的大相框，里面只有一张五寸大小的黑白全家福。相片上，中年夫妇端坐在长凳上，两个穿中山装的少年站在后排。相片似乎有了些年头，略微发黄的凹凸形的花边，印染了岁月的痕迹。不过，相片保存得完好。

"阿婆，你好福气！"我终于插上了话。

"老头子走了，儿子也搬去了县城。如今，连个说话的人都没有。"阿婆记起了许多往事，神情也恍惚了起来，"做人呐，谁不是求个心安。老头子算是好人吧，可他到底还是做错了事。这么多年过去了，家里再没安生过……"

阿婆痛苦地摇了摇头。

"婆婆，你别难过了。"舒晓轻轻搭住阿婆的肩膀，言语哽咽地去安慰她，"会好起来的。"

我躺回藤椅，眯上眼睛，再也不敢吭声。我成了一名观众，坐在台下，听着遥远的别人的故事。至今，提笔、回想，思绪仍旧混乱不堪，醒或者不醒，就像做了一场不真实的梦。

"这些年，给孙女治病，日子过得一天不如一天。"婆婆抹了抹眼泪说，"挺水的姑娘，浑身上下愣是没有一块好皮子。"

"要不说，人就是有命数，自从大儿子干了那件事后，什么坏事、怪事全赶上趟了。"

阿婆同舒晓躺进了被窝，有一句没一句地聊着。她们聊得十分投入，几乎忘记了我的存在。

她们聊天的那会儿，我没有插话，睡醒了两次，迷迷糊糊中，听见嘤嘤啜泣声、开怀大笑声。

差不多过了很久很久，舒晓再次推醒了我。我以为自己做着梦，稍微清醒一点，才伸了伸懒腰，走出了屋外，靠着墙角撒尿。

东边升起的月亮，悬挂在当空。屋外的虫鸣声，断断续续，也不再完整。昏沉沉的脑袋冒出很多疑问，自己在哪？天是不是快亮了？

现如今，回想起的一些片段，拼接在一起，再添加一些情节，没准能交代清楚阿婆的身世。

阿婆生在旧社会，16岁出嫁，育有两子。二十世纪六七十年代，全国物资匮乏，大儿子看着全家吃糠咽野菜，便铤而走险，去黑市干起了"投机倒把"。

阿婆的丈夫为了给大儿子筹钱，挪用了供销社的公款。东窗事发后，爷俩双双入狱。

出事以后，她的小儿子忙前忙后地去捞人。不幸的是，在去省城的路上，遭遇了车祸。

阿婆的丈夫得知儿子出车祸的消息，突发脑溢血，进了医院抢救。在他弥留之际，唯一放心不下的是，小儿子留下的一对孤儿寡母。

几年后，她的大儿子出狱，娶了自己的弟媳。从此，一个家庭不再安宁。

简短叙说完阿婆的一生。其实，我也有过疑问：她的大儿子出于什么原因娶了自己的弟媳？他是不是认为，如果自己不"投机倒把"，就不会被捕入狱，自己的弟弟也不会因车祸去世，自己的父亲也不会病死在医院，自己的侄女也会有人照顾？

可是，这些还重要吗？谁家没本难念的经。舒晓真是个奇怪的女孩，听着别人的故事，伤心难过地流着自己的泪。

清晨醒来，阳光缓缓流进，照到"盲流"金黄的毛上。它趴在地上，一动不动，看来是同我比赖床的本事。

见"盲流"纹丝不动，而且鼾声不断，我没了信心同它继续较劲。当肚皮咕咕地叫了一遍又一遍，我终于提前认了输，跑到灶房里寻吃的。

灶台上留着一碟泡菜，大锅里还剩了些米粥。不知是自己饿极了，还是泡菜风味独特。我站在灶台边，就着爽口的泡菜，连喝了三大碗粥。吃完还不忘回味，泡菜不光口感嫩滑，酸甜正恰到好处。

吃罢早饭，我想到"盲流"，又给它喂了些米粥。然后，我们一起腆着肚子出门。

一路上，"盲流"不停地往我腿上蹭。见它耳鬓厮磨般的热乎劲，我又想起昨晚它是怎样凶神恶煞对待我的。

"盲流"领着我，沿着小路，绕过小溪，穿过松树林，到达了视野开阔的山丘。

山丘上种植有大片的果园，还散落着几座破落的房屋。据阿婆讲，山民们基本搬去了县城，只有她自己在此寡居了多年，靠着十几亩果园的收入，补贴给儿子，给孙女治病。

阿婆精心打理着果园，才有眼前硕果满枝的景象。刚刚成熟的芦柑，压弯了枝头，散发着淡淡的清香。

舒晓正站在人字梯上，娴熟地剪着果子。我远远地叫唤了一声。她转过头看了一眼，然后从梯子上滑了下来。

"今天不爬山了吗？"我开门见山地问。

"你爬得动吗？"舒晓反问了一句，然后脱下外套，擦了擦脸上的汗珠，"反正，我是走不动了。"

"可以坐车呀。"

这时，阿婆步伐缓慢地走了过来，掰开手中的芦柑，给了舒晓和我一人一半。

我伸手接过芦柑时，竟被舒晓抢了过去。她全部塞进了嘴里，支吾着："呜，呜，甭给他……"

我尴尬地看着阿婆，想寻求点帮助。谁知阿婆着急地说了一通我依然听不懂的话。我只能按照自己的理解继续补上阿婆的对白。

"你们歇着吧，走了不少的路。"阿婆关切地说，"我上菜地，回去给你们做饭。"

"婆婆，我一点都不累。"舒晓叫嚷起来，然后指着我说，"只是我带来的壮劳力，好像不听使唤呢！"

舒晓说完，调皮地朝阿婆使了使眼色。阿婆笑得脸上的皱纹全起来了，而且呵喽呵喽个不停。

"于溪，这几筐芦柑，你背到公路边。"舒晓指着地上的箩筐说，"这点力气总该有吧？"

"下午，果行会来人，打果过磅，他们一把包了。"阿婆立刻阻拦道，"现在是头产，量不大，花不了几个钟头。"

阿婆这样一说，我算是松了口气。先不说，一大箩筐的芦柑少说有六七十斤，光从果林走到公路，至少也有好几百米远的距离。

"你留下来剪芦柑吧。我和婆婆回去做饭。"

我点了点头，算是妥协了。不过，我仍是一头雾水，说好一起爬山旅行的呢。

"你得教我一下才行吧？"

"简单。"舒晓从箩筐里随手捡起一只芦柑，"橙黄、橙红的，才可以剪。"

爬上人字梯，我试摘了几只。舒晓赞赏地点点头。她也并没有丢下我，而是同我一起，在林间忙碌。

午饭过后，果行里来了一群人，帮忙一起采摘。

抬筐过磅时，我听见两个大婶在小声地议论。

"那个标致的丫头会不会是老太婆的孙女？"

"不像，我见过她的孙女，长了白癜风，哪像这丫头水汪汪的。"

"我听说，老太婆还有个孙女呐……"

"咳，咳……"

果行的人走了之后，阿婆数了数到手的钱，脸上露出了喜悦的笑容。

傍晚时分，舒晓同阿婆忙起了晚餐。大山里才有的灰灰菜、山竹笋、地木耳、折耳根，像是变魔术似的，成了一道道美味的佳肴。

几天前，阿婆托人从山下捎的猪肉，浸在油里，本打算慢慢食用，因为我们的到来，结果全拿出来了。因为招待我们，阿婆还特意宰了正在下蛋的鸡，这让我特别感动。

又一天的清晨，天刚蒙蒙亮，突如其来的大雨造访了山林，汇成线条的雨顺着屋顶上的茅草流了下来，奏出美妙的旋律。

舒晓站在屋檐下，凝望着远处朦胧的山峦。她优美的静态的身影，恰到好处地映入我眼帘。

我重新回味起刚醒的梦：亦幻亦真的密林深处，我泡在舒适的温泉里，拍打着水中的月影，悠然自得地哼唱着小曲。突然，舒晓出现在视野中，飞速朝我奔来，边笑边脱光了衣服，跳进荡漾的碧波里。她钻出水面时，莹莹的水珠挂满了肌肤。

那一刻，我急切地想要触及她的灵魂。突然，舒晓意味深长地一笑，倏地又钻进了水底，只剩下水面上晃动的残碎的胴体。

从梦中醒来，屋内昏暗，屋外大雨滂沱，舒晓站在屋檐下，背对着我，一动不动。眼见着大雨浇灭了继续爬山的热情。不过，那个雨雾蒙蒙的清晨，幻化成了甜蜜的回忆，也算是弥补了一些遗憾。

"没有登顶，难免会有遗憾呢。"

"记忆深刻的感受，多少都带有遗憾。"舒晓回过神来，安慰我，"从明天起，做一个幸福的人。喂马、劈柴，周游世界。从明天起，关心粮食和蔬菜。我有一所房子，面朝大海，春暖花开……"

"是那个卧轨的诗人写的吧？"我反复回忆这首耳熟能详的诗歌，"他叫什么名字来着？"

"查海生。要是真有一座房子，像海子说的那样，面朝大海，春暖花开……"

"你有没有去看医生？"我停顿了一下，然后加重了语气，"专治痴心妄想症的。"

"于溪，难道你不害怕吗？"

"我害怕什么？"

"一种感觉吧，就是大脑突然静止了，时间却在飞快地走，好像全世界再和你无关。你大概不记得了，我经常翘课，躺在草地上，闻着花香入睡；要么独自坐在木桥上，望着河水发呆。清醒过来时，太阳就要落山了。这种感觉真让人上瘾，好像能忘记所有烦恼呢！"

"你安静的样子吓到我了。"我从舒晓描绘的意境里挣脱出来，"你真是天赋异禀啊！像是当作家的料。"

"你紧张什么？"舒晓捧腹大笑起来，"我一直在读书呀！"

"……"

此次旅行的终点是阿婆的小屋。虽然留了点遗憾，但独处的机会，让感情得到了升华，也坚定了厮守终生的想法。

时间的治愈

1994年春节，家家户户置办着年货，好不热闹。腊月二十八，我意外收到舒晓的来信。信中说，她不回来过年，留在工厂加班，能拿三倍的工资。

"死丫头，翅膀硬了，家也不回了。"兰姨诉苦了好一阵子，"她以为挣点钱，就了不起了。我还不是攒着，将来替她置办嫁妆。"

时间就这么过去了。我以各科优秀的成绩，顺利告别了大一。我写信告诉爷爷，拿了奖学金。另外，想留在北京打暑期工。

簋街附近，应聘餐厅工资不高的服务员，按6毛钱每小时结算，我对此还算满意，毕竟管了吃住。

工作后没多久，我就收到了舒晓的来信。

于溪：

你拿到奖学金，爷爷高兴坏了。信，爷爷让我念了一遍又一遍。

听说你在做暑期工，不能回家后，爷爷是天天念叨你。他嘴上虽不说，但我看得出来他心里难过。

这么久，没给你写信，是我一直没有想好怎么告诉你。我离开上海，在家休养了一段时间。今年开春，突然就累垮了，整个人打不起精神，总觉得觉不够睡。

医生说我脸色黄，多半是疲劳引起的。他们具体也没查出什么毛病，建议我休养一段时间。

我想自己也不会有什么大毛病，应该是经常加班，透支了身体。

于溪，说句你不爱听的话。爷爷最近总说自己日子不多了，想着能见见你。

你要是走得开的话，还是回来看看我们吧。我也想你了！

舒晓

1994 年 7 月

读完舒晓的来信，我心里隐约多了点担忧，一想起老态龙钟的爷爷，就担心他活不久。很快那份担忧变成了现实。

回村没过多久，村长上门通知，爷爷的《农村五保供养证书》发放了，去镇政府签字领取即可。

爷爷听到这个消息，自然乐坏了。自从丧失劳动力后，他年年盼望政府能帮上一把。他经常唠叨，就剩两个愿望，一是能领到国家的困难补助，二是能看到我娶妻生子。

那天一大早，爷爷穿得干干净净，格外高兴地出门了。傍晚时分，他担回一壶油和一桶酒，又下厨做了碗毛豆烧鲫鱼。

我们爷俩搬着桌子，坐到河边的柳荫下，一边纳凉一边吃饭。村口的大喇叭里，传来《丰收歌》的欢快旋律。

爷爷替我倒了一碗酒，然后意味深长地说："你赶快把这碗酒喝了，壮壮胆子，有什么话才能讲出来。"

"你又催我！"

"你赵伯他们说，我很快就能享福了。如今，国家的福是享到了，就不知道能不能享你的福。"

我嘻嘻哈哈地说："过两年，再过两年，我把你接到城里。"

"今年，你就把那丫头娶了，省得夜长梦多。"爷爷脸色一沉，用几乎命令的口吻说，"那丫头里里外外是把好手。结了婚，安生过日子就行，别老是城里，城里的，我不稀罕！"

舒晓是个好女孩。个性要强，也特别能干。她辍学以后，也没少帮衬咱家。

"爷爷，我们商量好了，等她身体养好了，她就到北京上班。"我冷静又坚定地回答，"我们打算在北京结婚，到时候，接你们去喝喜酒。"

爷爷听后，酒一杯接一杯地猛喝。我从未见他那样开心过。他的脸乐成了一朵花，浑浊的眼睛变得透亮起来，嘴里还不断地重复着，好，好，真好，就怕日子不多了。

我仍然嘻嘻哈哈地说，他能活很久很久。爷爷听完，眼里突然流出泪来，然后便慢慢地睡了，永远离开了我。

村里派人送来了《死亡医学证明》，随后告知我，秋收过后，重新分田时，爷爷的口分田要交归生产队。那一刻，我觉得有人要推开我似的，一点一点地割断我同这座村庄的联系。

花了很多天，我才明白爷爷已经走了。他这么一走，我终于没了归宿，猛然间，竟也释怀了。

在屋里，浑浑噩噩地躺了一段时间，断断续续地读了几本书。清醒过来时，连书的名字都记不清了。又花了几天时间，重温了一遍《东周列国志》，记住了"烽火戏诸侯"的故事。

天黑的时候，下了一场雨。风掀起窗户上的塑料纸，雨水便顺着缝隙流了进来。

窝在昏暗的屋里，我看着干脆发黄的窗纸，屋顶渗下的雨水，墙壁上剥落的石灰，心里在想，这大概就是贫穷吧。

舒晓一声不吭地坐在床边，等我开口说话。

我在黑暗里辗转反侧，只剩下无奈的叹息。

从前，我们坐在湖堤上，一起读《白蛇传》，并相信世间有轮回的爱情。那段形影不离的日子，永远定格在了过往的画面上。舒晓还会是同我前世约定的那个女孩吗？那一刻，我不愿多想，心里也只有恐惧的挥之不去的贫穷。

"于溪，你想休学，我不拦你。"舒晓鼓起勇气看着我，"可你整天赖在家里，也不去学校办手续……"

"我不想读书了。"我委屈地流下泪来，"我想好了，去城里打工。爷爷希望我早点娶你。"

"你身体单薄，一看就是拿笔杆子的命。"舒晓幸福地笑了，像朵纯洁的百合，"我也想好了，你娶不娶我都没关系，只要你好好地生活。"

"……"

舒晓跟着裁缝做学徒后，前后花了几年时间，设计出一百多款服装。她拿出厚厚的设计简图，一张张翻开给我看。

她自信满满地说："等去了北京，想找一家赏识我的公司，没准还能多赚点钱。"

那些时尚又潮流的图纸，对我一个门外汉来讲，并不能欣赏它的独特之处，但看着那一叠厚厚的稿纸，足以证明她这些年所付出的心血。

在舒晓的劝说下，我重新回到了学校。之后的生活没有太多变化，除了躲在图书馆安静读书，不知疲倦地投稿，以换取点生活费。

系辅导员替我谋了份兼职，在学校活动中心归置器械和售卖酒水饮料。尽管报酬较低，但我还是答应了下来。

活动中心开放日，各类沙龙角远不及舞厅受欢迎，特别是晚上，舞厅爆满。不同系院的学生，挤在舞池中央，听着蜜意浓浓的曲子，互诉着衷肠。

我站在吧台后面，见证了许许多多相爱相离的恋人。只是，他们都与我无关。我依然笑迎顾客，空暇时写写文字。那般喧闹的生活，也符合心意，有酒，有音乐，还能写作。

文大素以红叶出名，尤其深秋的红叶美不胜收。雾气缭绕的校园，枫树下的情侣，瓣瓣飘落的红叶，辉映成美丽的风景。

站在宿舍的阳台，听着情侣们的爽朗的笑声，我想起了远在家乡的舒晓，心里泛莫名的酸楚。

时常，我从睡梦中醒来，灌进大杯凉水，坐到阳台上抽烟。偶尔，室友唐明辉也会醒来，走上阳台上，拍拍我的肩膀，然后讲述莫扎特的《安魂曲》，鲍勃·迪伦的《Blowin' in the wind》。

"那堵高墙，正把我们的生活划出一道长长的口子。"我站在阳台上，指着漆黑的夜空对唐明辉说，"未踏校门时，我就觊觎这块净土，想呆上十年八年，直到把喜欢的书读完。"

"于溪，我也是这样想的，进了这扇门，整天想着早点出去，见见外面更广阔的天地。没准等教育改革了，会有修一年的课程，也会有修十年的课程，满足不同人的需求。"

可惜，这只是两个怪异人的想法，可是谁又说得准呢，没准将来的一天，真会实现这样的教育模式。

唐明辉是唯一能读懂我寂寞的室友。他的嗓音能迸出片片愁绪，也能夹杂着细碎的喧闹。

就这样，一个20出头、额头几道粗糙皱纹、整日郁郁寡欢的男生，同我成了无话不谈的朋友。

唐明辉偶尔同我吹嘘，他是用脑过度，患上神经衰弱，才错过了北大。

我不以为然，文大才是他最好的归宿，不然可遇不上陪他吃酸白菜的铁友。

至今，唐明辉刚到文大报到的情形，仍让我记忆犹新。他扛着大大的蛇皮袋，气喘吁吁走进宿舍，然后从蛇皮袋里掏出十几个玻璃罐，整整齐齐地摆在书桌上。

接下来，我陪他吃了几个月的酸白菜。

11月上旬，正值学校运动会。宿管处通知我到楼下接人。

宿舍楼下，舒晓翘着腿，坐在旅行箱上。她见到我时，倏地站起身，露出灿烂的笑容。

"门卫很凶，不让我上楼。"舒晓抱怨道。

宿管大妈登记完信息，又宣读了《宿舍管理制度》里的"六项注意，八项规定"，才同意放行。

宿舍里，唐明辉正在练习吉他。他硬是把舒缓抒情的《风之诗》，弹奏成了哀号阵阵的丧曲。

唐明辉猛然抬头见到了舒晓，惊得差点掉了下巴。夺命的弦声，也戛然而止。

"大叔，你继续！"舒晓自来熟地朝唐明辉喊话，"不要命的话！"

唐明辉没有理解舒晓的话外音，继续厚着脸皮继续弹起了《月亮代表我的心》。

舒晓随意参观了下宿舍。我得意地告诉她，别的宿舍臭烘烘的，唯独这里例外。当然，获此殊荣的正是弹吉他的那位。但凡陌生人进来过，他便会把旮旮旯旯擦个遍。

舒晓露出诧异的表情，哼唧了一声："哪，他真是个怪人。"

舒晓翻看着我的书桌，然后想起什么。她打开行李箱，拿出一盒明信片递给我。我随意抽出几张，念着封面上的摘句。

"于溪，你也是怪人呢！科班出身，擅长写作，偏偏不喜欢回我的信。几天前，我在西单新华书店，看中这套《火の鳥》明信片。心想你把它写完，我们差不多也该结婚了。"

当即，我便坐在书桌上，临场发挥写了一首词：

莺飞草长，残阳垂柳欣园路。久不见，断思肠，登高楼沐春霖。

雨过，韶光明媚，轻烟淡薄和风暖。及目远，山峦处，万里长空云过。

思忆，独坐空阁，忆一次次相逢。

回顾昨夜，泪湿巾，沉默无语。

愁生，花朝日夕，胃苦长日难度。思媚容，辗转无眠，听钟声，滴答算重逢。

相萦，空有万般思绪，争睹故地倾城。

鸿雁传书，四个字：如此牵情！

"残阳垂柳欣园路，是在写你的校园吗？"舒晓爱不释手拿起明信片问，"于溪，你天马行空的想象力造就了你的才华。"

舒晓大大赞赏了我一番，让我有点飘飘然。

下午5点，带舒晓去食堂吃饭，点了两个下饭的蔬菜，又多加了两道荤菜，招待远道而来的她。

"那不是你的室友吗？刚才弹吉他的大叔。"

我回过头，看见唐明辉坐在后排的桌上，埋头扒拉着碗里的饭。

"不理他，他故意躲着我们。这家伙平日里害羞，见着女孩更说不出话来。"

"他也蛮可怜的。除了样貌老了点，其他条件还不错呢。他学会了弹吉他，多少能交点桃花运吧？"

"他向来运气不差。"我憋住了笑，"他连续两次吃到过蚯蚓。学校后勤部甚至下达了通知，整治食堂，而且给了那小子半个月白吃白喝的特权。他可是我们建校以来，运气最佳的学生。"

舒晓半信半疑地看着我。因为我提起饭菜里有蚯蚓的事，两人没了食欲。

傍晚，我换上舒晓裁做的羽绒背心，同她走进阵阵寒意的欣园。许久以来，我钟情于富有诗情画意的欣园，只是平日里，谈情说爱的情侣较多，因此很少去。

亭台水榭，青石路，木栈道，石拱桥，点缀出欣园的美。当然，欣园的美绝少不了水的灵气。

紧邻黑汉岭和永定河的文大，一脉相承了山水的灵性。《水经注》曾记载，金元两代帝王耽迷其山光水色，銮舆而来，驻跸不去。

官厅水库修建以后，下游的水量更加充盈，形成了广阔的湿地。于是才有了，欣园飞鸟群舞的景观。

我们误入茂密的竹林，碰巧遇见正在亲热的情侣。看着眼前尴尬的场面，舒晓一动不动地傻站住。不得已，那对尴尬的情侣，落荒而逃。

穿过竹林，又撞见几对卿卿我我的情侣。舒晓便没有了兴致，提出回去的念头。

"怎么有种误入花丛的感觉。"舒晓不怀好意地笑了笑，然后低低吟起李清照的词，"争渡，争渡，惊起一滩鸥鹭！"

"是有种打扰别人的感觉。"

"莺莺燕燕，还真是宁静的世界呢。高墙外面却是另一种生活。同样是女孩，还真是有着天壤之别。"

我问："你是说自己吗？"

"倒也不是。刚来北京时，在黑车上碰见过的女孩。她的五官精致，皮肤雪白，衣服脏兮兮的。女孩央求司机带她去开宾馆。黑车司机没有同意，估计是嫌她脏。你真的想不到。身无分文的女孩，身处陌生的城市，叫天天不应、叫地地不灵的情形。"

"我能想象到。"我握住舒晓攥紧的拳头，心疼地说，"你是心疼她吧？"

"我是心疼她。谁的孩子不是爹妈生的。如果不是我也上了那辆黑车，真不知道会有什么后果。"舒晓平复了心情继续说，"更气愤的是，黑车司机把我们拉到天桥底下，像卖猪仔似的叫嚷：'这有个女人，谁要？'结果，围上来一群人，眼睛直勾勾地看着我。他们一听说，是那个女孩，都摇了摇头走开了。"

"后来呢？"

"后来，我在招待所开了一间房，买了车票，把女孩送走了。"

我忍不住感叹："还真是不一样的世界！"

"今天逛了这么一圈，感触颇多，是不是我们一直生活在不同的世界？"舒晓从悲伤中缓过神来，"这些年来，我一直努力变得优秀，只想多靠近你一点。可是到头来，即使我们生活在同一座城市，望着同一片天空，但我那里下着雨，你这里却没有。"

"你来北京多久了？"

"两个月了。"

"怎么不早点告诉我？"我忍不住责备她，"肯定吃了不少苦头。"

"现在不是告诉你了吗。正好全部安顿了下来。明天就去簋街的烤鸭店上班。"

"你不是想找份服装设计的工作吗？"

"没学历，工作不好找。"她的脸上泛起酸楚，"在一家小服装厂呆过一个多月。后来老板想打我主意，就辞职不干了。"

"可惜了你的服装设计。"

"没什么可惜的，总会遇到赏识我的人。"舒晓深深地叹了口气，像是很失望，突然，她又想起什么问我，"你和国富没联系上吗？"

我摇了摇头说："我想写信给他，却不知道寄到哪里。"

"他妈妈去世了，喝了农药，躺在门板上七天。那个没良心的国富，始终没出现。"

"……"

舒晓避重就轻地说了些国富家的近况，听闻后，我还是觉得很难过。

舒晓在篦街烤鸭店上班，住东内小街的集体宿舍。

东内小街距文大 70 多公里。坐小巴到水屯批发市场，45 分钟车程；水屯到德胜门之间有 30 多公里路，即便最快的公交也需要 1 小时 20 分钟；德胜门离东内小街就近了，只有 5 公里左右的路程。

每次约会，舒晓都会算准时间，提前等在德胜门的公交站台。由于路途遥远，往返需要 5 个小时左右，相聚的时间短得只剩下一晃晃。

于是，我们每次都会计划好逛书店、吃小吃的时间和地点。可即便再提前做好安排，我有时还是会错过末班车。那时，我们为了节省住宿的费用，就在公园里过夜。

篦街附近的南馆公园，有一座大大的荷塘。一年四季，荷塘里的水都是满的。夏天纳凉、冬天溜冰的人特多。

南馆公园的夏夜，纳凉的人或坐桥栏上抽烟攀谈；或仰长椅上摇扇休息，有的甚至自带凉席卧地睡觉。

"手冢治虫的漫画很感性。他喜欢一笔一画地勾出树、叶，还有形形色色的人。"舒晓坐在南馆公园的长椅上，谈论起手冢治虫，"那些薄薄的水彩，是很有味道的。每幅场景都融入了人物的心思。"

舒晓继续说："手冢治虫的作品表达了生命平等的理念。只可惜，直到他去世也没完成《火の鳥》的创作。"

"没有看到众生平等，是很可惜。"我说，"也许大师累了，或者失望了，索性一闭眼，落了个清净。"

舒晓着急地说："喂，你开死人的玩笑，当心大师从墓地里爬出来。"

"有何不可？"

"呜……大师最讨厌你这样的愤青！"

"是你讨厌吧？"

"……"

也是在南馆公园，舒晓和我同时被一首《斯卡布罗集市》吸引了。那种奇怪的感觉，就像触电一般，猛然间迷恋上。

此后的很多年，舒晓谈起那首富有诗意的苏格兰民歌。她总说，那幽怨的曲调蓦然闯进了心扉，就像是同别人诉说着自己的心思。山村里的女人，日复一日站在岩石上，盼望着从战场上归来的丈夫……

我倒是觉得《斯卡布罗集市》的旋律，勾起了她浓烈的思乡之情：在遥远的家乡，仿佛看见了月色平静的湖，一望无际的绿色的田野，以及那片充满欢声笑语的杂木林。

周末，舒晓常请假来看望我，然后一起去欣园观花赏鸟。有时，我还会叫上室友唐明辉，一起去路边的大排档喝酒。

舒晓大方地公开了我们的关系，并当着唐明辉的面，同我亲昵。

刚开始，唐明辉觉得尴尬，几次想推脱，又被我拉上。不过时间久了，他也就适应了。我们很快成了无话不谈的朋友，也像彼此关爱的亲人。

唐明辉常常羡慕我，找了个这么漂亮的女朋友，更让他觉得不可思议的是，我同舒晓的关系，比亲人还亲。

就这样，我们同大多数人一样，平淡无奇地度过了青葱岁月。再回想起来，很多事情都不再记得清楚，或者干脆忘得一干二净了。

医院的流动采血车，停在文大的校门口。舒晓要拉着我和唐明辉一同去献血，说是想做点有意义的事情。我劝她说，她还在感冒，就不要献血了。

舒晓执拗地说，医生没有规定，感冒不能献血。

流动采血车上，护士麻利地用酒精棉擦拭两下，然后将 1.6mm 粗的针头插入静脉。

舒晓笑嘻嘻地说，她的血液质量肯定高，因为没有不良嗜好。

坐在一旁的我，看着慢慢鼓起来的血袋，感到心惊肉跳。天平上的血袋达到 200CC 时，护士迅速拔掉了针管。

舒晓拿到献血证，兴匆匆地拉我走，结果弄掉了酒精棉。顿时大量的血顺着手臂涌了出来。

一位护士赶紧上前，压住了伤口。另一位护士倒来一杯牛奶，并建议我们在空调车上多歇息一会儿。

舒晓一仰脖子，喝完整杯牛奶，然后闭上眼睛躺在椅子上。她雪白的胳膊上留下青紫色的肿块。

走在路上，舒晓咧开嘴笑着说："于溪，阎王说我尘缘未了，又放我回来了。"

"依我看，猪血炖豆腐也用不了那么多，你倒是全浪费了。"

"你该不会是心疼了吧？"舒晓坏坏地笑着说，"那，这一段时间，你得把我照顾好。"

我点了点头，觉得眼前的女孩，让人又好气又好笑。

站在一旁的唐明辉感叹，他要能有这样的妹妹该多好。事实上，舒晓已经把唐明辉当成了自己的亲人。不然，在唐明辉邀请我们去他乡下老家时，舒晓断不会爽快地答应下来。

远离尘嚣

1995 年 10 月，在唐明辉的邀请下，我们一同去了他的老家林口县。

凌晨两点多，火车到达林口县城。

附近的小吃摊，塑料油布围成的简易篷。四周灌进的寒风遇上热气翻滚的砂锅米粉，瞬间腾起白雾。

坐在桌前，我们缩紧身子，大快朵颐。几两米线下肚，冰冷的身体终于暖和了起来。

由于没有下乡的车，我们在车站里猫了整晚。

上午的时候，唐明辉经过四处打听，终于找了一辆顺路的拖拉机。

林口县下辖十三个乡镇，其中大部分未通汽车。人们往返城乡，只能搭顺路的马车或载货的拖拉机。

"突，突"响的拖拉机，慢吞吞地行驶在白桦林里。一路颠簸，坐在麻袋上的乘客，全部昏昏欲睡。倦怠了路上单调的风景，舒晓躺在我怀里睡着了。

"北沟屯守望农场欢迎您！"的大字招牌，出现在眼帘时，我重新打起了精神。

进了农场的大门，仍迟迟不见村落。"突，突"响的拖拉机又行驶了十几公里，才出现零落的篱笆院子。

一处岔路口，司机停了下来。柴油机的轰鸣声也停了，舒晓立刻醒了过来。

"这么快就到了？"她犯着迷糊问。

"差不多绕了大半个地球啦。"我紧跟着回答。

下了车，背上行李，沿着泥土路，我们朝着篱笆走去。

"是我爷爷。"唐明辉指了指站在小木桥上的老人说，"他的眼睛还是很好。"

老人笑盈盈地迎了上来。唐明辉贴在老人的耳朵上，大声地喊道："爷爷！我同学和他女朋友！"

"哦，哦……"老人踮起脚，还想听唐明辉说点什么，"谁的媳妇？"

"我同学的！"唐明辉又转过头，跟我们说，"他耳朵不行了。"

"耳朵不行了，早就不行了，听不太清楚。"老人眯着眼睛笑了，然后看着我说，"你媳妇呀？"

我点了点头，很快又看见老人脸上一丝失望的表情。

守望农场因空旷而显得寂静。远处山脚下隐约可见几条河流。远处田间里，几个忽隐忽现的人影正忙着收割黄豆。

"这里的地都是开荒开出来的，谁有能力就多种点。"唐明辉指着开阔的庄稼地，边走边说，"这里的气候，只能种一季大豆。割完大豆，卖完大豆，就等着过年了。"

"你们家有多少地？"舒晓问。

"十几二十亩吧。"唐明辉回答道，"爷爷岁数大了，种这点地对他来说，已经很不容易了。"

"……"

四面环山的农场，住着二十几户人家，清一色的土坯房，一家挨着一家，绵延几公里下去。

这种北方常见的篱舍，屋前屋后交错搭建着篱笆，前院较小，后院较大。篱笆院子的大小超过了篮球场。

　　篱舍的主体结构通常有两种，根据家庭成员的数量，选择砌两间还是四间屋。

　　唐明辉家是两间屋，进门是没有窗户的厨房，再由厨房进入卧室。

　　厨房里，砖块砌成的锅灶，通过烟道与卧室的炕铺相连。生火做饭时，从炕铺下面走的烟道，顺带加热了炕铺下面的石头。加热后的石头，起到持久保温的效果。

　　"唐明辉，这炕能睡几个人？"舒晓问唐明辉。

　　"挤挤的话，能睡七八个人。"

　　"不是，我是说。"舒晓有点着急了，"晚上，我睡哪？"

　　"这……这……"唐明辉抓耳挠腮地支吾着。

　　"你也别犯难了。"我插上话，"入乡随俗吧，或者拉条帘子。"

　　舒晓不再吭声，脸颊变得通红。她爬上炕，拉开厚厚的窗帘。阳光照了进来。

　　整个下午的时光，我们安静地坐在朝南的前院里，望着茫茫的田地和远处的群山。

　　时间慢慢流逝。豆箕经过太阳的暴晒，"劈劈啪啪"地蹦出豆粒。爷爷站在篱笆墙边的鸡舍里，翻动着地上的草杆。鸡群不安地发出"咕咕"声，打破了院子的宁静。

　　下午时分，村口学堂敲响了放学铃。三三两两的学童，结伴走在回家的路上。几个调皮的孩子，跑到田间追逐嬉闹。孩子们银铃般的笑声，漫过了四周的田野。

　　恍惚间，我们都陷入了回忆。

　　"于溪，我好像看见了自己。"舒晓转过头看着我，"一切就像昨天，可是醒过来，才知道自己长大了，快乐也少了。"

　　唐明辉也点了点头，神情落寞地跑进了厨房。没多久，红砖砌成的四方形的烟筒冒起了炊烟。

　　过了秋分的北方，白天越来越短。五点过后，天完全黑了下来，整座农场安静了下来。农户们早早上炕，即将度过安宁的夜晚。

晚饭过后，唐明辉往灶膛里又添了些松木。三米多长的大通铺，热成了火炉。

生活习性的差异，唐明辉和爷爷入睡很快。舒晓和我则翻来覆去，难以入睡。

舒晓贴住我的耳朵，用低低的蚊子声说："于溪，我好渴。"

于是，我舔了舔干燥的嘴唇，轻手轻脚地摸进厨房，舀回一瓢冷水。舒晓"咕噜，咕噜"喝了个饱。我接过水瓢，喝完剩下的水，缓解了口干舌燥的症状。

"他们睡着了吗？"舒晓再次贴在我的耳边小声问，"太热了，我睡不着。要不，我们说会话吧？"

"睡吧，会吵醒他们。"

"于溪，你想过没有？我们真的喜欢城里吗？"

"倒没想过。可你和我，还有唐明辉，一步步从农村里走出来，不就是想在城里立足吗？"

"可我们真的快乐吗？难道不可以选择另一种生活。"舒晓停顿了几秒，言语里夹杂着无奈，"几亩树，几亩瓜菜，几亩庄稼。闲时，躺在摇椅，望着月亮，数着星星……"

我笑得咳嗽了两声，顺着她的思维，戏谑道："同一群老头、老太坐在巷子里，说东道西，天南地北地侃大山？"

"我可以纳鞋底，给孩子喂奶，安静地听你们八卦。我觉得这才是生活。"

"不喂我吗？"

"给孩子喝都不够。除非再长大几码。"

"……"

第二天的天气不是很好，天空的颜色凝重。吃完早饭，我们出了门，朝着农场尽头的小山走去。

山谷里的风很大，割得脸生疼。唐明辉裹着军大衣，低头领路。我缩起身子，躲在唐明辉身后。舒晓一只手竖起大衣的领子，一只手紧紧挽着我的胳膊。

走了几公里平坦的路，到达山脚下时，风突然停了似的，眼前出现一片安静又开阔的草甸子。柔软的草甸子如同橡皮一样，富有弹性。人踩在上面，脚下还有轻微的晃动，伴随着草茬脆裂的声响，真是奇妙的体验。

走进洼地深处，唐明辉停下了脚步，扒开缠绕成团的草根。一汪清澈冰凉的水，汩汩冒了出来。

唐明辉跪下身子，低头猛吸了几口清水。我学着他的样子，跪在松软的草甸上，掬了一捧清水在手里，然后慢慢啜吸起来。清凉又甘甜的水，同普通的水不一样，细细回味，还有一股草木的清香。

"还真是不一样呢！"舒晓尝完，感叹道。

"山上淌下来的水，全部汇集到了这里。这块草地下面的水肯定含有某种矿物，要不就是融进了天然的草药。"唐明辉自鸣得意起来，"附近屯子里的人都很长寿，我猜也是喝了这里水的关系。"

"真像你说得这么神奇，那可是包治百病的神仙水啊！"

"可不是嘛！"唐明辉深思熟虑道，"毕业后，我要去食品厂上班。没准哪天，能把这水卖往全世界。"

"最好先送样检测一下，万一这水里有毒怎么办？"

我泼了一盆冷水。唐明辉眼珠绕了几圈，思考了一会，喃喃低语道："不至于吧？"

舒晓笑出声来："你这傻子！听不出他在逗你嘛！"

"……"

过了中午，我们爬上了山丘，天色依然阴沉。山丘的顶上确实如唐明辉所说，有一座荒废的机场，淹没在一望无边的荒草中。

粗糙的飞机跑道上，几个学车的孩子骑得飞快，惊吓起大群的食籽的鸟。

"姐姐……"

一个穿花棉袄的小女孩迎面跑了过来，身后的两条辫子晃动着。

"妹妹，怎么啦？"舒晓蹲下身子问。

"姐姐，我们的车坏了。"

我顺着小女孩手指的方向，看见飞机跑道的尽头处，隐约有几个孩子的身影。

"我过去看看。"唐明辉说完，一路小跑着过去了。

"姐姐，你衣服上的蝴蝶真好看。"小女孩盯着舒晓胸口上的蝴蝶胸针。

舒晓见小女孩喜欢，于是取下胸针，别到她的衣服上，然后看着她一蹦一跳地离开。

山顶上刮起了大风，几次将我手中的烟吹灭。天空急剧翻滚的乌云，像是大雪的前兆。天气预报也说，会有降雪。

"北国风光，千里冰封，万里雪飘。"我看着山脚下矮去的村落，引用了《沁园春·雪》里的词句，"真想一睹，人烟稀少、洁白无瑕的世界。"

"于溪，你的骨子里还是厌恶城市的生活。我听说，在遥远的北极还有最美的极光。"舒晓陷入了幸福的期待，"能和你看一场极光，倒像是遥远的梦想。"

"这算什么梦想，随时可以满足你。"我随口说道。

"一言为定哦！我可是认真的！"舒晓顿时兴奋起来，又思考了一会儿说，"我可不可以当作是你给的承诺？"

我不以为然地说："这有什么难！北极圈随处可见的自然现象而已。"

"你可真扫兴呢！极光可是黎明的化身，月亮女神的妹妹。"舒晓显然有点失望。她低下头，喃喃细语道："因纽特人还认为极光，是灵魂升向天堂的路……"

"怎么伤感了起来，不就是看一场极光，至于吗？我答应你便是。"我看见她难过的表情，极不耐烦地说。

"一言为定！"

"一言为定！"

舒晓神情恍惚地点点头，便不再提起极光的事。此后的很多年，她也没有主动提起过。

刮了一整天的风，终于在傍晚停了。铅灰色的天空中，再没有成形的云朵飘过。浑然一体的穹顶上，只露出几块粉红色的缝隙。

"天气预报里说会下雪。"我站在前院里，望着天空说。

"这是没准的事，也许今天，也许明天。"唐明辉注视着远处山顶上的乌云，脸上涌上愁绪，"下了雪，就要过冬了。地里的豆子还没收完呢。"

"我可是听说，这里的雪一下就是好几个月，哪也去不了。"舒晓显然有点着急，"我们岂不是要困在这里了。"

我说："岂不是，正合你意。农夫山泉有点甜。"

"这才十月，你们想多啦！即使下了雪，过不了两天就化了。"唐明辉笑了，"可惜你们见不到一米多深的雪、一米多厚的冰，坐在木板上滑雪、溜冰，这才是真正的冬天。"

"……"

爷爷蒸了些馒头，配了几个蘸酱菜和大盘的酸菜白肉，端上了饭桌。

吃饭的过程中，窗外飘起了鹅毛大雪。

"雪下这么大，不会封路吧？"舒晓趴到窗户上，看着屋外飘落的雪花问。

"明早，雪准能停。路不会封，就是难走。"唐明辉接过舒晓的话，"爷爷联系好了车，我们明天可以出发。"

晚饭过后，唐明辉从盒子里拿出吉他，坐在炕头上弹奏。不到两年的工夫，他熟记了各种曲谱，指法也达到了炉火纯青的地步。

唐明辉调好弦，弹了第一支曲目《雨滴》。他运用娴熟的滑音技巧，生动形象地描绘出大雨过后，屋檐下滴滴答答的雨声。

接着又弹奏了索尔的《月光》，老鹰乐队的《加州旅馆》，罗大佑的《恋曲1990》……

一首首耳熟能详的旋律，像缓缓流淌的小溪，飘出了窗外，穿过了平静的农场。

在优美的弦声中，我独自走了出去，走出了篱笆院门。地上的积雪淹没过脚踝，发出"吱吱"的声响。

在没有护栏的木桥上，我环顾着白茫茫的旷野，忍不住去想，这么安静的地方，会不会是另一处世外桃源？

"于溪，我们真的喜欢城里吗？"舒晓的话，又在脑海响起。我真的喜欢城里吗？可是这么些年来，我费尽心思地逃离贫穷，不就是想去繁华的城市吗。

新的一天，上苍之手染白了一切，远处隐约可见的河流消失不见了。阳光照耀下的农场，显得格外安静，篱笆院内的积雪折射出七彩的光芒。院外的松枝上站着的几只麻雀，抖抖身体，"啁啾，啁啾"地唱起了歌。

该死的错

冥冥之中，我们会遇见很多人，有些人会擦肩而过，有些人会永久留下。往往留下来的人，会让你的生活掀起波澜。

意外的相遇有多美，我从不炫耀什么。如果出现的那个人，同你有个完美的结局，那么怎样的相遇都是美好的。

1995年的初冬，来北京的第三个年头，我遇见了她。在班里组织的民俗采风活动中，碰见了户外写生的首师大艺术学院的学生。不同高校的两个班级的学生，都安排在香山脚下的门头村住宿。

第一天上午，我跑完了十方院、朝阳庵、真武庙，又收录了一些坊间的传闻，便早早回到暂住的农户家中。

下午时分，我坐在小院的石盘上，一边晒着太阳，一边读着米兰·昆德拉的《生命不能承受之轻》。

一个胖胖的女孩背着画架，气喘吁吁地走进院门，一屁股坐在石阶上，像是刚从山上下来。

我正要起身回屋，女孩叫住了我："喂，你先坐下来，还是刚刚的姿势。"

"什么姿势？"

"你专注的样子。"女孩走上前来，按住我的肩膀，让我重新坐了下来，"你觉得怎么舒服，就怎么坐。"

我挠了挠头，泛起了迷糊。怎么突然就冒出了一个女孩，而且还指使上了我。

我尴尬地笑着说："我觉得站着舒服。"

"不行！"

"……"

女孩没有征得我的同意，已经手脚麻利地支起画架，然后调皮地朝我挤了挤眼。

我再次尴尬地笑了笑，继续阅读《生命不能承受之轻》的第九章，画家萨比娜在自己的画室里，拿着相机拍起情人妻子的裸体照。

黄昏将近，呼呼的寒风，有一阵，没一阵地刮了起来。女孩仍没有收工的意思，而我已经冻得直打哆嗦。

"喂，你最好是认真的！"我终于坐不住了，忍不住叫嚷了起来。

"什么叫认真？"

"就是你绘画的水平很烂，或者你压根没有画我，也许你只想画我屁股下的石盘。"

"快了，快了，一头猪快画好了。"

"哪个学校的？好没礼貌。"

"这可不能告诉你，你都说我没有礼貌，怕给咱们学校丢人。"

"……"

我压制住怒火，祈祷时间过得快一点。屋里的灯亮了起来，胖女孩收拾好画架，紧挨着我，坐在石盘上。

"我听说荒郊野外，时常有女鬼出没，专吸男人的精血。"

"绝不是胖的。"我没好气地回了一句。

"你说话真够损的，积点口德可好？"胖女孩用画卷敲了我，"我叫黎冰，从现在起，就是你女朋友了。"

"不好意思，我有未婚妻了。"

"那，还真是没办法了。"黎冰沉思了一会，"在最美的年纪遇见你，多少有点遗憾呢。"

"你这算什么？"听她如此直白，我瞪了她一眼。

"撩你呀！"胖女孩没羞没臊地说。

我受不了她的粗鲁，站起身，看也没看她，朝屋子走去。

"喂！你还没告诉我名字呢？！"她在我身后大声地喊道，"小气鬼！刚才逗你玩的呢！刚才和同学打了个赌！我真的是头一次同男生搭讪呢！"

"……"

从暂住的房东那里打听到，首师大艺术学院的学生，外出香山写生，在门头村已经住了一个月了。

第二天清晨，一场大雪光顾了香山。我冒着大雪，去了附近的法海寺，看着四处散落的断壁残垣，想象出曹雪芹遁隐法海寺凄凉的晚景。

稍微完整的庙门遗址前，坐着十几个学生，顶着寒风作画。从作画的学生中，我又看见了昨晚那个胖胖的身影。

她同时发现了我，站起身来，向我招手。我假装没看见，从阵阵哄笑声中，低头逃走了。

下午，室友开始玩扑克牌，谁输了，谁脸上贴白纸条。而我躺在床上，一边读着米兰·昆德的《生命不能承受之轻》，一边看他们闹腾。

突然，一个女孩闯进了房间，摘下贝雷帽，扯下围巾，掸了又掸粘在外套上的积雪，然后怒目圆睁地看着我。室友们扯下脸上的纸条，大气不出地关注着形势。

"这毫无来由的，又是哪一出？"我诧异地看着眼前的胖女孩，真是丈二和尚摸不着头脑。

"这叫一报还一报。"黎冰捋了捋刘海说，"上午，你害我丢了脸，我还不能找回来呀？"

"哦……噱，桃花劫！桃花劫！"室友明白什么似的，幸灾乐祸地起哄，"继续打牌！继续打牌！"

紧接着，黎冰连拖带拽，室友连笑带哄地将我推出了门外。

"本来，我也没想怎么样。"黎冰面露胜利的喜悦，"是你偏偏激起了我的征服欲。"

我苦苦地一笑，看着眼前霸道的女孩，确实无计可施。

"不过，你不要害怕，我只想和你做朋友。顺便见识一下，你的未婚妻有多优秀。"

"我自己都不优秀，何来要求别人……"

"好啦！你不要辩解什么。"黎冰粗鲁地打断了我的话，"你的脸上有着淡淡的忧伤，我太懂那种感觉了。"

"……"

香山采风归后，迎来了毕业论文的选题工作。

当时国内外正掀起米兰·昆德拉热。他的作品《不朽》、《为了告别的聚会》、《生命不能承受之轻》不断引起了巨大反响。

于是，我同导师定下《论米兰·昆德拉的哲学思想》，作为论文课题。

由于国内的中译作品较少，阅读米兰·昆德拉全部作品，语言是最大的障碍。那时，国内可供查找的资料也少，北京几所有名高校的图书馆也只能查阅到零星的报道，所以收集又是一道障碍。虽然困难重重，我还是全然不顾地投入了了全部精力。

刚刚兴起的网络，帮到了大忙。在水木清华BBS论坛上，网友推荐了米兰·昆德拉的资料，以及黑格尔、康德、尼采等人的哲学书籍。

正值寒冷的冬季，我静下心来，全身心地忙论文，往返于几座高校的图书馆，查阅米兰·昆德拉相关的资料，也阅读了大量的晦涩难懂的哲学书籍。舒晓来看望我，也只能简单吃顿饭，我顾不上她的失望，便匆匆赶去图书馆。

黎冰寄来几封无厘头的信，多半像是恶作剧。她在自己的裸体画像上，清楚标注了 1 米 68 的身高、85 的胸围、57 的腰围、91 的臀围。

画像的下面留有一行字：这张婴儿肥的脸，想必让你一直念念不忘，但你切勿忽视了这一等一的好身材。

另外，她在信里大吐生理期的种种不适，并且抱怨男朋友的冷漠行为。

读完她的信，我并没有回复的念头，但是她的信件一直搁置在了抽屉里。

选修课教室里，闹哄哄的，黑压压地坐了 200 多号人。刚走进教室，一个熟悉的胖身影，站在教室后排的座位上，大声叫着我的名字。

我心头一怔，硬着头皮走了过去。黎冰起身，挪了点位置给我。

戏剧理论课的老教授是个新面孔。他讲音乐剧《卡门》时，动作优雅得像跳舞，但内容枯燥得很。

我提前读过梅里美小说版本的《卡门》，才能够全神贯注。黎冰则不同，除了坐立不安、哈欠连天外，目光一直不肯放过老教授的秃顶。她偷笑了一会儿，递了一张纸条过来：我敢打赌，教授是个单身，通常缺伴侣的雄性会秃顶。

"什么歪理邪说！你怎么跑到文大来了？"我将纸条又递了过去。

"这不是歪理邪说。"

"你怎么跑到文大的！"

"你那么凶干嘛！谁规定开放性的选修课，校外生不可以旁听的。我还知道你还选了门《敦煌莫高窟的历史》，另外你的法语刚过 60 分吧！我可是得了一等奖学金！"

"……"

两节选修课结束，黎冰又跟我进了文大图书馆。就这样让人莫名其妙地粘上，我还真是说不出的别扭。

书架上，我取下《人间失格》，继续阅读。黎冰则选了《米开朗琪罗传》。

"于溪，少读点这样的书，里面灰色的内容太多，会疯的。"

"我记性不好，看完就忘了。"

"我看未必！我的三围，你还记得吗？"

"嘘……"我急于终止谈话。即便小声地说话，也已经影响到周围的人。

"嘘什么嘘，你还没回答呢？"黎冰故意提高了嗓门，"我的三围呀！"

顿时，周围的目光齐刷刷投了过来。有个男生起哄地嘟囔了一句："美女，转两圈！"

站在我面前，黎冰真的转起圈来。

当时，我羞得无地自容，愤愤地说："你很疯狂！"

"你可真不会夸人呢。"黎冰一脸坏笑地看着我说。

见我没有接话的意思，她终于安静了下来，周围的怪异的目光也消失了。

黎冰趴在桌上，用钢笔"沙沙"地画着什么。末了，她画了寒意浓浓的夜色下，空旷无垠的沙漠上，独自绽放的依米花。她在画的右下角，备注了几段字：

> 梦境　18世纪　启程
>
> 徒步　画架　白色　蓝色　温暖
>
> 北京　车票　画展　抽象　poison
>
> 公园　石板路　松鼠　橡果
>
> 加拿大　枫叶　紫红　深红　桔黄　明黄深绿　浅绿
>
> 爱尔兰　山谷　紫色　蒲公英　停不了的爱

> 挪威　小溪　紫茉莉《The moon is a harsh mistress》
> 斯威士兰　戈壁　依米花　两天
> 西伯利亚　童话　刺猬　雪地取暖
> 1/4 站台　铁轨　命运　牵手
> 旅馆　百叶窗　黄昏　微风　长发
> 舞会　鸡尾酒《Just one last dance》
> 皮娜鲍什"我跳舞，因为我悲伤。"

黎冰依然给我寄信，照样在信里夹些素描或油画。而我没有回复过一封，一如既往地把她的信锁进抽屉。

水屯市场位于文大附近。在水屯市场里，舒晓租了个摊位，做起了水产生意，又在渔市码头，租了个 80 元的单间。

舒晓的房东 50 多岁，是个尖酸刻薄的老女人。她经常牵着名贵的摩尔斯德犬，四处溜达，过着衣食无忧的生活。

同房东打过几次照面，均见她露出鄙视的神情。在四合院里，晾衣服时，我亲眼见到她同别人闲聊，并对我指指点点。据此发现，老女人绝不是简单地嚼舌根，说不定正酝酿着恶毒的阴谋。

上世纪 90 年代，社会远不如现在这般开放，谈谈恋爱都能被定义成伤风败俗，非法同居甚至可以定罪。

治理这类违法乱纪的现象，社会闲散人员充当了重要角色。这些角色上不了台面，只能美其名曰"联防队"，又因身着黑色制服，他们又被戏称为"黑猫"。

黑猫们趁着夜色，摸进城中村，对外乡人围追堵截。他们常常胆大包天，为交差而交差，非法破门而入，撕毁他人的证件，再强行拘押至遣送站。

面对突击检查，多数人已经失魂掉胆地逃走，没被吓走的，也是拴上几道门拴，大气不敢出地藏在床下。

坊间流传过这样一则骇人听闻的故事：某参加人大会议的市长，竟因夜晚外出散步，遭到黑猫的非法羁押。会议结束后，地方政府见市长迟迟未归，经过各方打听，才从黑猫手中，把市长捞回去。

空穴来风的谣言，多少反映了黑猫的恶行。正是那样的日子里，趾高气扬的老女人给了我们多少白眼，又有多少不相干的人对我们说三道四，还有黑猫冷不丁的检查。

终于有一天，我们再也不用过那种低声下气、东躲西藏的日子了。房东的那只摩尔斯德犬在我屁股上留下杰作。老女人知晓后，非但没有安慰我，还咄咄逼人地说，她家的狗比我金贵，让我用酒精消消毒算了。

经过一番激烈的争吵，老女人还是咬定自家的狗很乖，是我招惹了它。

碰了一鼻子灰，我灰溜溜地回到家，颓废地坐在出租屋内，等着舒晓下班回家。

"你的屁股怎么了？裤子撕成这样？"

"老女人的狗咬的，她还不认账。"我摸了摸屁股，揪心的痛又涌了上来。

"咱先上医院。她不认账，我就把那条狗炖了。"

在舒晓生拉硬拽下，我们去了医院。

从医院回来，舒晓同房东大吵了一架。老女人还是不愿意作出赔偿。舒晓也没有示弱。没过两天，那条恶犬就成了锅里香喷喷的狗肉。

肉吃了，气撒了，家也搬了。这次，舒晓搬到了汶水河边上的屯军村。

屯军村也是座渔村，离文大的距离就更近了，只是舒晓去水屯市场，又要多骑几公里的车。

难道是某种缘分，黎冰同我总能够相遇。北大图书馆查阅资料时，黎冰像一阵清风从我身边走过，然后回过头，说了句："好巧啊！"

我问黎冰，是不是有所谓的第 6 感，刚好知道我在图书馆。黎冰笑而不答，拉我去了"最美时光咖啡馆"和未名湖畔。

从未尝过咖啡的我，点了玛奇朵，仅仅因为它的名字好听。久坐在未名湖畔，也仅仅是未名湖里的鸭子，能让我想起家乡水茫茫的湖荡，自由自在的麻鸭。

在"最美时光咖啡馆"的留言墙上，黎冰用铅笔在餐巾纸上写道：

I have want to say,

I love what have been always loving.

I hope what I really,deeply want will come true one day.

这世界上有一种等待，

最好的那种叫来日可期。

我愿意站在这里，

从这一秒倒数，

等待多年后的相遇。

此后，黎冰在不同的场合出现。前往水屯的公交车上，她挤在人群里，朝我微笑。我低下头，不敢看她。篝街的夜市上，她出现在邻桌就餐。我装着若无其事地点餐，不敢去看她。南馆公园里，她坐在草地上阅读。

"于溪，那个女孩有点奇怪，像是在故意跟踪我们。"舒晓忍了一段时间后，终于捅开了这层纸，"前段时间，她还出现在我的摊位上。"

"是……是个学妹。"我一时想不出好的解释，结结巴巴起来，"你……你，甭理。她脑子好像有问题。"

舒晓心知肚明，但是没有说出真实感受。渐渐地，她花在生意上的时间越来越多。我给她带去的书，也被扔在了一边，没有一点翻动的痕迹。曾经那个沉迷于服装设计、泡在图纸里、久久出不来的女孩，慢慢消失不见了。

为何她不爱读书了，我没有了责备；见她常常回到家，倒上床便睡，我也没有了抱怨。

我只是不再去得勤快，也不再愿意漫漫等待她的归来。她也不再黏糊着我，同我一起散步，一起谈论未来。偶尔，她也会神情沮丧地谈一谈梦想：攒钱旅行，遇到合适的地方，安个家，生一堆孩子。

我漠然地笑笑，发现她漂亮的脸蛋多了几道鱼尾纹。很快，我又发现自己的目光再不像从前那样，时刻离不开她。甚至做爱的时候，我也下意识地闭上眼睛，又或者把注意力集中在下半身。匆匆完事后，我会用累敷衍她，然后呼呼大睡。

煮糖水鸡蛋的习惯，舒晓倒是没落下过，据说是事后补身体的土方法。我躺在床上，看着她端来的食物，闻见她身上的油烟味、鱼腥味，顿时失去了胃口。

1996年元旦晚会暨"优秀学生"颁奖典礼，同在学校礼堂举行。因为签订了援边协议，我意外获得"优秀学生"和500元的奖金。这份援边支教协议的由来，说来话长，简而言之，就业压力大，各种情绪使然。

初期，我抱着试试的心态，参与了报名。公布结果时，我大吃了一惊，毕竟自己离招聘条件相距甚远。后来，我得知自己是唯一参与报名的，才阴差阳错地被选上。

庄严的礼堂，宽大的舞台，我匆匆露了个脸，卷起奖状，火急火燎地从后门溜了出去。

元旦的缘故，北海公园里，夜游的人挨挨挤挤，到了难以动弹的地步。挤在人群里，舒晓依偎在我的肩膀上，跟着人流缓慢地行走。一路走下来，走到永安桥，她一直沉默不语，闷闷不乐的。

永安桥头，彩色牌坊下，我倚靠住石狮歇脚。舒晓摘下毛线手套，双手搂着我的腰，半截身子趴在我的身上。

"于溪，有人追了我两年，我没有接受他，因为我心里只有你。"

我低下头，一声不吭，等着她的倾诉。

"其实我挺失败的，要和一个或许根本不存在的人去计较。关键还没较量，就败下阵来。"她的声音又喑哑了几分。

我牵出她冰凉的双手，静静地注视着那双明亮的大眼睛。说实话，自从黎冰出现后，舒晓变得郁郁寡欢。我早看出了她的委屈，还是选择了视而不见。

舒晓微微仰起脸，犹豫地闭上眼睛。在她呼吸停顿的间隙，我轻轻吻了她的脸。

短暂的几秒后，她的表情再次黯淡了下去，眼里有了湿润，目光透出疼痛的光芒："她真的存在吗？"

我躲开她的目光，沉默不语。这个没心没肺的丫头，一改往日的形象，这让我不知所措。

"北京这么大，却没有想去的地方。"她紧蹙起眉头，凝望着远处。

远处的湖面上，绚丽的灯光和此起彼伏的喷泉，赢得了众多游客的欢呼声。

而她哭得稀里哗啦的样子，是我头一次见到。我惊慌失措地去擦拭她汩汩而淌的泪水。

"你陪我一起逛街，一起读书，一起听音乐。养成了这些习惯，却很难去改了。"

"我回到家里，你要么睡着了，要么就是累得不想说话。"

听着她的抱怨，我才知道忽略她很久了。因为心虚，我感到脸发烫。

"于溪，你不是粗心的人，为何开始对我漠不关心！"舒晓语气开始咄咄逼人。

我上前搂住了她，并不停地在她耳边说对不起。舒晓趴在我的肩头，大声哭了起来。她说她爱我，而且很爱很爱。

我们情绪低落地走完整条簋街，又绕进北新桥胡同。

舒晓说我变了。可是黎冰出现后，我们保持着合适的距离，也没做过任何越轨之事。我依然没有忘记自己的承诺：答应爷爷，将来会娶舒晓。

从市区回到出租屋。舒晓突然用力抱住了我。她哽咽了许久，气息不匀地说："于溪，我以为自己努力挣钱，更加上进，就能把你留在身边。现在才发现，你能留下，是你自己愿意，除此之外，就是去死。"

"死？"我哆嗦了一下，慢慢推开了她。

"嗯嗯，我们一起死好吗？"

舒晓拿着刀走上前来，慢慢解开我胸前的纽扣。

我闭上眼睛，告诉自己麻木了就好。可是冷汗从毛孔钻出来时，却带来针刺般的疼痛，又让大脑清醒着。

一阵剧痛从胸口传来，我猛地睁开眼。舒晓慌乱中扔下刀，然后拿出事先准备的药，涂抹在我的胸口。

我躺在床上，头脑空白地望着摇晃的白炽灯。房顶上的灯光像浓雾一样，弥漫下来。

"刚刚打了个赌。"舒晓微笑地注视了我一会儿，然后贴住我的胸膛说，"我相信你和我一样，有着对爱情至死不渝的勇气。"

刚从麻木中回过神，我感觉到她细小的动作，还是会引起伤口剧烈的疼痛。于是，我站起身，走到窗前，点燃香烟。

抽完一根，我又点一根，推开吱吱作响的窗户。迎面扑来的冰冷的风，让我不禁打了个喷嚏。我重新关上窗户，捻掉抽了一半的烟，躺回床上。

　　舒晓亲吻着我的嘴唇，然后抬起头，目光温柔地说："我们没在一起很久了。"

　　我犹豫了一会儿，点了点头，然后亲吻她的额头、耳朵、嘴唇。舒晓的舌头热烈地回应着我的吻，然后使劲地钻进我的怀里。

　　"于溪，你的怀抱温暖吗？"

　　"问你呀？暖不？"

　　"暖，暖得想一直拥抱下去，再也不分开。"

　　北京郊外的出租屋里，寂静得只剩下喘息声。狭小的窗户里，透进的冷冷的月光，形成立体的光柱。舒晓裸露的身体像极富张力的雕塑，弯在我的腹部上方。

　　"于溪，我害怕孤单。"

　　她哭泣着，让我抱紧点。有那么一瞬间，我觉得如此空灵的声音，竟不像是从她的喉管里迸发出来的。她的心墙早已伤痕累累，是岁月蚀穿后，留下的印记。

　　"于溪，你知道女孩与女人的最大区别吗？"

　　"你是指哪里？"

　　"身体上和心理上。"

　　"女人身体上和心理上更加成熟。"

　　"哦，这是你从男人的角度理解。作为女人的我倒是觉得，女孩是拒绝爱，而女人则想索取爱。"

　　"……"

　　出租屋的空间小，隔音效果差。平时，正常的讲话，需要压低分贝，才能照顾到隔壁的感受。休息了片刻，我们仰面躺在床上，对着水泥的天花板，丝毫没有入睡的意思。

　　"于溪，动物也和人一样。是有感情的，对吗？"

　　"它们只有繁衍的本能。"

　　"你这么说，我们和猪没有区别喽？"

"你怎么又提到了猪？我只说繁衍，又没说繁殖。"

"这有区别吗？你让我想起爷爷养在猪圈里的猪。"舒晓推开了我，"那时，我什么都不懂，还问过你，为什么一只猪要趴在另只猪身上。"

"我怎么回答你的？"

"你说，它没被阉割过，所以闹腾得欢。"

"喂，你不会把我想成那头没阉割的猪吧？"我没好气地问。

"你要是把这种事，想成简单的繁衍或是繁殖。说不定，我真的会把你阉了。那样一来，你就可以吃完睡，睡完吃了。"

我顿觉得下半身漏风似的冰凉。

出租屋里，我们沉沉地睡了过去。其间，只有肚子饿的时候，才爬起来找水喝。我们从日出睡到了日落。

梦里反复出现几个破碎的场景：女孩张开翅膀飞向天空，又猛地掉进了深渊。大雨下得稠密，女孩坐到了悬崖上哭泣，突然阳光洒落下来，她又裂开嘴笑了起来。

每次醒过来，眼前真实得一塌糊涂。舒晓呼吸均匀，嘴角挂着微笑，眼角悄悄流出泪来。

她是不是也在做着同样的梦，不然又怎会露出婴儿般的笑容，同时挂着冰冷的眼泪。

太阳挂上了西边的天空，印染出大片大片惨白的光芒。我们又一次挽着手走进欣园。

欢声笑语的欣园里，沿湖的旧石板路上，我们安静地走着，一圈又一圈，默契得没有说话。说来也奇怪，落英缤纷的季节里，素静典雅的欣园里，两颗正在逃离的心，因为无言，仿佛又靠近了一点。

不过遗憾的是，我再也看不见那双喜悦的眼睛，似湖水般清澈的眼睛，在她青涩年纪十分常见的眼睛。此时此刻，我提笔回忆时，仿佛还能记起她的眼神，喜悦的，对未来充满着期待的眼神。

可惜，我再也走不回过去，也没有办法告诉那个年少的自己，做出另一个决定。她就像一片沉默的云，带着淡淡忧伤，从我的眼皮底下，慢慢地飘走了。

世间没有稀里糊涂的懊悔与反思，也没有所谓的后悔药，更没有可以重来的假设与如果。正如米兰·昆德拉说过，人只有一次机会做决定，既不能在前世做准备，也不能在来生去修饰。

总之，曾可见的那片云，沉默会落雨的云，受伤会消失的云，在我的生活里呆得太久了，终于觉得累了，要飘向去远方。

校园昏黄的路灯下，她一边倒退着身子，一边看着我。我注视着慢慢远去的她，没有开口挽留。

我转身要离开的时候，她终于停下迟疑的脚步，急促向我飞奔而来。

"于溪，你要去援边，可能会很苦，但我想，那偏远的土地，会让你觉得温暖，能让你安静下来。终有一天，你会明白，我们不属于这个城市。"

舒晓塞了一只装着烟斗和信件的小布袋给我，然后长舒了一口气离开了。

于溪：

　　写这封信的时候，再次回味了缠绵的一幕幕。昨晚，你卖力地取悦我，着实让我很感动。

　　不过，你只想着偿还我，还是免了吧。我想要的温暖，绝不是简单地肉体交合，更不是你在嘴里唤着我，心里想着别人。你这样做，只会时刻提醒我，是如何不爱我了。

　　曾经，你的悲伤吸引了我，让我心疼你，努力争取你，可到头来，你我只是单独的个体。

　　你有自己的思想，而我又无法容忍你的心里住着别人。与其"剪不断，理还乱"地纠缠下去，倒不如，放你一条生路，让你静下心来思考。

这段时间里，你爱写书也好，享受苦闷也罢，我都不想管了。你也大可不必在乎我的感受，你欠我的，爱还不还。

你要是真的爱我，就会准备好一切来找我。我若是真的走了，就代表从此再无我们，我当你从来没来过，彼此也从未认识过。我尽力了，也愿赌服输，不负不欠才是心安。

这支翡翠烟斗，是外公去世前，特意留给我的。他说，我出生的那年，他梦见了院子里落了只凤凰，才雕刻了这只凤凰图案的烟斗。

我希望有一天，能把它送给自己最爱的人。考虑了很久，我还是决定送给你。可我又希望你把烟戒掉……

爱你的，舒晓
1996 年 1 月 2 日

舒晓以书信的方式告诉我。一个女人对待男人的出轨，不管是精神上还是肉体上，都不能接受。我的生活虽不是狗血剧情，却是一地鸡毛。

再过几天就是农历新年，舒晓偷偷留了张字条，然后独自走了。

记得腊月二十三还是腊月二十四，舒晓修好漏烟的煤炉，新换上桌布，挂出腌好的猪肉，并再三叮嘱我，防着偷吃的野猫。第二早上，我正蒙头大睡，舒晓起床后，打扫了屋子，轻轻地掩上门。

她走后没几分钟，我就爬出被窝，站到窗前，望着她的背影，从清晰到慢慢缩成黑点，最后完全消失。

从空荡荡的街头，我茫然若失地收回视线，慢慢地转过身，环顾冷冷清清的屋子。除了几件擦得锃亮的餐具和一碗冒着热气的粥外，再也找不到她存在过的任何痕迹。

重新钻进尚存余温的被窝，我又昏沉沉地睡了过去。再次醒来时，枕边已经湿了一大片，冰凉冰凉的，不过再怎么环顾四周，舒晓没再回来，一切仍是冰冷的模样。

北京的冬天很寒冷，但零下二十多度会怎样，我并没有概念，只知道水低于零度会结冰，温度越低，冰会越结越厚。

恍惚中，回想起了梦中的春天。看见遍野的花开了，我高兴坏了，随后竟流下泪来。

一整天，我趴在窗台上，一边抽烟，一边发呆。远处的街道依然空无一人，只见阵阵升腾的沙尘。

断开思绪的瞬间，我看见燃尽的烟头，又猛地吸上几口。香烟是个好东西，既排忧解闷，又能抵御严寒。烟丝带来的温暖，从肺部蔓延，再通过血液流遍全身。

除夕夜，屯军村的鞭炮响了整整一夜，我竖着耳朵听了一夜，觉得"劈劈啪啪"的鞭炮声很热闹。

天蒙蒙亮，我意识到该睡了。说来也巧，刚准备入睡，鞭炮声却突然停了，一切又恢复了平静。原来，屋外的热闹是属于别人的。

我觉得孤单，往事排山倒海般涌现：那时所有人都在，舒晓在，国富在，爷爷也在。我们快乐地捡起地上的鞭炮，然后一个个点燃。喜悦的鞭炮声中，每个人脸上都乐开了花。

这些时而清晰、时而模糊的记忆还存在，只是他们都不在了。时间就像锋利的刀子，割掉了痛苦，也割掉了美好，残留下来的，才是刻骨铭心的回忆。有时，这样还不够，或许有一天，还会有声音轻轻地告诉你，一切都过去了，然后任你使劲去想，什么也想不起来，这又称之为麻木。

大年初三，房东两口子从国外回来，惊讶地发现孤身一人的我，马上叫我一同吃饭。相互熟络后，他们也没问起我的身世，这让我很感激。只是他们会时不时夸赞舒晓，这又让我很难过。

有一天，我终于忍不住告诉他们，舒晓可能不会回来了，我想搬回学校住。

他们听了，觉得很为难，坚持让我继续住下来。舒晓临走前，刚交了半年的房租。

他们十分惋惜地说，舒晓是个能吃苦又贤惠的好女孩，而且做什么事情都会为别人考虑。

他们还语重心长地劝我，一切顺其自然，舒晓没准还会回来。即使真的不回来，也是有道理的。

接下来的日子里，房东像对待自己的孩子一样，默默地关心我。他们隔三差五送点蔬菜或者捎条鱼来，还把自己儿子的电脑借我使用。

我打开沉重木箱里的电脑主机，揭开红色绒布下面的大屁股显示器，仔细研究了一番，连上主机和显示器，插上鼠标、键盘、音响，再接通电源和电话线，一切运行正常。

有时候，人真的很奇怪，忽略了默默无闻关心你的人，却常因为陌生人几句简单的问候，或者不经意的一个关怀，感激涕零。

不过，房东是个好心人，觉得大房子冷清，才租出去几间。他们唯一的儿子也很争气，十分顺利地去到国外深造。

这些年，我嘴上不说，却打心眼里羡慕幸福美满的家庭。曾几何时，我也拥有过。

栀子花盛开的时候，爷爷总会摘一些回来，再盛上满满一碗清水，然后把花一朵接一朵地丢进水里。

我看着漂浮的一朵挨一朵的小花，闻着乳白色花朵里飘散的阵阵扑鼻的清香，便能心神安定地阅读。

这种温情，让我慢慢适应了难过，也让我悄悄地在成长。

今晚，我需要你

大学最后一学期，没有课程安排。毕业生开始参加各种面试，等到六月进行论文答辩即可。

毕业后要去援边支教，所以我不用花时间和精力找工作，依然可以安静地坐在图书馆或是呆在出租屋。当然得除掉做家教的时间。

夜晚降临，便是属于自己的时间。读书不再是唯一的爱好，相反我借以网络消磨更多的时间。起初，上网查些资料，后来，会逛一些 BBS 论坛。在虚拟的网络世界里，同陌生人对话，是慰藉孤独的一剂良药。

闪烁的屏幕，虚假的面具，油然而生的安全感，让一只正在蜕变的蝉，从黑暗里爬出来，露出诱人的肉。我编造出各种谎言，同不谙世故的女人调情，从不担心受到伤害。

舒晓依然没有消息。她正从我的生活里，一点一点地消失。黎冰依然往学校给我寄信。一封接一封的信，寄存在门卫室里。偶尔去一趟学校，我总能拿回厚厚的一叠信，再回到出租屋里慢慢阅读。

冰冷漆黑的夜里，除了自己的呼吸，嘈杂的电脑主机声，跳动的屏幕文字外，再没有其他温暖的东西了。

我试着接受舒晓离开的事实。可每当电脑主机戛然静止，显示器突然变黑的时候，落寞又会重现。

再次遇见黎冰，像往常一样，我盘腿坐在椅子上，看着 BBS 聊天室里，谈论着音乐、电影、文学。

"米开朗琪罗的《David》为何断了一只臂？"

"冬天的和路雪"提出断臂 David 的问题，在聊天室引发了热议。

网友："米开朗琪罗自己敲断的，因为大卫的手臂太美了，影响了整体的美观。"

网友："1527 年的一场暴动中，愤怒的市民敲断的，因为大卫的生殖器太过暴露了。"

网友："据说，他的下半身过于暴露，引发了雷击。"

"……"

我像冷漠的旁观者，看着屏幕冒出的对话，露出不屑一顾的冷笑。或许，他们正对着滚动的屏幕"意淫"呢。

我没有学瞎嚷嚷的"青蛙"，而是轻轻地敲下：这个意大利最美的男子爱上了断臂的维纳斯，又怕断臂的爱人自卑，所以才自断了手臂。

敲出的这段文字，没有得到任何回应，很快消失在了屏幕上。似乎自己不太走运，我正这样想着。"冬天的和路雪"点开了我的窗口。

和路雪："喂，你是不是失恋了？"

我："何以见得？"

和路雪："女人的第 6 感。你的网名叫'思念如风'，可译成追风的人。"

我："我认识第 6 感的女孩。我去哪，她总能找到我。"

和路雪："我想那个女孩是为了找你，才找你。也许，她并不喜欢和你躲猫猫。"

我：……

和路雪：在听什么音乐？"

我："《恶魔的颤音》。"

　　和路雪："是他呀，将自己的灵魂出卖给魔鬼的意大利小提琴家——居塞比·塔蒂尼。不过，我的灵魂也被恶魔控制了。我在到处找他，想和他同归于尽。"

　　我："呵呵……"

　　和路雪："呵呵……"

　　按下 Quit 键，3 秒过后，屋里漆黑一片，一切又重归平静。我点燃香烟，仰在椅子上。《恶魔的颤音》的音量又被调大了点。舒缓的小提琴声，充盈了起来，像山涧的溪水，清澈明净地流淌。

　　几场大雨过后，官厅水库涨了水，滋养着西康草原上的绿草。二楼的天台上，远远看得见低头吃草的羊群。它们像一颗颗散落在草丛里的珠宝。

　　沐浴阵阵春风，黄昏渐渐来临，一切恢复了平静。然而，她又出现了，似乎不可思议，又那么自然。

　　"恶魔！我终于找到你啦！"楼下正是黎冰，一面大声叫嚷，一面挥舞着手。

　　我们又见面了。她穿着白色的束腰风衣，戴着银色的耳环，背着笔记本电脑包。

　　"又是第 6 感？"我诧异地问道。

　　"我才不相信骗人的鬼话。"刚见面，她就有点生气地说，"这叫功夫不负有心人！"

　　我突然明白似的，点了点头。

　　广袤的西康草原，散发出青草和泥土的香气。薄薄的暮色下，我们自然而然地牵起了手。

　　"于溪，我刚从北戴河旅游回来，带着你给的心情。"

　　"什么样的心情？"

　　她的言语里充满了惆怅："若隐若现，想抓住你，怕又抓不牢，想放你走，心又不甘。"

"我一直在啊!"

"哦!你在啊?"她咯咯地笑了起来，"你需要她的时候，希望她一直在。你不需要她的时候，你在，也会对她视而不见。"

"你真打算找我同归于尽?"

"好啦，你别忙着发脾气。我向来是公私分明的，你伤了一个人的心，切不可再伤了另一个。我可是来拯救你的，是你的恩人呢!"

"你……"

"嘘……我们的情绪已经污染了这里。"

她打断了我的话，然后目光落在我的脸上。我们坐在水边的岩石上，享受着平静的暖风，欣赏着远方的落日。

回到出租屋里，黎冰收拾起狼藉一片的房间。酒瓶、烟灰缸、锅碗瓢盆，能擦的东西，她全部擦了个遍。

"姑娘，你大老远来，怎能干这干那!"

"不成，大爷!估计我干的这点活，离当媳妇的标准还远着呢!"

我尴尬地看着突然冒出来的房东大叔，一时不知所措。

房东大叔依旧兴致勃勃地说:"你做谁家的媳妇，条件也是绰绰有余。"

"大爷，我可听说，你家的儿子可看不上国内的姑娘，正准备娶个洋媳妇回来。"

"他敢!"房东大叔跺着脚说，"那些个人高马大的洋人没啥好的。八国联军进城时，没少欺负咱们北京人。"

黎冰不依不饶地争执道:"你这是偏见，要我说，你就不该把自己的儿子送出国。"

房东大叔笑着摇摇头，嘴里哼哼着说:"好厉害的一张嘴，我就是想要个这样的儿媳妇。"

怕他们无休无止地争论，我陪上笑脸，着急着把房东推出门。

"于溪，你看到没有?大爷都认可我这个好儿媳妇。"

"你差点把未来的公公气岔了。"我窃窃地偷着笑，"当心过了门，给你小鞋穿！"

"于溪，你……你，这是吃醋啦！"

"哼……"

陌生就此画上了句号。黎冰丝毫不见外地霸占了电话线，吵着要上整晚的网。

房东大叔安排了一间临时房给我。洗完澡，我独自躺在床上想，如今，舒晓又在哪？而我同黎冰之间的暧昧关系，又一次升级了。这让我深深地内疚。

黎冰是个不错的女孩。她像温和的晚风，碧绿的原野，清澈的湖水。她又像完美的恋人，无怨无悔地投入着自己感情。

我睁着眼睛，透过漆黑的夜，望着没有边际的星空，思绪也飘出了窗外。

大厅里的摆钟响了12下，零时零分零秒。我有点心疼那个坐在电脑前的女孩，于是，轻轻地推开门，看见黎冰趴在桌上，像是睡熟了。

笔记本电脑上的鼠标指针仍在闪烁。她刚刚写好的文档，正停留在打开界面：他的理想是当个作家，有着固定收入，买得起房子，不想让我跟着他吃苦。他能这样想，我已经觉得很欣慰了，再不忍心他吃太多苦。另外，嘻嘻，我哪有什么第6感，不过是我在等着他而已，这得感谢强大的互联网，也感谢自己战无不胜的勇气。想起，今天能和他第一次牵手的画面，仍然兴奋不已，今晚恐怕是无法入眠了……

屏幕上真挚的话语，让我很难过。我轻轻关闭上电脑，拿来毯子，盖住她的身子，拉灭电灯。那一刻，一切又恢复了平静。

午后，阳光温暖，天空飘着几朵奇特的云。天台上飘逸着清香，芦苇架上结出了四季豆，土陇里的西红柿出苗了一大截，泡沫箱里的韭菜、葱、辣椒，长得一般高，整齐堆放在沿边上。

远处郊游的，支火烧烤的，搭棚露营的，架杆垂钓的人，散布在西康草原的草地上，享受着下午难得的好时光。

黎冰脱掉鞋子，踩上我的肩膀，爬到了天台的轿顶。站在和煦的阳光里，她目眺着西康草原。

"这儿太安静了！突然有一种想亲吻的冲动！"黎冰站在2米多高的轿顶上，对着空气大声地喊道，"于溪，你是怎样的心情？"

"平静，又很享受。"

"还有呢？！"她又提高了嗓门。

"没有了。"我仰着头回答。

黎冰一屁股坐了下来，晃动着脚丫子，有气无力地说道："呜，好失望，难得惬意，又觉得幸福满满。"

"下来吧？"我顶着刺眼的阳光，仰头询问道。

我张开双臂，接住她悬空的身体。落地的那一刻，她紧紧地抱住了我。

"寂静的天台，清香的空气，就想和你静静地多呆一会儿。"

贴着她绯红发烫的脸，我轻轻地吻了下去，然后是柔软的双唇。下午的阳光缓缓流淌下来，我们紧紧地拥抱在一起，享受着心动的感觉。

"于溪，你喜欢我吗？"

"喜欢。"

"呐，你爱我吗？"

"你是想问喜欢和爱的区别吧？喜欢就是想拥有，爱就是既想拥有也愿放手。"我巧妙地避开了她的问题。

"呐，你真可怜！不像我，清清楚楚地知道喜欢谁，爱谁！"黎冰突然放声大笑起来，爽朗的笑声打破了午后的宁静，"此时此刻，我可以大声告诉你，我爱！我爱你！"

"干嘛突然讨论这个问题了？"

"当然得讨论，这可是经久不衰、讨论了上万年的话题，也是生而为人的最大的乐趣。不过，像你这样的人，有95％是交不出满意答卷的。庆幸的，我是那少有的5％。"

"听你这么一说，我挺好奇这5％的。"

"真的好奇？"她抿嘴露出神秘的笑，"不过，你的悟性应该理解不了。"

"好啦！你是怕自己的那点小九九，呼啦呼啦抖搂完了。"我不以为然地催促道，"甭卖关子了，我洗耳恭听呢！"

"照你这么说，今天不弄点真本事，你还真把老虎当猫咪了。"她握紧了拳头，急得蹦起来，愤愤地说，"这么和你说吧，喜欢和爱就像火山。火山又分死火山、休眠火山、活火山。"

"火山？好奇怪的比喻，不过，我实在联想不出，这两者能有什么联系。"

她信口开河的胡咧，让我先是一震，接着又觉得好笑。

"好笑不？说你到不了我的境界，你偏不信。同样的屎壳郎，遇到了牛屎，它能塑造出完美的艺术品，而遇到了人屎，就只能躺在'沼泽'里，晒晒太阳，养尊处优了。"

"我越听越糊涂了，怎么扯上了无辜的屎壳郎？"

"别急，重点还在后头。之所以同你胡扯这些，只是想告诉你，一个艺术系女生的思维并不逊于你这个大作家！"她的脸上露出胜利的喜悦，嘴角又一次划过神秘的笑容，"同样来自地幔的火山，成因和形状也毫无区别。问题就来了，95％的人心里的小火山刚刚喷发，就敲定了伴侣。这不，上半身心生欢喜，下半身就忙着泄火，小火山慢慢就死了。"

"好生动的比喻。真让人刮目相看。"

"于溪，你先别着急夸我，精彩的在后面呢！"她继续自鸣得意地说，"只有5％的活火山，蕴蓄了摧毁一切的热量，在等那颗落入心湖的石子，然后'砰'的一声，烧毁一切，寸草不生。"

"寸草不生？"

"对，寸草不生！"她斩钉截铁地说。

"你是5%的活火山，那……"我的情绪有点低落，"哪，我是那95%的死火山吧？"

"这样说吧，在遇见我之前，你就是一座死火山。"她说着说着，"扑哧"一声笑了起来。见我仍在渴望地看她，黎冰拍了拍胸口，憋住了笑，继续说，"是我的出现，让你复活成了休眠火山。"

"暂时睡着了的火山？"

"想得美！有我这把火在你屁股下面烧着，岂能让你睡得安稳！"

"那，你得当心了，小心被烧成灰烬。"

"于溪，真的等到那天，又何惧烧成灰烬。"她含情脉脉地看着我，眼里闪出泪光，"真的等到那天，我就在平地上再建起一座城堡，围墙高过云霄，连只鸟也飞不进来，然后同你化成灰烬。"

"你这么优秀，自己跟自己玩吧。我仰望你，就够啦！"

"少来啦！你可别想把我绕进去。"她的小拳头像雨点落在我的胸口，"我就想对你要要野蛮，撒撒娇。你还不许抱怨！我只是用各种方式表达自己个性的爱。"

黎冰翘了课或是请了长假。我没有多问，继续享受她带来的活泼空气。

"丫头，什么时候请吃喜糖呀？"房东大叔当着我的面，同黎冰开起玩笑。

"大爷，俗话说，巧妇难为无米之炊。我有锅，但没米呀。你还真得问他了。"

"也对，也对。"房东大叔把目光转向了我。

我接过黎冰抛来的话题，不知如何回答，只能陪上尴尬的傻笑。

"大爷，您也看到了，我倒是有心请你吃糖，哪怕多喝几顿酒也没问题。"黎冰先是一脸无辜地看着房东，然后又偷偷地撇嘴笑了起来，"看来得委屈您老多等几年了，到时牙齿掉光了，他才把糖给您送来。"

房东看着伶牙俐齿的黎冰，同我相视一笑，继而转换了话题。

接下的几天，我继续撰写论文。黎冰揽去了洗衣做饭的活，然后安静地陪在一旁。

她每天乘车前往农贸市场，拎回新鲜的猪肉和海鲜，再爬上天台采摘些蔬菜回来。

不过，她的手艺着实不敢恭维，白白浪费了食材。房东两口子尝了一次，死活不敢再来。我则一边吃一边苦笑着夸赞，菜的花样繁多，没准水煮更美味些。

下午时分，黎冰喜欢去村外的草滩上散步。她似乎对小小的渔村兴趣浓厚，喜欢晾晒的形状各异的鱼干和悬挂在竹竿上的渔网。她也时常托着下巴，坐在河滩的岩石上，安静地守望傍晚的归鸟。

"这儿的水太美了！真想带点回学校。"黎冰感慨道。

我理了理她额前的乱发，笑着说："杭州西湖的水是不是更有灵性？"

她装着没听见，兴奋地冲向浅滩。远处的渔村亮起了灯火，她才停住了嬉闹，开始往回走，湿漉漉的裙摆在风中，猎猎作响。

"于溪，我该回学校了。"

"明天吗？"我有点依依不舍。

"嗯，明天。"

黎冰回校的前一晚，拖着白皙的湿漉漉的身子，悄无声息地钻进我的房间。她站在我面前，束拢起头发，犹豫了一会，仰面躺了下来。

"于溪，我有点紧张。"她颤抖地说。

听她这么一说，我便翻下身，仰面躺着。黎冰蜷缩在我的身旁，慢慢伸出手，摩挲在我的心脏上方。她在想什么，我无从得知。

远处传来长长的鸣笛声，划破了寂静的黑夜。

忧郁的爱

1996年6月，论文答辩顺利通过，大学生活也结束了。

毕业生穿着粉领的学士服，顶着黑色流苏的学士帽，站在校园的树林里，草地上，亭榭处，石桥上，到处取景，拍照留念。

一张张转眼成熟的笑脸，沉浸在欢快里，也昭示着远去的青涩的回忆。

黎冰脖子上挂着数码相机，一路奔跑过来，红着脸蛋说："于溪，把手给我。"

她拉着我走进欣园，然后端起相机对准我。我努力扬起嘴角，感到表情异样，又略微收紧了点肌肉。

"很难拍出你幸福的表情！"她蹲在不远处，不满地嚷了起来。

我刚好得知，学校援边计划意外搁置了，安排我同下届毕业生一起，或者自行联系西部的学校。

高校林立的北京，像文大这样不入流的高校，就业犹如闯鬼门关。我一门心思计划着工作着落的问题，想到这里，心里只有阵阵酸楚，何来幸福可言。

"我回去修一下图，看能不能将你眉心处两道竖纹修去。"黎冰噘起嘴，无奈地说。

"你就是好事！拿着所谓的第6感，去掌控别人的命运！你真以为自己是谁，可以掌控别人的命运！去他妈的，第6感。"

"你以为我稀罕！"她踉跄着退了几步，用哀痛的眼神看着我，"我只是不想错过你人生的重要时刻。"

说完，她捂住脸，跑着离开了。

我朝着她远去的背影，大声地喊道："波顿说过，恋爱就是想奴役对方。你最好承认这一点……"

毕业典礼结束后，我去了一趟门卫室，最后一次取走信件。

大半年过去了，舒晓终于来了信。

于溪：

马上进入六月，白天和夜晚的温差还是很大。上午干活的时候，还穿着短袖，晚上睡觉的时候，就要盖上厚厚的棉被。

北京回来，忙着打芦苇，又忙着收麦栽秧，一直静不下心，所以拖着没给你写信。

这一拖，就是大半年。湖荡里的芦苇长出一人高了，一眼望去，是望不到头的绿。

现在是中午时分，耀眼的阳光如血色，洒在白色的信纸上。坐在院子里，提笔给你写信，却不知该写点什么，还是絮叨点家常吧。

前段时间，连下了几场雨，田头的秧苗存活了，院子里的桃树也结了青果。突然想起，马上要"入梅"了，河里的鱼又要往秧田里跑。

从前你在的时候，你、我、国富经常往田头跑，奋不顾身跳进水里，然后搅浑沟渠里的水，轻松逮住鱼虾。

今天上午，我去了趟"鬼化地"。走进茂密的蒿草丛，我就在想哪只小虫会是爷爷灵魂的化身？它一定恋恋不舍地跟了我一路，而我又无法带走它。

然后，我坐在爷爷的坟前，陪他说了很长时间的话。毕竟他生前很喜欢我，而他现在又很孤单。

于溪，你向爷爷许下娶我的承诺，我不要了，也不想要了。我只想你能回来祭拜祭拜爷爷。

我也不会因为你不爱我了，再去埋怨什么。你依然是我从前认识的于溪，内心柔软，受了委屈，嘴上从不说，但心里会难受的于溪。

我只希望有一天，你能够从内心深处接纳这个贫穷但民风淳朴的地方。毕竟，这是你的生生之地。

你没回来的这几年，村子发生了很大改变。村口的那座石拱桥拆了，桥墩石和桥面石运去了文化局。镇上通了"农村公交"，宽大的水泥路修到了村口，而且道路两旁还种上了好看的绿植。

国富已经回村了。说实话，看见他，我是很开心的。他逃避了这么多年，最终还是回到了这里。

最近，我妈妈的状态很差，经常说些胡话。她总担心有人要害她，把能记起来的人，都骂了个遍。如今，我看见她这样，突然之间，已经不恨她了。

唯一不变的是我，确切地来说，是我的心没变，思念还在滋长。

家乡的夜，洒着冰冷的色调。突然想起，你在油菜花丛里，对我微笑。你说爱情美好，谁能爱到天荒地老？茫茫人海里，如果相遇太早，也只是一场疲惫的奔跑。

我只祈祷现世安稳，岁月静好。

想你了：舒晓

1996 年 5 月 24 日

我给舒晓回了一封信，投进了邮筒，转身离开后，突然又后悔了，让邮局的人开了邮筒，又拿回了信。我就是想这样错过她，也算是彻底同过往的人和事割得一干二净。

许多年以后，世上再无舒晓的时候，往事才日渐清晰地呈现，似乎她从未离开过。虽然表面上不悲不喜，但我的骨子里永远动荡不安，借当下流行的词来讲，这是"渣男"的特质。

九月、十月，企业招聘的旺季，我拖着破旧的行李箱，白天去应聘，晚上躲进小网吧过夜。

逢周一，工厂门口挤着黑压压的人群，需要费很大力气才能抢到一张应聘表格。

工作人员捂住鼻子，递过一张表格来。我看到他嫌弃的表情时，才意识到自己很久没洗过澡了。

那一刻，绝望顿时冒了出来。我突然想起那个独自闯进城市的女孩，也是经历着绝望，才灰溜溜地离开北京。

我能想象出，她在身心备受打击后，"叫天天不应，叫地地不灵"地游荡在街头，那真是孤零零的绝望。我又何尝不是呢？

乌烟瘴气的黑网吧里，夜不归宿的人，多半是些失意的人。我也混杂在其中，打开电脑阅读黎冰的留言。

于溪：

近况如何？想必，会有更多的灵感去创作了。

这些天，我试着逃避。酒吧里买醉，迪厅里沉沦，网络游戏里杀戮，很累，很疯狂，也很惬意，原来放手也是种美丽。

她只是爱他而爱他，也只是想带给他快乐。可是后来才发现，爱他真的不容易，既要化解周围人的不满，又要接受他的不纯洁的爱。

她想破脑袋也不明白，他为何如此患得患失？其实，她可以过得很快乐，因为想照顾她的男生很多。

读完她的留言，我凄笑了一声，简单回了一句：愿此生安好！

我对着屏幕发呆，然后努力笑笑，做到让自己坦然。

几分钟过后，"冬天的和路雪"点开了我的窗口。

和路雪：于溪，你快一个月没上网啦，看到我的留言了吗？

我：嗯，我问你，人会消失吗？

和路雪：当然会，怎么了？消失就意味着不存在、没有意义、虚幻。你能看见的，触摸得到的，感受得到的，才是真实的。

我：比如你？

和路雪：当然啦！你看得见我的笑容，听得见我的呼吸，触摸得到我的身体。你闭上眼睛，有没有感受到我在抚摸你的心脏？

我：想象是件很累的事。

和路雪：来西单吧，中午 12 点，地铁 1 号线，A 出口。你可以再次拥抱我，再也不会感受到夜的寂寞。

北京很美，但不温暖。

临去西单前，我走进理发店，坐在椅子上，竟被镜子里苍白消瘦的脸吓了一跳。

理发店里播放着流行音乐，中途切到班得瑞的《仙境》。我听着听着，难受了起来，总觉得心里还在想着某个人。

西单地铁站，黎冰戴着冰蓝色的太阳镜，穿着超短的迷你裙，站在 A 出口的雨棚下。

我又注意到，她的头发剪短了，还染成了墨绿色。她从人群里向我走来，故意掀起裙角，吸引着周围的目光。

她时髦的装扮，性感的身材，挑逗性的走姿，透着一股诡异之气，确实很吸引眼球。

黎冰迅猛扑进我的怀里，紧紧抱住我的腰，犹如寻回失而复得的宝物。

"数数我身后的色狼。"她贴在我的耳边，颇为得意地说。

"三个？不对，可能有五个。"

"晚上，他们一定会想着我，辗转难眠。"她赤裸地挑逗，然后又推开我，继续得意地说，"你是不是有了反应？老实说！"

我看着眼前皮肤白皙、穿着火辣的女孩，尴尬地笑了笑。

公主坟附近的地下旅馆。一条阴暗潮湿、望不到尽头的走廊，弥漫着浑浊略带臭味的气味。

"上次去北戴河旅游，几乎花光了生活费。我们将就住几天。"她略带歉意地说。

黎冰打开我的行李箱，取出我的衣服，放进了衣柜里。她取出舒晓的相框，仔细地看了一会儿，又默默放了回去。

"她叫舒晓，我们一起长大。"我随口解释道。

"不过，我觉得她本人更漂亮。"黎冰"嘿嘿"地笑着说，表情有点异样，"你快去洗个澡，我出去买点东西。"

她刚说完，便走了出去。长廊里响起清脆的鞋底声。

公共浴池里的热水，冲刷掉了我身上的酸臭味，也让我恢复了精力。

黎冰洗完澡，闹着给我做美容，然后骑在了我身上，往我的脸上涂满海藻泥。躺在狭窄的床上，我看着她根根竖立起来的短发，"哧哧"笑了起来。见状，黎冰马上撩起了缎面的睡袍，拉过我的手，放在她修长的腿上。我轻轻地抚摸。她解开我的衣扣。寂静的房间里，只剩下急促的呼吸声……

参加过几场过大大小小招聘会，投出的简历犹如石沉大海。眼见着房租也快到期了，我是真的着急了。

房东没有催要房租，甚至再三劝我留下，再慢慢找工作。只是面对他们的好意，我实在过意不去。于是，我搬到了郊外的通州区，住到了唐明辉那里。

通州区南大街，北京的"贫民窟"。唐明辉租着便宜的民房。

所谓的民房，是村民自建的两层至三层的砖混结构，上下往往有十几、二十几个房间，户外修有两到三部楼梯，供租客上下使用。走廊中间和两端的位置，设有公共厨房，搭上长条木板，均匀划分了租户的灶台。

民房附近，会有收费的公共厕所，由老头老太看守，标牌上写着大便 1 毛，小便 5 分。

错综复杂的巷口，简易木板搭建的开水间，常由外地人经营着。水炉前挂着木牌：小壶 3 分，大壶 5 分。前去打水的租客，遇上店主不在时，会自觉丢钱在木盒里。如果没有零钱，也会自觉找零。

偶然的意外，唐明辉混进小有名气的"唐朝乐队"，在各个酒吧、夜总会走场。

唐明辉在北京落了脚，虽然住着只有一扇窗户的民房。相比我来说，他早已能够养活自己了。

我没能如愿得到体面的工作，只应聘了一份馒头厂点检员的职位。至于种种曲折，也就不过多赘述，只是和唐明辉有点关系。

上班时间，机器开动，就开始清点存发货的数量，再做好统计报表。

在吵闹的车间里，我接触到的人非常少，生活犹如死水一般。当然，这样的工作还是有好处的，就是有充足的睡眠。

那段时间，我反复做着同一个奇怪的梦：寒冷的城市街头，出现一架机身庞大的飞机和一只低空盘旋的大鸟。飞机轰鸣着走在前头，黑色羽毛的大鸟跟在后头。大鸟一边低沉地笑着，一边拔下自己的羽毛，同飞机一起消失在了城市的尽头……

醒来时，我会心一笑，或许哪天真有一架轰鸣的飞机，带我去往全新的世界。想到这里，又能重新振作起来，然后继续上班读报纸，下班窝在床上看电视，周末清扫屋子。

于我不同，唐明辉是一天比一天忙碌，经常醉醺醺地从夜场回来。他的穿着打扮也发生着变化，留长了头发，打了耳钉，纹了纹身，变换着各种颜色鲜艳的衣服。

唐明辉就像百变又忙碌的超人，从头到脚改变着自己。唯一没有变的是，他内心依然静如死水，依然闷闷不乐，依然郁郁寡欢。在这点上，他自己最清楚。

最重要的是，他的经济宽裕了，开始寻觅各种美食，然后深更半夜叫上我，去吃香口鲶鱼、麻花豆腐、脆皮烤肉。

我俩一致认可南大街42号的烤肉店，还美其名曰"御用厨房"。这样一来二去，同烤肉店的老板也混熟了。

"御用厨房"的老板是蒙古人，除了高突的颧骨外，很难将个子一米五出头又略微秃顶的他，同壮硕的蒙古大汉对上号。

店老板喜欢北京小曲，稍有闲暇，嘴里便哼起了小曲。唐明辉总说，店老板蹩脚的普通话毫无美感，但我觉得他唱出了小调的韵味。

"掌柜的，有啥新曲不？"我把老板招呼过来，"听了一晚的《探清水河》，耳朵快起茧了。"

老板赔上笑脸说："得嘞！哥们儿，您受累内，《白蛇传》如何？"

我满意地点了点头。半夜三更，店里除了我们，仅剩下一桌客人。店老板干脆又搬来一箱啤酒，与我们同饮。他就像是找到了知音，没有丝毫羞涩地扯起嗓子：

> 人生在世天下游，争名夺利几时休。
> 闯罢了江湖跑断了腿，走遍了天下游遍了州。
> 四方景致观不透，那天下美景数这杭州。
> 山又青来水又秀，真好似金山竹影几千秋。
> 龙头船引着凤船走，公子王孙坐在了高楼。
> 那金鱼儿也是斗，那银鱼儿也是斗，嘿！来往就不断那打鱼的舟。
> 清明节许仙来插柳，家家户户祭扫坟头，许汉文撩衣往前走。

又来了温柔典雅美貌多姿十七八岁两个大姐姐。

小酒喝到了天亮，小曲也唱到了天亮，杂七杂八的理想也谈到了天亮。醉醺醺地回去睡了一觉，什么也都不记得了，醒来后，唐明辉和我依然心照不宣地孤单。

唐明辉没有再提起，想把守望农场的水销往全世界；我也没有提起过，渐渐习惯了没有舒晓的日子。

暑期刚刚过半，黎冰通知我，她已经提前返校，前去参加考研辅导班，中途会在通州火车站下车，让我做好接车准备。

清晨下起一场小雨，到了傍晚才停，也逼退了连日的高温。

下了班，我早早地赶往火车站，蹲在空地上抽烟。进出车站的人群，没人注意到我。他们大多脚步匆忙，脸上透着疲惫。

远处广场上，几滩积水倒映着染红的天空，疾驶而过的汽车，穿过积水的路面，溅起泡沫的水花，打碎了原本完整的倒影。

天色渐渐暗了下来。马路上的路灯，一盏接着一盏亮了起来。来来往往的人群不见了，蚊虫却多了起来。

偌大安静的广场，仿佛只属于我一个人。我悠闲地抽着烟，一根接一根，殷红的烟灰从指尖抖落时，感觉时间也是这样从指缝里溜走。

"先生，借个火。"

黎冰突然站在我面前，身着深蓝色碎花V领吊带裙，搭配着白色开衫。我站起身，赶紧扔掉烟头，目光聚焦在她V领下的肌肤和胸前的水晶吊坠上。

"于溪，你在开小差哦！不许胡思乱想！"她瞪大了狡黠的眼睛。

"哦，不……不，我没乱想。"心思被看穿后，我有点语无伦次。

"这次就算了，我不是小气的人。"她看到我紧张的样子，笑了起来，"你不打算邀请我散步什么的？"

"有一个地方，我想你应该喜欢。"

"毕业后在做什么？"半路上，黎冰问我。

"白天在馒头厂上班，晚上无聊。"

"像捏面人一样吗？"她的眼睛突然神秘地闪烁起来，躲在长长睫毛的深处。

我摇摇头说，不是。

"好可惜，本来可以教你一些捏面人的手法，让你找点新乐趣。"

"捏面团有什么乐趣啦？"

"当然有乐趣啦！不然女娲娘娘捏那么多泥人干嘛？"

"女娲是怕孤单，才捏出那些小人的。"

"于溪，你想过没有，没准我们也是别人创造的玩具小人呢？"

"荒诞！"

"不荒诞，我刚研究了相对论，弄明白了十维空间理论。"

"你是想告诉我，你悟透了相对论？"

"可不是嘛，四维空间里，时间是静止了，爱也永恒了，但人动不了了。可是一旦进入五维空间，时间就消失了，爱一样永恒，人还可以活动。如果再进入六维空间，地球不过是颗玩具弹珠，我们一生的轨迹不过是些可快进可快退的画面，也会被随意删除。真要进入六维空间，可就悲惨喽，别人掌控了我的命运，随手安排个我不喜欢的人给我，那才叫一个悲剧！"

"谬论，深奥，但有那么点意思。"

"你不能理解就对了。我就是想证明一下，胸大的艺术系女孩，脑子更好使。"

"……"

通州东大街的创意园，许多高校的艺术生和民间的艺人，创办艺术工作室，加工和销售自己的创意。

每逢周末，外地的艺术工作者也会带着原创的作品，摆在租赁的摊位上售卖。

具有浓厚艺术氛围的创意园，常常吸引了艺术爱好者和一些收藏爱好者的光顾。

一米多长的摊位，一个挨着一个，蔓延了几百米下去。漆黑的夜色下，摊位顶棚上悬挂的小灯泡，发出昏黄屡弱的光来，远远望去就像通体明亮的游蛇。

路过艺人的摊位，黎冰翻看别人的作品。碰到凝聚着匠人心血的创作，她总是赞不绝口，兴趣浓厚地交流上两句。

她像发现新大陆似的，流连于每个摊位前，对每一件喜欢的作品，毫不吝啬地出手购买。一件件陶塑、编织品、绘画作品，全部塞进了包里，直到她的双肩包和单肩挎包装满为止。

她还时不时拉住我的胳膊，把发现的新鲜独特的作品指给我看，并加以评价。

并肩走在她的身旁，我的目光不断地落在她的身上，发现她时髦的妆扮也是一种艺术：耳朵上晃着硕大的闪闪的耳环，棕色的腰带束住细长的腰身，裙摆上的褶皱飘逸出绰约的风姿，紧身的丝袜突显出腿部优美的线条。

逛完了摊位，又逛了几家工作室，黎冰仍然意犹未尽，直到双腿提前罢工，我们才坐在露天的长椅上歇脚。我坐着抽烟，她傻傻地看着我。

一个十岁左右、卖木偶的小女孩，朝我们走来，嘴里"呜呜"着，打起了手势。

"你是在夸姐姐漂亮吗？"黎冰俯下身子问卖木偶。

小女孩使劲地点了点头，然后仰起琥珀一般的笑脸。

"小妹妹，木偶多少钱一个？姐姐想要一个。"

小女孩伸出小手，翻了一番。黎冰从挎包里掏出十元钱给了她。小女孩感激地笑了笑，然后活蹦乱跳地跑开了。

黎冰把栩栩如生的木偶送给了我。

深夜的街头，飘起滋滋的肉香味，滋长起暖心的温情。小个子老板哼着永不过时的小曲，招呼着迟迟不归的客人。

他没有太多爱好，喜欢钻研烤肉，钟爱老北京的味道，喝点小酒，唱几句小曲，仿佛人生惬意到头。

南大街 42 号烤肉店，我向黎冰详细介绍这家店。

黎冰附和道："爱上一个人，恋上一座城。"

她大体说的是这回事。世间的万物具有关联性，一首歌、一壶茶、一座山、一条河、一棵树、一朵花，你会联想到曾经熟悉的人和事。

往往很多时候，我们在意的并不是事物的本身，而是能够回味的情怀。哪怕是在露天的大排档，只吃碗凉皮和米线，或就着花生米，喝几瓶啤酒，半醉半醒地吵闹。

"你就是唐明辉吧？"黎冰主动打起了招呼。

唐明辉穿着崭新的衣服，气喘吁吁地冲了过来，一屁股压在塑料凳上。他抹了抹额头上的汗珠，才抬头看着我们。他的目光落在黎冰脸上时，笑容瞬间凝固了，脸色阴沉。

"你比约定的时间晚了一个多钟头。"我不满地抱怨道。

唐明辉低下头，闭口不言。饭桌上只剩下紧张，让人窒息般的难受。

黎冰尴尬地看着我。我只能不明原因地摇摇头。盘里的烤肉很快没了热气，浓郁的香味也消失殆尽。

"我以为舒晓来了。"唐明辉的眼眶倏地红了，终于表露出不满，"现在，你又和她在一起，到底是怎么回事？"

黎冰捂起了耳朵，眼眶里已闪着泪花。她似乎并不想在难得相聚的时间里，听些沉闷的往事。

"于溪，趁你的小女朋友在，我就说道道道。"唐明辉极其缓慢平淡地吐出每一个字来，"在我看来，就该用道貌岸然、衣冠楚楚、沐猴而冠形容你。"

"什么意思？"我的心突然咯噔了一下，以为唐明辉吃错了药。

"我……我就想……"唐明辉哽咽了良久，突然嘴角勾起一抹冷笑，继续说道，"我就想把憋了一肚子的话，抖搂个干净……"

"你……你在说什么？"我听他这么一说，心里明白了七八分，只觉得脑子嗡地一下，像炸裂一般。两腿也开始发软，支撑不了身体的重量。

"你根本就是一个不敢负责任的懦夫！你把舒晓当什么？可以随意糟践！"

"什么？"我慌乱地看了他一眼，然后费力地重复道，"随意糟践？"

"你们不要吵了！"黎冰在一旁，几乎要大声地哭了出来，语气里透着焦急，"唐明辉，你甭指桑骂槐，我黎冰敢作敢当！你有什么怒气冲我撒！"

"我犯不着同女人一般见识！这是我们兄弟之间的事！"

"你没看到他难过成这样子，你就不要再揭伤疤了。"黎冰着急得，眼泪流了下来。顺着脸颊滴到桌上，在桌面上印出水迹。

"你就是看他可怜，才喜欢他的？"唐明辉看着黎冰，冷冷地笑道，"你有学历，又有钱，能让他有面子。你要是没有这些，在他眼里什么都不是。"

我的心被唐明辉的冷笑刺痛了，如利刃割破般的疼痛。我颤抖着嘴唇，再也说不出话来。

面对唐明辉的冷嘲热讽，我开始麻木了起来，心痛又说不出话，身体像冻僵似的，僵硬地挺着。

"你……你太残忍了……"黎冰猛地抬起头，脸上的肌肉一抽一抽，牙齿磨出"咯咯"的声响。她那委屈的眼泪，迅速布湿了白皙娇嫩的脸。

"于溪，你从来没有认为你有错吗？"唐明辉继续中伤我。

"不是你想象的那样，时间过了，感情淡了……"我的语气克制着缓和，但内心早已按捺不住愤怒。我怎么也没料到昔日的好友，怀疑起我的人格，把我看成攀权附贵的人。

"你不要说了！你有什么可以解释的……"唐明辉像一头咆哮的雄狮，愤怒地打断了我的话，"你心里有爱吗？"

我开始沉默不语。一股沉重的气流涌向喉头，涌向口中，像火山爆发的气流。我的心更像是放在了岩浆里煎熬。

"你可以问问他，他心里有爱吗？"唐明辉把头埋到了手心，不住地摇头，露出的下巴抽搐起来，"一个连亲戚都不联系、连家也不愿回、连个朋友都没有的人会有爱吗？"

"这些都是真的吗？"黎冰表情痛苦地看着我。

在事实面前，我犹豫了一下，还是点了点头。可是谁又能理解我的委屈和无奈。一个吃顿饱饭都困难的人，谁又愿意同这样的人做朋友。

想起以前的种种，我依然感到鼻子发酸。困难的时候，摸着口袋里的钱，连一顿正餐都不敢吃。路边的煮食摊上，明知道串串里放了止泻药，也管不上其他器官难受不难受，能满足嘴和胃就行。

我是没有朋友，一个连自己身体都没有资格爱惜的人，年纪轻轻就让肩周炎缠身，何来三朋四友，何来推杯换盏？

我以为什么都不说，唐明辉也能理解，就是因为他是我唯一的朋友，仅剩的唯一的朋友。

"于溪，你再也找不到舒晓那么好的女孩了！你就是命贱，身在福中不知福！"唐明辉面红耳赤地继续指责我，"你真该向那个你亲手毁掉的女孩去赎罪！"

"记住就够了，那份记忆永远属于自己的。"

一切突然安静了下来，连同周围紧张的呼吸声也消失了。我的脑海里出现一幅幅遁逃的画面：周围的桌子、椅子、房子、路灯、全都从眼前消失了。一个女孩站在空旷的草地上，远处是伟岸挺拔的热带树林。没有人，她很孤单。

唐明辉再次笑起来，冰冷又麻木的笑声像扎进我心里的针。他就像张开满嘴尖锐牙齿的野兽，露出凶残的目光。

"于溪，答应我？你们不要吵了行吗？"黎冰转过头，带着询问的目光看着我，"看来，你们是不能原谅我，从现在起，我马上消失。"

我心里堵得慌，竟粗暴地向唐明辉扑了过去，然后扭打了起来。在众人的喝彩下，越打越起劲。

筋疲力尽的时候，两人无辜地对视着。唐明辉坐在塑胶椅上，急切地掏出烟，想点燃，但手抖得厉害。最后，他把整盒的烟扔到了地上，用脚不停地踩碎。他近乎失控地叫道："你有罪！你有罪！……"

黎冰目光冰冷地看着我们，几分钟没有说话，然后慢慢站起身，挎上包，朝着幽黑的巷子走去。

周围彻底安静了。圆桌上的烤肉没了香味，但色泽依然金黄。

唐明辉推了推我，举起啤酒杯，碰了碰我的杯子，然后仰头喝光。

于是，我们继续大口喝着啤酒，听着店老板哼唱的小曲，磨蹭到深夜，醉醺醺地搀扶着，高唱着《探清水河》，回到住处。

回到出租屋里，头顶上玻璃小彩灯，迸出七色的火星。我使着全身的力气，艰难地爬上木床的上铺，然后捂住肿痛的脸，脑袋空白地睡着了。

清晨的阳光穿过木窗，爬到床上，照到脸上时，我清醒了过来。

暮　色

　　那个酷似中世纪木版画里的女孩，挥舞着小拳头、调皮又可爱的女孩，在我和唐明辉的注视下失望地离开了。

　　我的世界又少了一个人存在，仿佛失去仅有的一束光。我的生活再次黯淡一片，落入挣脱不开的悲伤之中。

　　夏天的时光，昼长夜短。玉带河的水面上，几只白色的蝴蝶在水草丛中嬉闹着。它们扑打着翅膀，时而在水面上空盘旋，时而停息在草茎上。远远看去，它们像是随风飘动的雪白的花朵。

　　午后的燥热不想退去，聒噪的蝉鸣不肯停息下来。可惜，几片落叶飘下，夏天过去了。

　　秋天的时光，先是昼夜平分，然后是昼短夜长。草丛里准时响起的蛙声，突然消失在遮掩的暮色里。顿时回味起，吵闹的蛙声，也是十分悦耳的。可惜，秋天又过去了。

　　寒风亲吻起脸庞，夕阳只在林中徜徉。转眼间，大地换上了冬装。

　　玉带河的水面上，笼起阴沉沉的烟雾。灰色的渔船缓慢行驶在河面，像不断跳跃出水面的白鲫，若隐若现。

　　清冷的深夜，窗外呼啸着寒风，屋内充斥着令人窒息的烟味。吱吱作响的风声，带来片片飘落的回忆。时光像喷洒着"百草枯"的机器，让鲜活的生命静静地枯萎。

　　转眼又到了温和的春天，到了花开的季节。倘若是去年，依旧下着大雪。

　　窗外透进来的光亮，远不足以温暖那阴冷的房间。大半年下来，我也逐渐适应了阴暗潮湿，就像没有阳光的洞穴里，活得开心的老鼠。

　　"海鸥"牌录音机里播着班得瑞的《仙境》。

　　昔日的音乐，同一盘磁带，同一个录音机，播放出来，竟然是不一样的感觉。仿佛，它从时间里淌过，就开始变得支离破碎，变得格外伤感；仿佛，它呈现的不再是一个仙境，而是另一个色彩阴冷的世界，里面的生灵正在挣扎，如同遭受着巨大的折磨。它们不停地抽搐，直到躯体僵直。

她们离开后，酒精和香烟成了满足空虚的必需品。可是，这样伤害自己，她们能感觉到吗？又会心疼吗？细细想来，此番举动，竟是多么幼稚。

关于她们的记忆，一天比一天模糊。这种感觉就像是一枚飘落在水面的花瓣，在眨眼之间，便倏地消失了。它是静静地沉到了水底，还是悄悄地随着流水漂走了？

下一站，远方

整整一年的时间，生活平静如水。

偶然在"平安公益活动"的网页上，浏览到贵州石门小学的信息。一位五十多岁的校长兼授课老师，在网上发布了招募支教老师的信息。

通过网络，我主动联系到对方，并简单介绍了自己，然后十分诚恳地告诉对方，他同意聘用的话，我立刻向学校提出申请，以便拿到300元的月补贴。

对方听完后，立刻同意下来，并在ICQ的对话框上，打满了笑脸符号。

工作日，我特意请了假，去了趟中文系教务处，同校方签订了支边协议，办理了相关复杂的手续。

走出校门时，门卫大叔意外认出了我。他觉得奇怪，估摸着我已经毕业，没想到还能看见我。他告诉我，往届毕业生的信件里，有一封寄给我的信，既没有寄件地址，又无法退还，门卫处很快会作销毁处理。

一大筐无人认领的信件里，我一眼看到了舒晓的笔迹，邮戳上日期显示已有半年之久。

从学校回来，突然有点不适。起初，以为疲乏而已。晚上，只喝了点粥，结果还是吐了。

吞了两颗药片，以为可以好好睡上一觉，却怎么也睡不着。于是，起床，打开舒晓的信。

信是从云南丽江寄来的，里面夹着两张照片。其中一张是她镜子里的自拍，背景是酒店的大床。另一张是挂在镜前的胸衣和三角内裤，背景是卫生间半透明的磨砂玻璃。

照片的背面，她字迹工整地写道：练了一段时间瑜伽，腹部的赘肉消失了，有了明显的马甲线。花了一个月的时间，参照日本流行的无钢圈零度文胸，制作了一套胸衣和内裤。内裤上的蕾丝，花了差不多一个星期。

我没有明白照片的用意，更不敢直视让人血脉偾张的画面。舒晓应该在隐晦表达已经失去的青春，仿佛在我欣赏完这些作品后，它们将会变得不再完整。

于溪：

明知道你有了女朋友，还寄这样的信给你，也不知道这样做，是对还是错。

你欠我，还冷我。不过这样也挺好，慢慢的情便没了，从此我的生活再无风雨也无晴。

正所谓有心者有所累，无心者无所谓。一个人还在想问题，就说明很珍惜，要是不看重了，别说想问题，连对方是谁都想不起了！请你记住你没心的行为，终有一天你会后悔的！

我提前一步来了你想来的地方，看你想看的景，走你想走的路，这个城市很能让人心静，无悲无喜无关风花雪月。

你听不见，七里香的呼唤，

正如，我不语。

你闻不见，含胎花的芬芳，

然而，它开过。

暮　色

你阻止不了，花的枯萎，

仿佛，我远去的灵魂。

没人可以阻止花的枯萎。你也只能保留住它的瞬间，下一刻起，就会变得七零八落。谁还会爱上它的残缺。

友，舒晓
1997 年 4 月 20 日

毕业仅一年的时间，我黑瘦了很多。工友们觉得奇怪，开玩笑地说，掉进面粉罐里的人，哪个不是腰滚肚圆的。我尴尬地笑笑，没法解答他们的疑惑。

某个夕阳绚丽的黄昏，我想着一些没办完的事，就绕道去了趟首师大。

人工湖边的岩石上，我坐着等黎冰。从身边经过的学生，露出一张张年轻的笑脸，我才恍惚觉得一切已经陌生。

黎冰穿过石板路，疾步而来。她留长的头发，盖过了耳朵，露出的脸蛋消瘦又苍白，让人心疼。

离我几米开外的地方，她停下了脚步，露出牙齿朝我微笑。

"今天来，想和你说几句话。"

"于溪，你想道歉，想和好，咱俩可以坐下来好好说。"

"我回了趟学校……要当老师了……孩子需要我……"我断断续续地说道，思维有点混乱。

"于溪，今天实在不行，我得预练答辩。你安排时间吧，方便的话，明晚六点，在北大的咖啡馆碰面，顺便观看沃勒的《廊桥遗梦》。"

没等我把话说完，黎冰便匆匆离开了。

湖畔的梧桐摇曳着，在漆黑的水面上，投出模糊的影子。氤氲夜中的冷风，刮得一阵紧似一阵。我不得不起身离开，沿着主道走出校门。

昏暗的地下人行道，我一边摇晃着身子，一边闭上眼睛，聆听街头艺人演奏的小提琴。

从地下人行通道出来，强烈的城市灯光，瞬间穿透紧闭的眼皮，刺激着视觉神经。我晃动着眼珠，周围只剩下单一的颜色，血红血红的。猛然发现纯色很少，除了黑夜里的黑，白纸上的白。

可那一刻，城市是安静的，时间是静止的。

地铁1号线，从始发站开来的列车稳稳当当地停了下来。骚动的人群拥挤过后，又安静了下来。

列车缓缓开动，几秒后，疾驰进入隧道，穿透空气的屏障，发出轰然的爆响。

液晶屏幕上，播放着静音的商业广告，5秒钟更换一次，像一页页的书，永不知疲倦地翻着。

颤抖的车厢里，我努力保持好站姿，可昏厥的身体不听使唤地摇晃起来。

又一次靠站，涌进的人流，像没有方向的鱼群，游弋进了深海的渔网后，掀起躁动不安。

滑动门闭合后，一个戴着黑框眼镜，眉毛、头发花白的老人，缓慢地挪动在人群里。

我站起身，挪出空位，示意她坐下。老人犹豫了一会儿，扶住栏杆坐了下来，然后塞上了耳机，仰面靠在玻璃窗上。

黑色的耳机线滑过老人消瘦素净的面颊，在微微起伏的胸前形成"心"字，最后延伸到LV手提包里。

老人微闭着双眼，变换手势，在空气里敲出节拍。她面静如水的模样，仿佛感受不到周围的喧嚣。

列车疾驰在黑暗里，经过一座又一座站台。上上下下的旅客，时而安静，时而喧闹。

售卖地图、报刊、小玩具的商贩，冒着被驱赶的危险，捂住斜挎包里的商品，来回穿梭在车厢，在乘客的漠视下，小声兜卖。

我安静地站在人群，任由饥饿一点点撕扯着胃，温度一滴滴逃离出身体。

左右摇晃的车厢内，心脏如同抽水的泵，一边有节奏地颤抖，一边输送着救命的血液给大脑。血液携带着全部的热量，灌进糊状的脑腔后，一场可怕的化学反应发生了，一团火苗在颅内里点燃。小火苗渐渐燃烧成了熊熊的大火，将我脑海里堆积成山的记忆，瞬间烧成了碎片，烧得一干二净。

几秒过后，一个干净又透明的世界，在我的脑海里又重新构建了出来：苍凉空旷的星空下，一望无垠的沙漠里，我独自背着行囊，凝望着定格的一幅幅画面：烈日当空，舒晓挂着明晃晃的银项圈，露出雪白的牙齿，冲我咧嘴大笑；人头攒动的广场上，吴国富跨着红色的摩托车，载着我一圈又一圈兜耀，然后在别人的唾骂声中，扬长而去；寒冷的深夜，唐明辉轻轻走出阳台，抚摸着我肩膀，慢条斯理地说着鲍勃·迪伦励志的一生；大雪纷飞的寺庙遗址门前，黎冰身着一袭红衣，安静地坐在人群里作画，在我出现后，她立刻站起身，热情洋溢地同我打招呼。

可是，我忍不住触摸他们的脸庞时，一幅幅温情的画面，竟瞬间化成了水，随着时间静静地流走了。过往、现实、未来，扯碎了我的身体。伸向过往的手，早已蜷握成了苍凉的姿势；停留在现实的双眼，正在嘤嘤啜泣，而向往未来的躯干，已经倔强地匍匐在前行的路上。时光把我变成了徘徊的老人，一路走过鲜花遍野的平原，越过崇山峻岭，踟蹰在空旷的荒漠里。

这些一拥而上的悲伤堵进了胸口。我的胃里翻江倒海般地难受，可是弯下身呕吐，什么也吐不出来。

老人见我蹲了下去，上前扶住我，关切地询问："小伙子，你是身体不舒服吗？"

我努力站起身，捏紧手指，挤出了笑容，用力摇了摇头。

几分钟过后，车厢里响起终点到达的提示广播。列车到达了终点，乘客全部下了车。

回望空无一人的车厢，仿佛还记起几张熟悉的脸，离我只有转身的距离，短短几秒，便又各自离去了。这些见过的，闻过的，甚至触碰过的人，很快就成了过去。

通州南大街的小巷里，我想起种种心酸的无奈，城市里最不缺的就是添砖加瓦的蝼蚁。也许舒晓只说对了一半，城市越是给予不了温暖，我越是眷恋着过去，比如会想舒晓，会想唐明辉，会想黎冰，会想……

第二天的傍晚，天空飘着细雨。雨滴飘落到发丝，犹如一颗颗晶莹剔透的珍珠，挂在发梢上。

再次来到“最美时光”咖啡馆，店里的布局一点没变，还是两年前的模样。巨大的留言墙上，贴着顾客的留言条；吧台后面的酒柜上，依然陈列着熟客寄存的酒；乐队驻唱的舞台，空间仍旧狭小局促。

只是不知何故，主打的轻音乐换成了港台流行歌曲。细细感受，店里的陈设似乎也破旧了一些。瓷瓦发黄，像是粘上了泥土的颜色。桌椅磨损严重，棱角处变得光滑。冷光灯上也覆盖了一层薄薄的油烟。天花板上粘着快要剥落的油漆。

约莫等了半个钟头，黎冰推门走了进来。她收拢起雨伞，然后笑着走过来。

我注视着她摘下绒毛手套，取下淡蓝色的围巾，竟忘记了同她打声招呼。

黎冰拉下羽绒服的拉链，又扯了扯羊毛衫领，然后揉搓手指，不停哈气。猛然，她又抬起水灵的眼睛，扑闪扑闪地看着我，又不断地噘嘴，不断地露出雪腮上的酒窝。

良久，我还是没开口。她点点头，转身跑去吧台，端回两杯咖啡，一杯棕褐色的纯咖啡，一杯浮着奶油的玛奇朵。

咖啡沁人的香气，在幽暗的灯光下，酿出融洽的气氛。两人，面对面坐着，依然沉默。

"你瘦了。"我心力疲惫地说。

我仔细瞧着她消瘦的脸颊，深陷的眼窝，苍白的嘴唇，竟记不起那个富有朝气、脸蛋圆润的女孩。

在我说完话，又过了片刻，她脸上的肌肉慢慢收紧，眼睛里充满了温柔和湿润。

"你别这样。我很难过。"我看着她滚滚而落的眼泪，轻声地说。

这时，坐在我对面，有一对老年夫妇，正在耳语着什么。

黎冰头埋在手臂内侧，不住地摇头。几秒过后，才抬起头，揉了揉发红的眼睛，点了点头。

"我决定了……"我看到她睁大的悲伤的眼睛，又止住了话。

"于溪，有没有什么办法留住你？就算是给你生孩子，你也还是要走吗？"

我坚定地点了点头，也深知在这最关键的时刻，是不可以犹豫的，绝对不可以犹豫！

她终于控制不住地，倏地站起身，狠狠地抽了我一记耳光。那一刻的画面，仿佛被定格了一般。她的手悬止在空气中，冷漠的目光压在我的脸上。

我微微张着嘴，缓缓地蠕动着喉管。我的唇角边渗出咸咸的液体。周围的一切，死寂般的沉静。

我低下头去，轻轻地摇晃着。我很清楚，如果跟她在一起，会过上无比富裕的生活。可那一刻，我只想要一颗救赎的灵魂，于是，我喃喃自语道："不可以的……不可以的……"

她黑黑的瞳仁里充满了恐惧和迷惘，就像惊吓过度，失魂掉胆的小老鼠的眼睛。沉默了好一阵子，她的脸上才略显平静。她微微嚅着嘴唇，想要说什么，却哽咽住了。

"支教的协议已经签了，下个月，我就辞职了。"我避开了她的眼神。

她的目光落到了那半杯余热的咖啡杯上。杯子里的咖啡，收敛住了香味。外面雨大了一点，已经发出沙沙的声响，像来自远古的声音。

"这个周末，我带你去海陀山吧，以前写生去过。"

"离我的学校很近，我去爬过几次。"

"本来，早就想跟你去了，这不，再不去就没有机会了。"她在自言自语，完全没听到我说的话。

说完，她冷冷地笑了起来。笑声低沉，凄凉，落寞。

"唐明辉说得对。我不善于交际，也没有朋友。可能，我只适合独自生活。"

"于溪，你别以为，我是容易被骗啥事都不懂的傻丫头。"她嘴角弯了一个优美的弧度，雪腮上再次露出深深的梨窝，"你心地善良，灵魂纯洁高尚，只是不懂得与人交往罢了。"

雨还在不停地下，空气里弥漫起潮湿的味道。

"可是这些有何用？我还是做了很多伤人的事。"

"你是庸人自扰！承担了不该承担的责任！有些伤害是控制不了的，做或不做，照样会发生。你能保持纯洁的灵魂，是难能可贵的，这也是我爱你的原因。"

我思绪混乱地垂下头，察觉到一层坚硬的外壳，正在慢慢地软化。

"正如有一句话说得好。"黎冰仰起脖子，喝光了剩下的咖啡，然后继续说道，"这世上鬼有什么可怕，带你去看看人心。"

说完，她撑起雨伞，走出了咖啡馆。出门的那一刹那，不忘深情地看了我一眼。

我"噔、噔"地跟了出去。当看到那个快要消失的模糊的身影时，我还是犹豫了，止步在雨廊上，嘴里"黎冰"两个字，终究没有喊出口。

夜幕中的雨裹着凄冷，丝毫没有停息的迹象。

我以为她丢下我走了。几分钟过后，她又从昏暗的小路，走了回来，湿漉漉的头发上正滴落着雨水，通红的眼圈，大概是悄无声息地哭过。

北大的百年讲堂，正在放映根据美国作家罗伯特·詹姆斯·沃勒的同名小说《廊桥遗梦》改编的电影。

观影的人很多。放映厅的灯光刚打出，会堂便出奇地安静下来。

影片中的女主弗朗西斯卡内心在翻腾。她紧握住车门的把手，纠结着要不要跳下车，去追随只相识几天的摄影记者罗伯特·金凯。

最后生活的责任打败了爱情。弗朗西斯卡坐在副驾驶的位置上，默默地流着眼泪，甚至忘记了丈夫的存在。她意识到永远错失了罗伯特·金凯，因为无法抛弃没有过错的丈夫。同时，她又意识到丢掉了灵魂，因为这样确切的爱，一生只有一次。

"This kind of certainty comes once in a lifetime。这样确切的爱，一生只有一次。"

听到这段内心独白时候，黎冰就像被戳中心思的老人，抑制不住情绪，不停地啜泣。

"你怎么了？"我贴住她的耳朵，轻声地问。

"于溪，我冷，想回宿舍。"她抬起头看着我，脸上的泪痕像虫子爬过的痕迹。

寂静的马路上，我们并肩走在清冷的夜色里。

"于溪，我看得见自己拥有的一切，唯独看不见你，也看不懂你。"她浑身瑟瑟发抖，语气含糊地低语着。

我给她披起外套说："我想自己还没学会爱。"

首师大校门口，黎冰恍惚地摇了摇头，目送着我上了巴士离开。

深夜时分，她脖子里飘出的淡淡的清香，我依稀还能闻到，只是巴士缓慢行进了市中心。看着灯火通明的北京城，我的心里又多了些许孤单。

停靠了几站，巴士上下了几波乘客，又径直开上了高速，朝西向通州驶去。

坐在舒适的软椅上，只闭眼小憩了一会儿，又被缝隙间灌进来的冷风吹醒。

茫茫的夜色下，我像是飘在大海上的流浪汉，独自乘坐着孤舟，惊恐不安地驶向未知的世界。不知通往彼岸的途中，有没有一座指引的灯塔，驱散心头的迷雾，让我好好地生存下去。

海坨山旧称翮山，相传战国末年，王次仲怀数术道，拒效秦王，囚行咸阳。途经海坨，怒化巨鸟，落羽成峰。传言固然不可信，但主峰两脊形似羽翅，尤见落雪时；再则旧称大翮山、小翮山，值得推敲。

思绪飘远了，当地人说起海坨山，只是蛟龙嬉戏过后，留下的怪石嶙峋的谷壑。

进山那日，刚下完一场大雨，太阳还躲在厚厚的云层里，阴阴的风正朝着山谷深处吹去。

正以为整座山会沉寂一片。当我们沿着平坦的小路，逐渐走进密林中，才发现山谷立刻变得生机勃勃，溪水充盈，草木葱茏，鸦雀环闹。

溪涧的水漫过了路面，潺潺流向低洼路段。黎冰垫踮着脚尖，跑过积水的水泥路，又走了一段坑坑洼洼的石子路，然后弯进了幽深的峡谷之间。

山谷传来悠扬的歌声。跳动的音符像活泼游动的蝌蚪，"叮叮咚咚"地跳跃而来。

歌声突然停了，山谷又恢复了寂静。黎冰停下脚步，思考了一会儿，给刚刚唱歌的人回了 Echo。她一边大声唱着歌，一边深情地望着我："我从春天走来，你在秋天说要分开。说好不为你忧伤，但心情怎会无恙。为何总是这样，在我心中深藏着你。想要问你想不想，陪我到地老天荒……"

中午时分，天空放晴。溪涧出现了一道彩虹，让她兴奋不已。她双眼微闭，享受起柔和的阳光，又仰面张开双臂，拥抱起新鲜的自然空气。

幽静的山谷，阳光下的笑脸，活力四射的身影，连带空气也变得活跃起来。

路过半山腰的茶亭，黎冰建议喝壶茶，顺便歇歇脚。

竹篾搭建的茶亭，只有简易的棚顶，全靠十几根粗壮的毛竹支撑。蓬顶下面摆着七八张矮桌，二十几张竹椅，成对角线的竹梁上，悬挂着两只棕色的木制音响，古筝的旋律正从上面飘荡下来。店主拎来烧开的山泉水，端上一罐地道的山茶，摆在桌上，转身招待其他的客人去了。

黎冰打开陶瓷罐，舀了几勺茶叶，倒进玻璃杯，再续上开水。经过发酵后的山茶，透出微微的紫色。她端起杯子，啜了一小口，频频称奇。迷醉的古筝旋律下，她一边仔细观察舒展的茶叶，一边细细地品呷着。

坐在对面的我，则看着她仰头时，露出的雪白又性感的脖子，听着水从她喉管流过时，发出细微的响声。

午后的时光，静静地流淌。茶亭不远处的湖边，出现一群提着铁笼、抬着水桶的僧人。他们正在进行放生仪式。在许多游人围观下，那些曾遭捕获的蛇、鸟、鱼，重新获得了自由。

黎冰看着"扑棱、扑棱"从头顶飞过的鸟儿，轻轻把头靠在了我的肩膀上。

"这些放走的小动物，会不会忘记曾经有过的痛苦？"

"会吧，动物的记忆很短暂。"

"……"

离开茶亭，继续往山顶攀爬。曲折的小路在半山腰的密林里消失，又在密林的尽头延向山顶。

阳光曝洒下来，山坡上的油松林里，正腾起阵阵水雾。雨水浸泡过的金黄沙地，柔暖得像一整片大块的地毯。草木的香气，泥土的芬芳，扑面而来。几只躲在树丛里的鸟，兴奋地亮起歌喉。

登顶的那一刻，一拥而上的疲惫，让我不由自主地瘫坐了下来。黎冰也累得弯下腰，双手支在腿上，喘着粗气看着我。她的鼻尖上、额头上冒出了细汗，白皙的脸蛋上也染上了红晕。

四面空旷的山顶上，"唧唧、呀呀"的夏虫热闹个不停，时而掠过低低的天空，时而快速潜进草丛深处。

"呼呼"刮起的凉风，拂动着厚厚的草地，送来阵阵清香。

这些原始自然的魔力，让黎冰渐渐忘却了疲惫。她一边笑着一边舒展身姿，就像轻盈的舞者，旋转在开阔的舞台上。

"妈妈说了，这次《设计素描》考试不过的话，会把那个人揪出来。"

"我怎么听出威逼的意思？"

"不过，我想妈妈是喜欢你的，至少你给我带来了好心情。"

"这又是利诱吗？"

"你就别瞎猜啦，妈妈最多算是礼贤下士吧。"黎冰上前，拉住我的手，撒起娇来，"于溪，你就跟我回家嘛？"

"我……我……"

我再次听到"家"时，激动得说不出话来，嘴里反复重复着，声音也轻得像风托住了云。

"于溪，我再也不想离开你了。我好怕……"她的低语声中，带着央求的味道，"怕再也找不到你了。"

"你真的准备好了？"

"于溪，你还不明白么？还是从一开始，你根本就不想明白？你看不出来么？"

"你还不够了解他。"

"他喜欢吃什么，喜欢穿什么，甚至喜欢什么颜色，我一刻都不敢忘。如果他真有什么担心，会不会担心我生不了孩子。我咨询过医生，我是可以正常要孩子的。"

"傻丫头，他心里还住着无法忘记的人。"

"王八蛋！你……！算了……但我告诉你，你若动情，我必奉陪到底！"她垂下了眼睑。眼睛里掠过的悲伤，就像掬了一捧水，又慢慢地从指缝间流失。

她转身又爬上巨大的岩石，俯身朝山坡下望去。山谷间飘来一朵云，倒影正好投射在谷底的湖面上。

她双手拢住嘴，仰面对着那片云朵呐喊。爆发的气流，窜到空中，很快又被风吹散了，没有回音。

"于溪，周围太安静了，让人压抑。你介意的话，我就不叫了。"她发泄了一会儿，一脸歉意地看着我。

我摇了摇头，心如止水地看着她，像看平静的湖水那样。湖水像融进蓝天色彩的一面镜子。

黎冰见我摇头，又很满足地躺在石头上，对着天空大声地叫喊。她觉得累的时候，才收止住，一口气喝完整瓶水。

某天上午，仓储区办公室，我在填写季度报表，电话铃响了。

他自称黎冰的男友，在电话那头破口大骂。他说我要了他的命，紧接着又冒出一股脑的难听的词。

"真想砍死你们！瞒我这么久！我不做恶人，就该死有余辜，成为阳间游荡的鬼！你们最好祈祷不用负责任，祈祷我永世不得超生……"

我忍受住责骂，回应了一句："你打错电话了！"

"你有勇气抢人，只听几句牢骚话，就他妈的怂了！？"电话那端咆哮得更凶，"你至少表个态，做人得有点儿良心。"

"我没什么可说的，只能表示同情。"

"也对……也对，为了双破鞋，不值得你同情。"

听到"破鞋"两个字，我愤怒了，毫不留情地反击："你真该照照镜子，看看现在的样子！可怜可怜自己……"

电话那端停顿了下来，男子突然哽咽着说了几遍"你，你……"，便再也说不下去了。

过了一会儿，他抽泣起来，语气也缓和了很多："我现在跟你说话的样子很低贱。你不要让黎冰知道，也不要鄙视我。我放弃了，你们好好的，好好的吧，祝幸福！"

"她爱了我五年，那时候她还是个孩子。我是啥事都不干的小混混，怕耽误她，所以一直没理她。如果你们在一起了，就请你好好对她。好了，没什么说的了，祝你们幸福！"

下午的玉带河边，坐了一排垂钓的人。几个半大小子围着撒网的老人转悠，一会儿尖叫、嬉戏，一会儿帮老人牵网、捡鱼。

躺在国槐树下的草地上，我看着眼前热闹的场景，回想起男子的话，生出一点醋意，一丝满足。

那一刻，微风吹来，穿过树叶，沙沙作响。我闭上眼，听着远处哗哗的水声，久久沉思。看来，我不得不再次作出选择。

第二天中午，黎冰打来电话，想必知道了昨天的事。

沉默了一会儿，我耐心地劝说："我希望你不要伤害他。一个男人这样低头，一定是彻底地醒悟了。遇见一个人不容易，错过了就更可惜。你再给他点儿时间吧……"

"于溪，你大爷的！你说的是人话吗？我咋觉得你的心冷得像块石头。"电话里传来黎冰的责骂，"你还让我给他机会，还是你根本就不够爱我？"

　　她无懈可击的质问，迅猛地砸了过来，让我顿时语塞，原本清晰的思路混乱了。我灵光乍现的人性光环，也瞬时暗淡了下去。

　　"于溪，你担不起责任，又想心里舒服点，所以着急推开我吧？"

　　在她的责问下，我选择了静默，任由额头上的汗珠流下来。

　　"你不说话，就表示默认。我之所以骂你，是你心安理得地推开我。可你别忘了，我是活生生的人！你让我多看看他的好，是想让我嫁给一个畜生吗？"

　　"于溪，你不要推开我好吗？遇见这份感情，我也没得选。如果你这样推开，我不会恨你，但也无法接受，只是算了……"

　　"你娶不娶我，别着急回答。我会一直等，一个月，一年，哪怕十年，我也愿意。但你要明白，我对你的爱和心疼，不是让你来毁我的，而是我愿意为自己争取……"

　　北京西单，"爱尔兰"酒吧，黎冰难过到了凌晨两点。

　　《Don't cry》，《Smells Like Teen Spirit》，《Black or White》几首英文歌曲，反复在播放。

　　嘈杂的音乐声里，魅惑的光影里，我脑海中关于舒晓的记忆，又再一次割裂开来。

　　黎冰"咕咚、咕咚"喝完300cc的玛格丽特。她仰起头的时候，雪白的脖子上出现几道明显的抓痕。

　　我心疼地问："脖子里的抓痕哪来的？"

　　她的眼神迷惘无助，嘴唇微微抿着，想要说什么，又哽咽住了。

　　"多久了？"我再次追问。

　　她干了杯中的酒，然后故作镇定地说："你又不愿意要我，管这些干嘛！"

我怒不可遏地吼道："你之前不是这个样子的！"

"你这么凶干嘛！"黎冰转过身去，嘤嘤地哭了起来。

我想说些安慰她的话，始终没有说出口。我不忍心看到她堕落又悲伤的样子，便起身往外走。

黎冰拉住我的手，有气无力地耷拉下脑袋。她目光呆滞的模样，就像犯了错误的孩子。

"于溪……你娶我吧？"她已经不敢看我，只是非常小声地询问，"你娶了我吧？从今往后，我只对你一个人好。"

我语气冷漠地回答："可是他呢？那个追了你五年的人。"

"不要和我提他！"她又一次歇斯底里地叫嚷起来，"我想杀他的心都有！"

就那样，两人紧紧地靠在一起，沉浸在没有言语的交流里。

过了片刻，她睁开湿润的眼睛，挤出一缕苦笑，然后跑到吧台，让吧台播了一首《甜蜜蜜》。

"丫头……"

"嘘……静心听。"她打断了我的话。

一曲播完，她摘下左臂上的银手镯，伸到我面前。闪烁的灯光下，几道紫色的伤痕，跃然呈现在眼前。

"于溪，你能给我的，只能这么多吗？"

"多久了？"我抓住她的手问。

她抽回手，尖叫道："你管我！"

看着眼前判若两人的她，我不敢再多问，一杯接一杯，大口大口地喝起酒来。

我安静了。她没有放过的意思，眼神盯着我，就像一把刀子，稳、准、锋利地，一点一点地，抽剥着我的筋皮。

一阵眩晕，我急忙往厕所跑，没跑几步，就瘫软在地上，吐了出来。

清洁员走了过来，捂住鼻子，目光厌恶地看了我一眼。我从地上爬起来，撑起身子，踱着步子，回到座位上。

"我怕疼……可是没了爱，活着又有什么意思……"黎冰口齿不清地说道，"那声音就像撕开绸缎般动听，好像还有生命呢……"

"你……犯不着……这样作践自己！"

她冷冷地笑了笑，慢慢地逼近我的脸说："你不作践……我不作践……有人作践……"

酒吧里，我喝吐过三次，不太清楚黎冰吐了几次，只记得她上了四趟洗手间，洗过三次脸，脸色一次比一次苍白，最后瘫倒在厕所，被保洁阿姨驾了出来。

寒冷的西单街头，模糊闪烁的灯光下。她搂住我的脖子，露出痴笑。

"他是个无赖……傻逼……人渣……"她用力咒骂道，最后瘫软在我的怀里。

看着她委屈无助的样子，我的心也被深深戳痛了，那段生生割断的记忆，又一次死灰复燃。于舒晓来讲，那个夺走她最好年华的人，何尝不是个人渣。想着想着，我失声痛哭起来。冷静下来，转念又去想，失去的归结于命运吧。

维也纳酒店，月光透过纱帘，洒满了整个房间。那一刻，月光带来了短暂的安静，愁绪渐渐烟消云散。

我俩紧紧地抱在一起，赤身裸体地滚上床，似乎只有这样，还能体会到温暖。事后，她趴在床上，嘤嘤地啜泣。我侧卧起身子，望着她优美的曲线，回味起干柴烈火般的画面。突然觉得自己冷漠，又后悔不已。可又不懂得如何安慰，才放任自己的灵魂堕落下去。

黎冰埋在枕头里，偷偷抹去了眼泪。她穿上浴袍，注视着我，说出去透透气。我麻木地应了一声，就闭眼睡着了。

醒来时，周围仍然安静，时间被掐断似的，落针可闻。我伸手摸亮灯，四处张望。黎冰站在阳台上，脱下浴袍，轻轻走回房间。她光裸着身子，趴在我身边，脸上挂着不易察觉的满足。

下半夜发生些什么，我想不起来，也不愿细想。快到中午时，我清醒了一点，只是脑袋隐隐作痛，仍想不起发生过的事情。

窗外刺眼的光芒照射进来，凌乱的衣服扔得到处都是。黎冰背对着我，双臂抱着自己，蜷缩在床边。几块伤痕显露在她的背上，淡淡的，又清晰可见。我心疼地伸出手去。谁知刚触摸到她的皮肤，她便一个激灵，翻过身看着我。我闭上眼睛，假装睡觉。她又翻过身去，再次背对着我，像条受了刺激的蚂蟥，缩紧了腿和胳膊，低声地啜泣。

下午，我彻底清醒了。黎冰早已离去，只留了一张便笺：于溪，我回家了，在杭州等你。你考虑好了，就按上面的地址，过来找我。

清晨的太阳，露着淡淡的红晕。雾气笼罩下的 2+1 复式洋房，豪华气派极了。铸铁的大门，圆形的罗马柱，对称的圆顶。整幅大块的蓝色玻璃幕墙，镶嵌在米黄的墙体里。两级扶手台阶，从地下室延伸至正厅大门。一条宽阔的青石板路，笔直通向主体建筑。布局典雅的庭院，比照了江南园林的风格。

我忐忑不安地走进了花草树木浓密的庭院。不远处的花丛里，一个中年妇女的身影专注地忙碌着。

中年妇女听到声响，转过身来，言语欢喜："你是于溪吧？"

我怯生生地点点头。

"不是下午3点的火车吗，怎么提前了？我们正打算去车站接你。"

"我办了改签。"

"你比照片上瘦多啦！"中年妇女仔细打量着我，又让我觉得浑身不自在。

"妈！我能把他养胖的。"黎冰突然推门出来，打断了我们的谈话。

循声望去，黎冰蓬松着头发，微眯着惺忪的睡眼，噘得老高的小嘴，愤愤不平地看着母亲。

黎冰的母亲摇摇头，咧嘴笑开了。她又摆了摆手，朝屋里走去。

黎冰穿着紫色的绸缎睡衣，趿着白色的板鞋，走到我面前来，一个劲地傻笑。

我无意间从她松垮的睡衣瞥见雪白又高耸的乳房，顿时脸变得滚烫起来。

黎冰察觉了出来，直接扑到了我怀里。

温暖的阳光穿过树叶，落在她白皙的脸蛋上。

"你的样子很性感。"天啦，鬼知道我怎么会这样说。

"你夸人的功夫哪里学来的？"黎冰嘟着嘴，眼睛瞪得大大的。

"你是个好女孩。上天给了你漂亮的脸蛋。"

"还好你不是'上天'，不然肯定给我一个猪脑袋。"

我的确不善言辞，比起伶牙俐齿的她逊色了许多。

"于溪，你嘴是笨了一点，但我还是喜欢你什么都说出来。"

刚吃完早餐，黎冰就拉着我上楼。她说，已经放好了热水，让我泡个澡。坐了一整夜的火车，我确实疲乏。

盥洗间位于露台附近的位置，从她的卧室走进去，再从书房的右侧拐进衣帽间，穿过衣帽间的走廊，便是通亮宽敞的盥洗间。

盥洗间全部采用玻璃材质建造，总面积有 40 平以上。我躺在浴缸里，透过头顶的玻璃看见淡晕的太阳，扭头又能看见露台上马蹄莲、松果菊、马鞭草等植物。

粗略估算了一下，带有书房、衣帽间、盥洗室、还有超大露台的卧室至少 200 平以上。

在北京城里，拥有属于自己的房子，是多少北漂人的梦想。可到头来，多少人花一辈子时间，也买不起这间装修奢华的卧室。

露台上摆放着整齐的茶桌和沙发。黎冰将一条刚剪过毛的比熊犬牵上露台。她让那条名叫"毛球"的比熊犬同我打招呼。

"毛球"声音尖细地叫了两声，就跑到露台边上的水池旁趴着，专注着浮出水面的小鱼。

我同黎冰相视一笑。

缓缓流淌的音乐，萦绕在耳边。在这温暖惬意的上午，我们安静地坐着。远处的老街，商铺鳞次栉比，人流熙熙攘攘。

"于溪，沿河的老街，适合开咖啡馆，砌堵大大的留言墙，让相爱的人任意涂鸦留言。生意不需要太好，谈得来的朋友可以免费。你喜欢写作，开心去写就好。"

我苦苦一笑。我只是个从农村茅屋里走出、胸无大志、只喜欢胡乱涂写的小人物。

曾在北京篾街的四合院，黎冰教过我识别门当上的图形，去数户对的数量。如今她又在认真地规划起将来，她还不知道我已经决定去遥远的西部，到贫瘠的土地上生活。

六月，杭州的天气就像孩子的脸，刚刚晴好的样子，刹那间，阳光消就失了，刮起了呼呼的风。女贞花纷纷掉落，像下了一场稠密的雨，紧接着，恼人的雨真地落了下来。

白茫茫的雨天里，我们撑着雨伞，等待22路公交车。在皋塘公交亭里，我俩冻得瑟瑟发抖，像极了无家可归的孩子。

空荡荡的车厢里，女贞花的香气从车窗的缝隙里钻进来，淡淡的味道，和桂花的香味有点相似。

四下无人的广场上，木制的长椅生出了白色的菌斑。我们撑着雨伞，安静地坐在长椅上。

时间过得很慢，黎冰依偎到了我的怀里，紧闭上双眼，面色平静地聆听落雨声。她的情绪看起来很低落，没再像往常那样，逗着我说话。

　　雨停住的间隙，广场上出现了几个滑旱冰的小孩。男孩突然摔倒在地上。旁边的女孩将他扶了起来，又替他揉了揉。看起来他们的关系很亲密。

　　"现在的小孩早熟得很。"沉默了半天，黎冰终于开了口，"前几天，在武林路广场，我碰见堂弟和小女朋友约会来着。你一口，我一口，喂着冰淇淋。他的女朋友和堂弟差不多的年纪，十一二岁的样子，活脱脱的美人胚，还长着一对可爱的兔牙。"

　　"你得告诉你叔叔。"

　　"什么？"

　　"你堂弟还是个学生。这么小的年纪不该谈恋爱。"

　　"本来我也是这样想的，可这样做，是不是残忍了点。"黎冰兴高采烈、神采飞扬地说，"你猜他们会怎么谈恋爱？"

　　我一时半会回答不上来，确切地说，我有点精神恍惚，心不在焉，没有认真听。

　　"他们的爱情单纯，不在乎世俗的眼光，也不被物质生活所拖累。"她像是自言自语道。

　　黎冰给家里打去了电话，说要晚一点回家，然后拉着我，迈过积水，冲进了网吧。

　　乌烟瘴气的网吧里，她玩着《金庸群侠传》的游戏，沉浸在虚拟世界的杀戮。而我安静地坐在一旁，似懂非懂地看着设计粗糙的画面。

　　也许杀得不够酣畅淋漓，也许鼠标不太灵活，她便跑去同网管争吵，然后一脸气愤地拖着我，离开了网吧。

　　雨后，天气十分凉爽。她带我去国大百货，一口气吞下 3 支冰棍，冻得直吐舌头。

　　"于溪，你来得太仓促。等会儿，我去挑点礼物。我妈容易搞定，就担心我爸。"

琳琅满目的化妆品柜台，黎冰娴熟麻利地试着各种品牌的小样。TomFord、ShuUemura、Elizabeth Arden、Ginza，这些眼花缭乱的品牌，她如数家珍般道出某个品牌某个系列。在这之前，我连这些品牌的名字都没听过。

她眉头都没皱一下，付了5000多块钱的账单。我看得目瞪口呆。

梵克雅宝专柜，她给自己挑了一款幸运系的四叶草项链。她曾不止一次跟我讲过，喜欢四叶草的项链，并希望我能送一条给她。

晚上8点多，黎冰的父亲才回到家。黎冰在母亲面前抱怨了几次，说爸爸平时都是很早回家的。

我们坐在大厅里，一边看着彩色电视一边闲聊。保姆把桌上的菜拿到厨房又热了一次。我心里明白了几分，奢望一份不劳而获的财富，迟早会让人戳脊梁骨的。

黎冰嘱咐我不能在她爸面前抽烟，酒也只能喝一点。即便这样，她爸也不屑看我一眼。他要是打印象分的话，恐怕我在他眼里只能拿零分。他说，现在的大学生不稀奇，眼高手低的，吃软饭的，比比皆是。

我没有同他争论，而是坐到屋外的台阶上，抽起了廉价的烟，一根接一根地抽。

屋内，响起黎冰声嘶力竭的声音。她同她爸争吵了起来，这让我很难过。毕竟让一个人喜欢是很困难的事，何况要让她一家人喜欢。

半夜，我躺在客房里，想了很久。在黑夜里，我本可以忍受孤独，可是爬上了金碧辉煌的富人圈，受到的却是鄙视、凌辱。

半夜，我背上自己的行李，决定不辞而别。翻过院墙时，又划伤了手，流了一摊血。"毛球"跑了出来，叫唤了几声。

杭州客运站，前往乌镇的班车，20分钟一趟。7点的首班车和7:20的第二班车，我都没上，总觉得还想等人。

大巴驶出郊外，眼泪也流了下来。只是不明白，受惯了委屈，为什么还会流泪。

古色古香的乌镇街头晃了一圈，心情慢慢平复了下来。乌镇按地理位置划分为东栅、西栅、南栅、北栅四个区域。景区收费昂贵的原因，我没有去最出名的西栅。

南栅的浮澜桥上，我抚摸着桥柱上六道轮回的图案，陷入了沉思。世间真有所谓的苦难守恒定律吗？今生吃多少苦，来生就会享多少福。可是有那么多人，不愿相信来生，更不愿再来人世间。

租来的傻瓜相机拍了几张相片，我便没有心情继续了，于是趴在浮澜桥的栏杆上，静静地望向远处。人工铺设的生物岛漂浮在运河里。岛上种有美人蕉、菖蒲、梭鱼草等植物。鳞次栉比的徽派民居，沿运河两岸筑立。那些明清时期的古建筑，历经过战火，又最大程度保存了下来。

下午，在免费的东栅逛了一圈。修真观的广场上聚着很多听花鼓戏的人。清朝嘉庆、道光年间流传下来的小戏种，很受当地人的欢迎。花鼓戏的演出简单。两米多高的戏台上，只有一名"女口"全程用桐乡方言说唱着《兰花记》。

戏罢，在老街上闲逛，感受来自远古的气息。民间艺人的摊位在街道上呈一字排开，绣花的，书画的，篆刻的，浇糖人的，捏面人的。"米粒刻字"的老者生意最好，他的摊位前围着一圈人。

等了约莫半小时，我拿到刻有名字的作品。

"刻在米粒上的名字能保存几十年。"老者捋了捋一尺多长的胡须，看了我一眼，认真地说。

"几十年太长了。"

"太长了？"老者不解地追问了一句，接着他又摇了摇头，叹气道，"前面有座月老庙，你可以去拜拜。"

我点了点头，又仔细回想刚才的话，似乎凄凉了一点。

推销魔术牌的中年男子，得意地向我展示深奥的绝技。我并没有太大的兴趣。下一位顾客来了，他把注意力从我身上转开。

在河边的樟树下，我一动不动坐了很久。4个小时，还是5个小时，反正过了黄昏。

乘上K102次列车，窗外仍是熟悉又陌生的风景。16个小时后，又回到刚住了一年的通州。记得5年前到北京，我阴差阳错地在通州下车，又乘车去海淀。

不知道为什么再回去，我也找不出合适的理由，可能是地球神奇的魔力。它的磁场让鸟类迁徙的时候，飞越几万公里也不会迷路。又或许，地球的形状是圆的，你无论朝着哪个方向，兜上一圈，还是会回到原地。

唐明辉比往常回来得早，特意带我去经常光顾的烤肉店。店老板看见我们，惊讶地说道，老没见了，您啦！大概齐个把月啦！

掌柜的两句不麻溜的北京话，逗得我俩笑得人仰马翻。然后，他深舒了一口气，跑进厨房，端出一大盆脆皮烤肉。

我们又像从前一样，大口喝酒大块吃肉。满满一大盘的脆皮烤肉，很快被我俩一扫而光。8毛钱一瓶的燕京啤酒，也很快被干完一打。食物从胃填满到喉咙。

"掌柜的，我怀疑你家的烤肉放了大麻，敢情想起你家的烤肉，就流哈喇子。"唐明辉把老板叫到跟前，认真地说。

"哥们儿，您可不兴说秃噜了嘴。"老板连忙摆手，快活地说道，"这是要砸我门脸儿。"

唐明辉同我对视，哈哈大笑。我们依然肆意放纵，又互相照应，心照不宣地孤单。

回到出租屋，我发现自己的床和被子仍在，连摆放的样子都没变。上铺是席子和被褥，下铺摆着我全部的家当。二手市场买来的实木床，学校发放的被褥，跳蚤市场买来的"海鸥"录音机，废品收购站淘来的书籍。

"于溪，你说要把这些东西扔掉。"唐明辉不停地打着哈欠，眼神涣散注视着我，"我终究不忍心。没有这些，你真的成了孤家寡人了。"

"难不成，你每次搬家，也要带上它们？"

"至少目前难不倒我。让我真正发愁的，哪天在北京混不下去了，你的这张大床，我还真背不走。"

相谈甚欢，在酒精的作用下，还是没能够继续下去。浓烈的烟味和唐明辉的鼾声已经充斥了整个房间，不得已，我只好裹起霉味浓郁的被褥，乖乖地睡了。

早上醒来，床头边放有两包香烟，唐明辉还留了纸条：晚上混条好烟回来，咱俩尽情抽个够。

我没有告诉他，这次回来，是想同他告别的，要离开生活 5 年的北京。自尊心作祟吧，也不愿意承认被北京这座城市抛弃了，所以要偷偷地走。

花了一上午的时间，从屋里清出 20 多个啤酒瓶，扫出几袋垃圾，我又从巷口找来收废品的老头，把自己的所有物品作价 20 块钱，全部打包卖掉了。

再见了凉爽的后海的风，再见了香气四溢的簋街，再见了唐明辉。

翻越山岭的晴空（西部乡村支教）

北京西站短暂停留后，我背着只装着几件衣服的背包，搭上了K507次列车。

人群嘈杂的车厢，我捂住朝圣般的心，安然地闭上眼睛，用力去想：西部广袤的土地上，薄雾笼罩的山野，清新迷醉；溪流潺潺的山谷，跌宕起伏；云淡风轻的天空，流光溢彩。

黑格尔说过，存在即合理。这些年，我无论多么努力，总打不开贫穷的枷锁，似乎被强大的诅咒附体。

那一刻，我清醒地意识到舒晓说的是对的，我们不属于城市，更不属于北京、杭州这种大城市，或许只适合诗和远方。

王清祥是石门小学的校长。他特意赶到遵义火车站。之前，我一再强调可以独自报到。但他前来接我的那一刻，我还是挺感动的。

刚走出了车站，他就认出了我。我仔细看了看，才认出他。他比照片上看上去老很多，也黑很多。

"你能来支援这穷乡僻壤太好啦！"王校长一把握住我的手，激动地说。

"我是考虑了很久，觉得自己应该适合。"

"我手底下的这些娃娃，再没有个好老师，怕一辈子都没机会走出大山了。"

"我会尽力的。"我毫无底气地回答。

汽车沿着年久失修的山路盘旋，翻越过了几座高山，驶进幽深的山谷时，才出现了一段宽阔平坦的路面。

司机提醒大家坐稳，然后提速穿越山谷。山体上松动的岩石，常在雨后崩塌，造成过多起交通事故。

司机紧握方向盘，紧绷的脸上青筋突出。我也跟着出了一身冷汗。

前往石门乡的中途，我们下了车。这时，我才彻底松了一口气。

高海拔的云贵高原，太阳失去了威力，天气特别地凉爽。碧蓝的天空，翻腾着几片云，时而遮住太阳，时而又躲开，这大概也是"爽爽的贵州"出名的原因吧。

沿着山下小路，王校长迈着轻快的步伐，拐过一道又一道弯。我紧跟在他的身后，硬着头皮疾步追赶。

傍晚时分，迂回翻过了几座山，看见了沿途几处散落的村庄。村民早早地吃过晚饭，拿着蒲扇坐在院子里，聊着天南地北的闲话。

如此安逸祥和的画面，不正是舒晓憧憬的世外桃源的模样吗。此刻，她是否也在享受这样的生活？

王校长自豪地告诉我，沿路上的村民都是他的学生，现在他们的子女也成了他的学生。唯独遗憾的是，几十年教出来的学生，仍一辈子守在这大山里。

夜已很静，蟋蟀的鸣叫四处响起。远处山坡上的村庄，散着星星点点的灯光。

在悬崖底下，王校长接过我的背包，然后点燃事先准备好的火把，单手攀上近乎垂直的脚手梯。

"手抓牢了，别看下面。"

"这难不倒我。"我低声又怯弱地回应。

"乡政府拨了几万块，才搭了这脚手梯。这样一来，娃娃们上学，省了几小时的山路。"

"这有多高？"

"43米，没人去量它，工程队的人说的。"

"什么安全措施都没有，学生爬这么高没有危险吗？"

"这有什么危险？这些娃娃都是天天走山路，再陡的路，他们一溜烟就跑没影了。"王校长淡定又无奈地说。

在七十年代末，国家做了一些改革。石门乡政府尝试将王洼村、冈厝村、塘古村、瓦窑村，共计106户的四个村庄组成生产联队。

王清祥作为生产联队里唯一的初中生，"百年大计，教育为本"的重担自然落在了他的身上。他从6分钱一天的劳动工分，再到现在200块钱一个月的工资，不知不觉干了30多年。

晚上，我躺在食堂边上的宿舍里，回想起垂直的悬崖，仍然心有余悸。

夜深人静，蟋蟀还在唱歌。我坐在窗前，仰望布满米粒大小的星空，想着明天就能同照片上的一张张笑脸见面，心里抑制不住地激动。

曾经那些有过的快乐的日子，又一次在眼前跳动。这才是我想要的平静的日子，波澜不惊的人生。

学生对新来的老师，表现出极大的好奇。大大小小的孩子围着我问个不停。

"老师，大学是不是很大？"

"老师，你有女朋友吗？"

"老师，冰激凌的味道是怎样的？"

"老师，我的牙掉地上了，能帮我找吗？"

这群活泼可爱的孩子，逗我笑得人仰马翻。

石门小学共 26 个学生，还是校长挨家挨户动员，才凑齐的。在我到来之前，就有过支教的大学生，但是没有半年就离开了。现在还是王校长一个人，从一年级教到六年级。

我分担了部分工作后，王校长有更多时间去做学龄儿童家长的思想工作。附近还有很多孩子，跟着父母在田地劳作。

我在学校里成立了"小星星银行"，培养孩子算术能力。学生不明白银行什么概念，还以为是捐款的意思。

学校很快又成立了"借书室"，我通过互联网联系到公益组织，募捐了一些儿童读物。

时间缓慢地流逝，不紧不慢地入秋。蓝底的天空中，挂满了鲜红的晚霞；星罗棋布的梯田上，水稻弯下了腰；硕果飘香的时节，浮躁沉淀了下来。

我想，我是喜欢这片土地的。

不知是营养不良，还是水土不服的缘故，我的脸色一天比一天蜡黄，而且到了夜晚，红色的疹子会遍布全身，又坚持了一段时间，我还是病倒了，发起低烧。

吃了几服赤脚医生开的中药，病情没有太多好转。于是，王校长按照中医院的药方，四处去寻药。方子上的多数中药，基本是些常见的普通的药材，轻易能从村民手里求得。其中两味名贵的药材，需要进入险峻的深山里采挖。

翻到深山里，割破了衣裤，王校长愣是挖回了草药。他说，替我晾干存了许多，往后再有个头疼发热，就熬上些草药汤。

那段时间，王校长专心照顾我。白天，到了吃药的时间，他就端来熬好的药，盯着我喝下去。晚上，他又同我挤到一张床上，然后聊些家常。他还说，等我的病好了，就带我去赶集。

农历初一、十五，村民会集中采购些生活必需品。王校长指的赶集，跟很多地方的庙会相似。四面八方的商贩，聚拢到一起。活动结束后，再赶往下一个地方。

"你还记得年轻时的梦想吗？"

"不记得了，以前也没想过。"王校长叹了口气，沉思了一会儿，"以前也想看看外面的世界，现在不想了。"

"为什么不想了？"

"有的时候，人想多了就不快乐，这可能就是命数。木匠会打家具，瓦匠会盖房子，教书匠只能教书。再说，我一个月的工资，够不上出趟远门的。"

"教育体制改革后，满30年教龄的，可以转正呀。"我疑惑不解地问，"这种事情，得去乡里问问。"

"全乡等着转正的，都排队呢。我也不想给政府添麻烦。"他无奈地咳嗽了两声，嘶哑的嗓音，像牛的"哞哞"声。

我俩开始沉默了，断了的话茬像漂浮在空气中的气泡。

八月初一，正是王校长说的赶集日子。我的病情已好转，头脑彻底清醒了过来，之前连太阳的颜色都快分不清了。

赶集日的当天，王校长穿着浆洗发白的藏青色中山装，憨态可掬地转着圈，一遍遍问我怎么样。那套中山装是他结婚的衣服，除非重要日子才舍得穿。

看着他滑稽的模样，我忍不住笑了起来。他似乎也觉得有点滑稽，摸了摸脖子，笑了起来。

他的笑容是我见过的，最淳朴最可爱的。

赶集的地点在几个村子间轮流，也是约定俗成的。十里八乡的村民背上鸡鸭、稻谷、瓜菜之类的农副产品，在街道占个合适位置，然后大声吆喝。他们换了些钱，再去购买油盐酱醋茶。生活富裕的人家，也会扯些布匹，给家人做身衣服。

冈厝村离学校7公里的路程，也是离得最近的村子。当天赶集的地点，就在冈厝村。很多摆摊的村民凌晨5点就开始出发。

刚刚只是露白的天空，突然像拉开了帘子，布满了干净透彻的蓝，像被画笔涂在苍穹上。

集市热闹非凡，挨挨挤挤的人。狭窄的石板小道，让马车、驴车、板车、背竹篓的行人堵得水泄不通。妇女们围着头巾，曲着身子前行，碰见了熟人，停下聊两句。年轻的妇女后面背着竹篓，前面用布带绑着还未走路的娃娃。中老年男子个个拿着烟枪靠着白墙或者墙角瘫坐在地上。

小贩们往往担着两只箩筐，找到合适的位置，就地放下。扁担横在箩筐中间。他们揭开箩筐盖便做起了买卖。吃的，玩的，用的，刚进的货，存久的货，一股脑全摆了上来。

转了两条街，王校长买了两条腌鱼、半打肥皂，还买了十斤山药。我买了一只茶缸、一个水瓶、一条扫把。

采购完生活用品，王校长又拉我进了一家茶馆。在茶位上坐下，他又丢下我一人，神神秘秘从后门跑出去。

没过多久，王校长同一个中年妇女说笑着走了出来。中年妇女上下打量着我，露出满意的笑容。我尴尬地笑笑点头，满脑子都是雾水。

中年妇女端出放有干果、饼干的茶盘。他们兴高采烈地用方言聊了起来，一旁的我心不在焉地听着。

他们的谈话结束后，我基本弄明白了意图。他们谈及到的男主人姓车，是乡里工程队的包工头。石门小学山崖附近的脚手梯就是他带人搭建的。

他们有个女儿叫车红丹，在石门乡卫生院当护士，人生得漂亮，家境也不错。十里八乡上门提亲的人踩破了门槛。女孩也不急着找对象。父母急得团团转，整天托人到处张罗。

"你还不乐意啦？"王校长见我闷闷不乐，却得意洋洋地说。

"你最起码提前说一声。"

"提前告诉你，估计十匹马都拉不动你喽。"

"我知道你也是好意。"我语气缓和了很多，"只是觉得自己像市场里的牲口，被人拍拍屁股，扒扒嘴巴，看了个精光。"

"这么说你是同意了？"王校长拍手，雀跃起来。

"同意什么了？"我着急地问。

"我也不做你思想工作。你先见见车叔的女儿再说。"

寂静的夜晚，我辗转反侧。同黎冰不辞而别后，她一定很担心。我以为自己还年轻，可以到处跑。这一刻，我再也跑不动了，就像浮在水面的鱼，张大着嘴，喘着粗气。

深秋时分，山间汩汩而出的泉水，沿着湿漉漉的沟涧流走。树林里的银杏树，叶子黄了，挂在枝头轻轻摇曳。枯败的杂草铺满整座山坡，轻轻踩在上面，会发出沙沙的声响。

学校后山上，车红丹同我见了面。她是个自信的女子，落落大方地站在我面前。她白皙漂亮的脸蛋，涂了层淡淡的粉底。乌黑透亮的长发，用一条丝巾束在脑后。白皙小巧的耳朵，挂着一对闪闪的银色耳环。

再细看她的脸，漆黑浓密的睫毛，忽闪明亮的眼眸，高耸挺拔的鼻梁，犹如手法娴熟的画家，精细地添置在琥珀般圆润的脸上。

"王伯很少夸人。你能到这穷乡僻壤奉献青春，说实话，我挺敬佩你的。"车红丹嗫嚅着，脸上染了一抹红晕，"你们都是在薄情的世界深情地活着的人。"

"我想我得承认，深情倒没有，充其量是个厌世者。"

"莫里哀的《厌世者》呀？不过，他安排了菲兰特不离不弃地陪在阿尔塞斯特身边。阿尔塞斯特看不惯阴险狡诈、利欲熏心的社会，逃往沙漠。菲兰特选择了理解，而不是像别人那样把阿尔塞斯特看成神经病。"

"你是我的朋友，还是我的医生？"

"都不是，我是你的天使。"说完这话，她活泼地笑了起来，"其实我更喜欢恶魔，自私、霸道，也不会为了别人而活。"

"你真不简单。20岁的年纪却拥有50岁的智慧。"

"我是比较早慧，又活得比别人通透。"车红丹撇了撇嘴，"王伯夸你优秀。我不比你逊色哦。"

"我能明白。"

"我想你不明白。你以为生活抛弃了你，其实是你抛弃了自己。你无力改变生活，却可以改变自己。"

"我想，我不明白。"

"这才是真实的你，不能清楚地认识自己。你有不幸的人生，可那只是昨天的你。我们现在遇见的，此时此刻遇见的，一定是最好的安排。这才叫命运，别把伤春悲秋的往事归结于命运。"

"你们当护士的，心理学是必修课吧？这一套套的，像是给我治病。"

"护理专业，心理学不是必修课。再说了，心理咨询师也只是引导别人看问题，而不是替别人解决问题。简单理解，就是中医与西医的区别。中医治头痛，会治肝、脾、胃；西医治头痛，医生只会给你开止痛药，实在不行，就切开头骨看看。"

"你是何方神圣？"我折服于她才华出众的阐述，又为我插不上话而着急。

车红丹抿嘴一笑："这深山里既没有仙，又没有神，只剩下妖了。大王让我来巡山，呆子、傻子、二愣子，总要带一个回去交差。"

愉快的交流持续了一上午。从勃朗特三姐妹到晚年离家出走的托尔斯泰。从莫奈的《睡莲》到梵高的《星夜》，从《黄帝内经》到《天工开物》。

信息闭塞的深山，得益于同龄人的交往，生活不再乏味。逢周末，我便会去石门乡卫生院的中医科，享受拔火罐、艾灸、磁疗等特殊服务。每次翻越十几公里的山路，但一想到车红丹会亲自给我做各种理疗，顿时爬山的劲头又十足起来。

当然，车红丹也是经常到学校来看望我。我们一起去树林里挖蕨菜、野葱、马齿苋，一起去溪涧采白葱菌、牛肝菌、鸡枞菌。她还教我识别中药材，区分可食用菌与非食用菌的种类。那些野生食材，配上山泉水蒸煮，清新又香甜。运气好的时候，碰到大片的野菜，采挖满满一背篓，再带回宿舍，腌制起来。

午后静谧的时光缓缓流淌，简陋的宿舍，一杯清茶，一本《红与黑》，一切犹如世间最安宁的地方。车红丹向我阐述阅读的奥秘，以及如何窥探作者的内心世界。优秀的书籍，定会着力刻画淋漓尽致的人生百态；优秀的书籍，就像锃亮的镜子，让人清晰地看到自己内心的样子。

"于连才华横溢，从社会底层不择手段往上爬，最后活在不安与恐惧里。结局势必要以生命的代价，做出痛苦但正确的抉择。"

"于连是个灵魂被诅咒过的人，即使再努力，也会被现实打败。"我插上了一句自己的点评。

"诅咒和蛊术，都是人类在探索精神层面的唯心说法。我认为，人类一旦无法解决问题时，必会幻化出一种无形的东西。"

"《红与黑》里面的宗教力量禁锢了大众的思想，让活着的人变得无知、麻木、冷漠……"

"社会底层的人们，在基本的物质生活都得不到满足的情况下，自然会追求精神层面上的安慰。他们便幻化出命运、来生、幽灵、鬼魂，总之一切能麻木自己的东西想了遍，而不是真正去思考生命的意义。"

"你能不能生动又直观地阐述？"我听着她晦涩难懂的剖析，忍不住打断了她。

"生动可以，直观却没有。"她自信满满地说，"好看的皮囊千篇一律，有趣的灵魂万里挑一。"

"很有诗性的话。"

"人的肉体同思想剥离开，这不正是古代宗教要做的事情吗？试想一下，那些没有开窍的平民百姓，当身体备受摧残的时候，会把希望寄托在哪？"

"是啊！"我点点头，"难怪有人喜欢'不修今生，修来世'的说法。"

"那是受佛家思想影响，所以想着修来世。"她果断、准确地下了结论，"小女子我更喜欢道家文化，所以要修今生，即使不为得道升天，也会努力活在当下。你仔细研究一下道家思想，他们更多地宣扬自然、社会与人之间的关系。在与自然和谐相处的过程中，人是可以自己掌握命运的。"

"你是要毁我三观呀！"我不禁感叹道。

"我是在拯救你，是重塑你的三观。"她扑哧一声笑了出来，然后抿了一口茶继续说，"上善若水这句成语出自老子的《道德经》，也被很多人作为座右铭。老子其实是告诫人们，要有水一样的品性，泽被万物而不争名利。"

眼前这个像水一样的姑娘，让我刮目相看。瞬间让我的脑海里响起，一首流行的校园民谣。词作者生动地刻画了一个带着淡淡幽怨的姑娘。据说，是词作者在替女友梳头之际，迸发出了灵感，迅速写下红遍大江南北的《同桌的你》。

"于溪，你无心追名逐利，这点从你选择来这穷乡僻壤可以看出。不管你是逃避现实也好，生活乏味也好，至少你已经付出了实际行动，但人的欲望是最致命的弱点。"

"你再说下去，我干脆出家得了。"

"我还没下结论呢！我只是说，一般人很难做到清心寡欲。"她语气有点着急，在听到我说出家后，连忙补充道，"你就算真的出家了，也会眷恋这红尘俗世，也会留有遗憾。弘一法师在临终前，写下'悲欣交集'四个憾字。大师活得那么通透的人，尚且留有遗憾。"

"西湖中，两舟相向。雪子唤：'叔同——'李叔同：'请叫我弘一。'雪子：'弘一法师，请告诉我什么是爱？'李叔同：'爱，就是慈悲。'"

"我想说的正是这个。在你真的放下之前，你得有勇气同过去好好告别。如若不然，你一生会困在痛苦的皮囊里。"

车红丹有一颗强大的心，超凡脱俗的气质，慢慢消融掉我内心的不安与恐惧。医生给病人治病，只是治愈支离破碎的躯体。她先是抽丝剥茧地拨开我脑中的谜团，然后再细细缝合、拼接我的思想。

凉爽的午后，青黄相间的草地上，我们仰望着湛蓝的天空，任由思绪飘向远方。她沉默不语，慢慢地躺在我怀里，脖子上散发着娇兰香。

她的出现，治愈了我长久的失眠。那个午后我沉沉地睡着了，也没有支离破碎的梦。

寒假来临，热闹的校园安静了，仿佛滴答的闹钟陡然停了。安静蜷缩在清冷的角落，我依然会觉得孤单苦闷，未来就像笼罩的雾霭。无故失踪的吴国富、寡言少语的唐明辉、睿智寡欢的舒晓、热情奔放的黎冰，一一浮现出脸，似乎在轻轻地召唤我。我还是会思念他们，不管走多远。看着抽屉里一叠《火の鳥》的明信片，决定给他们邮一张。

一个阴冷的上午，我赶往镇上的邮局。走到半路上，山洼里飘起姗姗来迟的雪。

崎岖的山路变得湿滑，我跌跌撞撞地前行。当时的情形让我依稀想起，遥远又漆黑的夜晚，爷爷牵着我的手，步履蹒跚在雪地里，留下两串大小不一的脚印。

那个下雪的冬天，只要生一场病都会让日子变得更艰难。年关将近，请爷爷干活的人越来越少，而我还躺在床上发着高烧。爷爷没日没夜地守在床头，唉声叹气。我只会天天安慰他，明天就会有人请干活的。

果然，雇主找到了他。我们又一次吃饱了饭。他夸我的嘴很灵验，我自然开心坏了。

那段日子，爷爷试了很多办法，我的病情依旧没有好转。我的灵魂像被塞进了滚烫的铁桶，痛苦却无法挣脱。爷爷卖了些家里的老物件。他亲手雕刻有"喜鹊登梅"图案的胡桃木的床，被四个青壮年使了全力才抬了出去。

爷爷背上我，一刻不停歇地赶了十几里地，才将我送进镇上的卫生所。医生说，得赶紧输液。我看着细长的针头，哇哇大哭。爷爷用力按住我的身体，近乎绝望的眼神看着我。那一刻，我才明白，悲怜地活着，哭泣也成了奢侈的事。

在两个世界之间

　　寒风凛冽的邮局门口，我往铸铁的邮筒里塞进三张明信片。那一刻，我仿佛看到断掉的神经网络，又重新桥接上。我挂念着外面的世界，想知道唐明辉、舒晓、黎冰的近况。

　　当我带着满身的疲惫赶到卫生所，车红丹吃了一惊，急忙弄了一块湿毛巾，擦拭我泥泞的鞋和裤脚。当时有股巨大的悲伤，莫名涌在了胸口，任我张大口，也吐不出来。我安静地流下泪来，像个委屈的孩子。

　　"不知道你经历过什么，才对生活如此绝望。"车红丹像母亲般揽我在怀里，"这世界上再没有第二个你，能活就好好活下去，因为我们会死得很久。"

　　"他不该把我捡回来。"这么多年来，我第一次在别人面前吐露心声，"爷爷走了之后，我还得继续暗无天日的日子。"

　　"爷爷带你回家，因为你是一个生命。即便是只小猫小狗，他也一样会带回家。"

　　"他本该有个安详的晚年，因为我这个毫无血缘关系的人，要忍饥挨饿。"

　　"他的人生意义也在于此，你让他活得更有价值。爷爷宁愿直面痛苦，也没有选择逃避责任。往往那些跋山涉水、竭力避世的人，最终也没有摒弃精神上的痛苦。多半是因为他们不明白，温暖的归宿才是一生追求的。"

"《圣经》里记载，上帝嫉妒人类无忧无虑的生活，把人劈成两半，一半为男，一半为女。人一生下来就不完整，然后用尽全力寻找另一半。"

"你再看看动物的世界。一只猴子如果被赶出族群，意味着就是死亡。即便漫山遍野的果实，它也不会去食用，因为它无法忍受孤独。于溪，你的存在，就是爷爷最大的满足。"

车红丹说我像一本书，只有读懂的人才能接受我的全部。她说我不懂爱，爱是要先爱自己，才能更好地爱别人。她又寄希望我的后半生能活成诗，能活成温暖别人的光。

傍晚的时候，她带我去附近山上的小庙。村民去摇签祈福的人很多，据说很灵验。

小庙矗立在孤立的山头上，只有一条人工开凿的山路可以到达山顶。

途中，碰见小庙的主人，50出头的女道士，清风仙骨的模样。她刚刚从后山挖了一筐萝卜和青菜。车红丹同道士似乎熟悉，一路聊着上山。

小庙是两间石砌的小屋。若不是门楣上写着"莲花观"三个字，真让人误以为普通的小屋。女道士独居住于此，到了冬天自然冷清。

车红丹跟女道士说明来意，一是她来还两年前许下的愿，二是替我解签。

下山的时候，我好奇地问车红丹，两年前许过什么愿。她抿嘴一笑，噔噔地跑开了。

腊八节，应车红丹父母邀请，我又去了一次冈厝村，上次赶集的热闹的场景，依然停留在脑海。

这次，街道上的人不多，但节日喜庆的氛围浓烈。大大小小的商铺，在门楣上挂上了红灯笼，星星点点，漂亮极了。

　　家中供佛的大户人家，会在院墙外搭口临时灶台，雇两三个临时工，给路过的行人施粥。寒气逼仄的清晨，滚烫的粥锅里，渺渺白雾，缓缓升腾。

　　车红丹兴高采烈地领着我，穿行在幽长的四通八达的小巷里。

　　远离喧嚣之外的地方，百年以上的明清建筑，都被很好保留下来。

　　弯弯绕绕，穿过几条巷子，才绕到车红丹家的老房子前。一座富有历史韵味的宅院，门口砌着两块雕刻有转角莲的圆形门枕石。

　　刚跨进门槛，阿姨就笑盈盈地迎上来。

　　"她满面春风的样子，实属罕见。"车红丹在我耳边嘀咕了一句。

　　"红丹，你带于溪到处看看。饭一会儿就好。"阿姨乐呵呵地，眉飞色舞地说道，"你爸听说你们要回来，昨天就买好了菜。"

　　车红丹简单讲解了家族的历史。明末清初年间，车氏祖先为逃避苦不堪言的战乱，从四川带着家眷，迁至山高林密的山谷，迄今已有300多年。

　　她们家的房子，属于典型民居的四合院，皆由石材、木材构筑，分为门厅、厢房、正房三个部分。花岗岩条石铺的落雨天井，中间砌着4×5米的花坛，里面种有葱绿的山茶树。花坛正对着四扇对开门的正房。

　　正房的扇门上雕刻着菱形花纹。东西相向的厢房，屋顶出檐较少，门窗开得也不大。

　　全家人聚在厨房里忙活。叔叔寡言少语，但也没有闲着，围着阿姨身旁打下手。爷爷的耳朵不灵敏，但目光炯炯有神。他红润的面容灿若桃花，眯着细长皱纹的眼睑，上上下下将我打量了个遍。他一边往灶膛里添着柴火，一边声如洪钟地跟阿姨讲："好！好！"

　　一群人听完，开怀大笑。

　　餐桌上，每个人帮我夹菜。饭碗里堆着满满的菜，我看了看甚是发愁。

"于溪，我怎么感觉你更像他们亲生的。"车红丹嘟哝着嘴，愤愤不平地说。

"你这丫头怎么说话。这么多菜也堵不上你的嘴。"阿姨朝车红丹使了使眼色，"上次你去小庙里还愿的事，我还没怪你呢，居然没带着我一起去。"

"妈，你在瞎说什么！"车红丹的脸霎那间变得通红，赶紧打断了阿姨的话。

爷爷咧开了嘴巴，笑了起来："好，好！"

"十里八乡，都知道咱家有个嫁不出去的大姑娘。"叔叔插上了话，"你妈为了你，就差上大街吆喝了。"

车红丹向我求救。我不清楚原委，只能无奈地笑笑。

"红丹啊，你性格要强，没人欺负得了你。"阿姨当着我的面，数落起女儿，"你是万里挑一，才选了人家于溪。以后一起过日子了，可不兴欺负他。"

下午的时光格外漫长，一家人围着火炉取着暖。爷爷最勤快，又是端茶又是倒水，忙得不亦乐乎。我们磕着瓜子，或长或短地聊着天。

车红丹含情脉脉地看着我，仿佛她的眼里只有我。她的眼神仿佛一道温暖的阳光，缓缓地照进了我内心冰冷的世界。

那一刻，眼前温馨的一幕幕，深深地吸引住了我。这些年，我历尽艰辛寻找的温暖，不正是眼前的其乐融融的景象吗？

没过多久，我收到了黎冰的回信。她说我是从百慕大消失又归来的人。揶揄之外，全是浓浓的思念。

于溪：

你消失那么久，是去百慕大了吗？你还是那个我在最美年纪遇见的少年？

这次你回到祖国，一切是不是变化很大。科技日新月异，手机已经大范围开始使用。人们可以随时随地通话，只有我这样暮色沉沉的老人，仍习惯着传统的书写的方式。现如今，我的牙齿也快掉光了，眼睛也花了。

这不，我正戴着老花镜，在北大"最美时光"咖啡馆里，给你这个"负心汉"回信。

这里的一切，仍是我们初识时的模样，只是多了些时间的味道。我点了一杯你最爱的玛奇朵，等待时光缓缓流淌。你从不告诉我，只点玛奇朵的原因。我天性木讷，其实玛奇朵的味道挺好，淡淡的，有点甜。

你就像策马奔驰的少年，在我的心湖里，投下惊鸿一瞥，又绝尘而去。让我这么多年，脚步跟跄着，不辞辛苦地追赶。

如今，我也老了，跑不动了，只想回到从前的模样，仿佛那段时光还在。你捧着书坐在未名湖边，我在一旁安静地看着你。

从前，我特喜欢和你争论。现在我们的孙子都长成大孩子了，也没人同我争了，就连陪我说话的人也越来越少。

我这个垂暮已久的老人，最大的心愿就是和你在一起，在阳光铺洒的长椅上呆坐、听音乐、看远的或是近的景。每天早晨醒来，就能看到你熟睡的样子。在我余生不多的时光里，我们继续牵着手，一起将风景看透。

信里附近照一张。你可以数数我额头上的皱纹，哪一条不是想你想出来的。

你的：黎冰

1998 年 1 月 18 日

我看着照片上白发苍苍、精神矍铄的老人，又仔细看了看邮戳上吻合的时间，竟信以为真地认为自己闯入时间停滞的深山。

东晋虞喜在《志林》记载："信安山有石室，王质入其室，见二童子对弈，看之。局未终，视其所执伐薪柯已烂朽，遂归，乡里已非矣。"

我拿着信去问车红丹，现在是哪一年。

"你脑子糊涂了？"车红丹既觉得好气又好笑地说，"你没看出来，这是恶作剧。信上有电话号码，打过去问问不就清楚了。"

"唉，世间真有烂柯人，也不坏。"

"于溪，你就是活在幻想世界里的烂柯人。"车红丹托着下巴，眉宇间落着不悦，"我真想学学'大变活人'的魔术，把你送到半个世纪前，送到她身边。"

"北京来的信！北京来的信！"离宿舍很远的地方，邮递员就开始叫喊。

那洪亮又熟悉的叫喊音，在短短一个月里，已是第五次出现。我披上棉袄，急忙冲出去。黎冰从北京寄来的信，像雪花一般飘来，一模一样的牛皮纸信封和隽秀工整的字体。舒晓和唐明辉依然没有消息。

"是哪个姑娘？每天寄一封。"邮递员深深叹了一口气，神情疲惫地看着我，"要不是路远又难走，我该每天给你送过来。"

"不打紧，不打紧，辛苦您了。"我看着他风尘仆仆的样子，心里实在过意不去。

邮递员摆了摆手，谢绝了我的挽留，推着自行车，很快消失在山路的转角。

一叠信摊在了桌上，我一封封展开，慢慢阅读。信中温暖的话语，似乎加深了深冬的寒意。

"你寄来的明信片，我很喜欢。这让我想起《邮差》里的马里奥，他时刻想着诗人聂鲁达，录制了岛上许多美妙的声音，想赠予曾经的好友。可是诗人似乎已经忘了他……"

"今天去地摊淘书，买了列夫·托尔斯泰的《复活》。面容慈祥的老先生打三折给我。天气冷得不行，我很心疼他，就多给了十块钱。"

"今天是圣诞节，北京又下雪了，植物园里的郁金香居然盛开了。前段时间，我买了部手机，号码写在了信里，可是手机一直很安静。今晚我一直在等你的电话，看来又要落空了。"

"这么多天，你没回信给我，该不会认识别的女人了吧？呵呵，如果真是这样，那也都不重要了。重要的是你能快乐。"

"溪，我似乎没有那么大度，可以允许别人分享你。如果你真的背叛了我。当心我立刻飞过去，扁你一顿哦。"

"现在，我后悔了，觉得很爱你，愿意陪你去任何地方。昨晚的雪下了一整夜，下得我心都碎了。我的世界很小，把位置留给了你，就容不下别人了。你离开了，我很孤单。我想你！"

"如果没有遇见你，我没有烦扰。天空是湛蓝的，星空依然深邃。如果没有遇见你，我仍在风中自由飘荡，穿过麦浪，跨过山涧，越过重洋。可如今的日子，一天比一天漫长，只有孤单的影子陪我说话。繁星璀璨的深夜，我开始寻找那个属于自己的星座，希望它像传说中的天使保护我。"

于溪：

我知道你的自尊心强。现如今，我已经离开了家，什么也没带就出来了。钱可以挣，幸福和快乐买不到。我们有手有脚，可以自己创造生活。

我想告诉你的是，我是一个既懂生活，又会过日子的人。我愿意陪你去任何地方，吃再多的苦也不怕。你不要再戴着有色眼镜看我了，也不要考虑任何其他因素。

从今往后，我不会再花家里一分钱，自己挣钱买房子。我还想把宝宝生下来，同你一起把他养大。

今天上午去医院做产检。一个小女孩躺在床上，乌黑的大眼睛看着我。那一刻，我突然恍惚起来，她要是我们的女儿多好。

　　她同我很快熟络起来，又是说又是笑。当时我的眼睛就红了，难过了好一会儿。

　　我一想到你在偏远的山区就难过。这些年你基本一个人走过来，衣食住行自己安排得井井有条。你这一路走过来，里里外外付出了很多吧。

　　此刻，翻出你的照片来看，才发现你的眉头紧锁。你是否有过阳光灿烂的样子？还是这些年未曾有人懂你，又或许你承担了太多角色和压力。

　　你做任何选择，我都支持你。最重要的是，我不想你再为难自己。

　　上个星期，我在教堂里给教友弹琴。突然狂风乍起，天色顿时黑了下来，一场冰雹袭击了北京城。当时，我很害怕，真希望你在身边。

　　忘了告诉你，我已经信教了。这样一来，恐怕要同你越走越远了。

　　你明白我多依恋你。可理智告诉我，不能一直去想你，这样对我们的宝宝不好。祝圣诞节快乐，就此搁笔。

你的：黎冰
1998 年 1 月 25 日

　　刚刚恢复跳动的心，因为黎冰的出现，又一次困进了无形的网。我既没有回复黎冰的信，也没再去找车红丹，而是独自煎熬着。

　　王校长找到了我，样子很自责。他责怪自己多管闲事，匆忙牵了红线。他也带来车红丹的话，想同我好好告别，无论怎样，都得见上一面。

　　是时候了，只是无法用言语形容心情。时间永远不遂人愿，快乐就会走得慢点；又或是痛苦会过得快点。这个带给我希望的女孩，然而我留下的只是伤害。

那天上午，天气阴沉沉的。坐在梯田的围坝上，我们沉默不语。远处，田间里劳作的身影忽隐忽现。雾气笼罩下的梯田一片安宁。

"你决定好了，对吗？"她眼神悲伤地看我，"这些天，你不说话，是在思考怎么跟我开口吧？"

"你很优秀，一堆说不出的好，爱你的人会很多。你那么年轻，耽误了可是一辈子的事。我没有资格配上你。"

她充满悲伤的眼眸注视着我，而我不忍直视她。

"你还是要走了，对吧？"

"孩子不能没有爸爸。"我坦诚了心声，也算是最好的托辞。

"好好待她！我不能做那个让你为难的人。"她挤出一丝笑容，"你不是没资格，也不是我年轻，而是我不想你痛苦。你现在的样子，憔悴多了。你应该遵从内心，过往不念。"

"这里还真有太多的放不下。那些学生，王校长，还有叔叔、阿姨，爷爷他们。"

"我们都是成熟的人，懂得处理好事情。你做自己就好，无需替别人思虑过多。爸妈那边，我会解释。我也想过了，一个人走习惯了，也许孤独终老更适合。"

"王校长安排我们见面。我以为是场闹剧，闹完也就散了。"

"遇见你之前，我没想过着急嫁出去。我这个人永远会死犟，宁愿独自慢慢走，也要找到灵魂的伴侣。"

"红丹，你冰雪聪明、温文尔雅、清新脱俗、你就像一道亮丽的风景。"

"我有这么好，你还不是一样要走。"车红丹突然释怀般笑了起来，"好啦，你懂我，我懂你。"

她站起身，裹了裹紧毛呢外套，领着我往大山深处走去。人迹罕至的小路，杂木丛生。不仔细辨别，根本看不出路。趟过两条山沟，翻过一座山头，翡翠绿的天池映入眼帘。

深山里的那潭天池，三面环山，一面向阳，风水极佳。车红丹说，几百年下来，山民世代守口如瓶，生怕外人见到这块圣地。他们将过世的亲人葬在这里，也不建坟不立碑，只垒石头作标记。

"这片藏风聚气的山头，就要开发成旅游景点了。"车红丹指划着，"大部分村民是反对的，我倒认为是好事，能带动经济发展吧。"

"你这样想，我不觉得奇怪。你把我领到这里来，也是冒天下之大不韪吧？"

"于溪，你误解了。其实，我是想带你来看看姥姥。两年前，姥姥在去世前，跟妈妈说，今年的 7 月份，我会遇见生命中的另一半。"

我低下头，沉默着。

"这些天，我一想到你，就会很难过。我甚至想，你只要不让我梦醒，一纸婚书又算什么，但这样一来，你还能好好生活吗？"

她悲伤的神情，同先前那个活得通透、置身事外、超凡脱俗的女孩，截然不同。她只是异于常人的凡人，只是不会哭着闹着说再见。

"你问我，在山上的小庙还了什么愿。两年前妈妈陪我，去小庙里求姻缘。卦象上说我的姻缘不太好，路有点艰难，但会成功的。你一路跌跌撞撞走到我身边，我想你就是我命里的那个人，才带你去了小庙还愿。"

回到原点

北京三环外的老式公寓楼，分割成无数的小单元，住着人员复杂的老中青"北漂"。

见到我的那一刻，黎冰刚刚从公共盥洗间折返。她捧着脸盆和牙杯，站在原地愣住了。

那一刻，我们注视着对方，沉默不语。她的肚子正高高隆起，套着宽松的酒红睡衣，依旧明显。

"回家吧！我会找到工作，养活你们。"

黎冰迅速扑到我怀里，嘶哑地哭出声来。良久，她才抬起头，眼睛如从前般清澈。

她的房间在昏暗走廊的尽头。不足十平方米的单间，仅摆了一张床和一张桌子。唯一的窗户，也是用报纸糊上的。

夜晚气温陡降。没有暖气，她将能找到的衣服全都盖上了。

"于溪，再冷的话，只能做爱取暖了。"她坏坏邪邪地笑着说，"隔壁的吱呀声，也正在互相取暖。"

她冰冷的嘴唇落在我的胸膛，空气就沉静了下来。在北京边缘的角落，两个汗珠淋漓的肉体，无声地交流着。

一番激情过后，她枕在我的胸膛睡熟了，像哺乳后的婴儿。

隔壁传来收音机的声音，正播放着一场足球比赛。我躺在床上，在漆黑一团的房间里，晃动着眼珠。

翌日清晨，下起了雪。黎冰将我从被窝里拉起。

"起来，快起来！"她俯在我耳边，呼出的热气打在我脸上，"我带你到天台上去。"

她带我爬上公寓的天台。在凛冽的寒风中，她忘乎其形地比划着。

"溪，我有一份稳定的工作，周末还能去清河教堂弹琴，赚点外快。几年后，我们也能买套属于自己的房子。"

她上班的广告公司在国家图书馆附近，公交停靠5站，车程不远。周末赚外快的清河教堂，在海淀区燕京神学院内，车程相对较远。

每天清晨，我陪同她一起出门，站在人群拥挤的公交站台上，费尽全力地挤上766公交车。

766公交车一站又一站停靠，再很快驶离。车窗外，越来越多的工地围墙上，老民居的墙壁上，刷起了张扬着时代色彩的涂鸦。

黎冰在国家图书馆站台下车，然后习惯性地向我摆摆手，并祝我好运。

面试过的几家公司，都以各种理由拒绝了我。走投无路的时候，一个快递派送员指点了我。那几年，快递业刚刚兴起，很多公司大量招收派送员。既没有学历要求，又无需工作经验，酬劳按派件的数量计算。

"你要去送快递？那会很辛苦。"

"可是工作时间自由，我能照顾到你。"

"不就生个孩子嘛，我还没那么娇气。"黎冰冷着脸说，"你选择没有门槛的工作，未来三五年就会被社会淘汰。"

我很想告诉她，自己早就被社会淘汰了。虽然我的身上张扬着随性和自由的力量，也只是一条没方向游弋的鱼。她不能理解我的状态，正如医生面对濒死的病人，那样束手无策。

那段日子，基本算是充实。每天扛着沉重的包裹袋，什么也不想地爬楼梯，然后早早下班，去菜场买菜，做好晚饭，等黎冰回家。

每天清晨，我煮好稀饭，再去楼下的街角，买两根油条回来，看着她从睡梦里醒来。

日复一日，从事着繁重体力劳动，思维也慢慢停滞了下来。我不再胡思乱想，安心地陪伴着她。

我精确地计算派件的数量、时间、范围，确保至少派出150个件，才能拿到500元左右的工资。

结了年底工资，黎冰摆出厚厚的牛皮信封，同我商量搬家。于是，我们在国家图书馆附近的紫竹苑小区，临时落下脚。两居室的简装房，月租金200元。

紫竹苑傍湖而建，也因"紫竹禅院"而得名。小区内的河流引入湖里的活水，一年四季清澈见底。

黎冰安心地待在家里，等着我下班，然后变着花样做菜。她爱吃我做的菜，每次吃得心满意足，似乎之前受的委屈，已经烟消云散。

晚饭过后，是固定的读书时光。当然，只要是晴好的天气，我们会先去湖边散步，再到国家图书馆。

简居在繁华的都市，喧嚣好像只属于别人。既没有互联网，也没有手机，甚至没有电视。

清冷的月光透过窗帘，在阳台的地板铺洒出凝灰色。是从什么时候开始，离不开了香烟，我再也想不起来。窗外的世界灯红酒绿，屋里到处弥漫着落寞的烟味。

刚过完农历新年，黎冰的肚子越来越大，不过状态也越来越糟糕，整天心神不宁地胡思乱想。

"于溪，我好害怕，担心宝宝不健康。"新年的夜晚，在没有暖气的房间，她啜泣着，"现在我又辞了工作。你太难了，要养活我们三个。"

"我什么苦都吃过，早已习惯了。这么多年，我一直很努力，想让自己更优秀点。"

我说这话的时候，往昔辛酸的记忆像碎片浮现在了眼前。舒晓说她努力变得优秀，也只想同我再靠近点。如今，我又一次对黎冰说了同样的话。

"你无需自责。你已经很优秀了。"

我沉默着，安静地躺在黑暗里，确实也不想再说话，只是默默地流泪。我猜想给她的爱不够热烈，才渐渐生出冷漠。又或许，有些伤害发生过，我们只是自欺欺人地当它没有发生过。那道被瓷片划出的伤痕，只是藏在了心底。

荧荧的台灯，散发着柔柔的光，她腆着肚子，朝黑暗走去，然后蹲在墙角，嘤嘤地哭泣。这样的情形，持续了好多天。

那日，她在黑夜里站了很久，直到泛白的黎明来临，才躺回我的身边，微笑地注视着我。

"我们去把孩子打掉吧？"

从法律角度来讲，黎冰更有权利决定孩子的出生。我心疼地看着她哭肿的眼睛，缓缓地点了点头。

海淀区妇幼保健院，圆形的挂钟，时针和分针同时指着数字九。

挂完号，来到休息厅，里面坐着黑压压的人。家属陪同的，也有独自一人的，有中年妇女，也有二十岁左右的女孩，她们的情绪一样低落。

每过十多分钟，就有人从流产手术室出来。她们坐在轮椅上，由护工推着。年轻的女孩都会用双手捂住脸。

黎冰紧张不安地盯着墙上的圆钟，脸上和嘴唇没有丝毫的血色。上午出门时，她滴水未进。我站起身，去服务台，冲了一杯牛奶。她慢慢喝完牛奶，心情平静了一点。

"如果男人能生孩子多好啊！"

十几岁的小女孩，出了手术室，陈词激昂地宣泄。她的话，惹来哄笑。很快，女孩又摘掉了粉红色墨镜，抹起眼泪来。顿时，周围变得鸦雀无声。

小女孩捂住疼痛的肚子，推开前来搀扶的护工，踉跄着从轮椅上走下来，慢慢地走出休息厅的大门。

黎冰注视着慢慢消失的小女孩的身影，脸上流露惊恐的表情。

黎冰的名字滚动到了显示屏的顶端。她看了看我，面无表情地笑了笑，然后跟在护士身后，走进了手术室。

我木讷地盯着显示屏，扯起自己的头发，并感到有生以来最麻木和无能为力的一次。

圆形的挂钟，秒钟嘀嘀嗒嗒。

黎冰慌张地从手术室跑出来。她紧紧抱住我。良久，她仰起头，像朵湿蔷薇。

"医生说，打掉7个多月的胎儿，同生下来没有区别了。宝宝的手脚会动，就差会说话了。"

接下来的日子，黎冰整个人浮肿了起来，脸色一天比一天难看，时而蜡黄，时而苍白。她的睡眠冗长，伴着湿答答的虚汗，连呼吸都很困难。

我问及原因，她总说没事，是孕产晚期的正常现象。甚至微笑着安慰我，虽然现在的生活艰苦，至少看到了希望。

1998年3月25日，凌晨四点，北京城刚刚沉寂。黎冰有了阵痛反应，是宝宝快要出生了。

凌晨最寒冷的时段。郊外的马路上，过往的车辆特别少。过了很久，等了一辆运蔬菜的卡车。司机立即犯了难，说生意人很忌讳临盆孕妇。好在他抉择了一番，咬牙答应了下来。

赶到医院时，黎冰已是满头大汗。小胡子医生责怪我，你妻子是高危产妇，至少要提前几天入院。你难道不清楚吗？

等进入了产房，小胡子医生就开始询问道，有没有吃饭，阵痛反应是几点？

当黎冰被要求脱衣服时，她立刻瞪大了眼睛，脸上涌出潮红。

护士很有经验地安抚她，第一次生孩子会紧张害羞，一旦孩子来到了这个世界，种种复杂的情绪，就会抛到了脑后，只剩下当妈妈的喜悦。

在我的帮助下，黎冰很不情愿地脱下衣服，躺上产床。

护士迅速做起产前准备。她们用剃须刀刮干净了黎冰的下身，再涂上消毒的碘伏。

每过几分钟，黎冰总要哼哼几声。见来来往往的护士，没有一个人过来问点什么，她又突然紧张地问我，生孩子，医生不陪在旁边的吗？

我开起玩笑，负责接生的大夫是个男的，你刚刚还瞪人家呢。

黎冰连捶了我几下。她说，刚刚想通了，让我去把医生叫过来。

我找来小胡子医生。他戴上无菌手套，面无表情地看了黎冰一眼，然后从她下身摸了进去。检查完，他丢了一句，再等等。

黎冰侧过脸，表情无奈地看着我。我走上前，握着她的手说，宝宝好像不急着出来呢。

中午十二点，宫口才开了一指。小胡子医生建议立即做剖腹手术。黎冰摇了摇头，虚弱地说，还想再等等。我捋着她的刘海劝说，你是高危产妇，要全力配合医生。

黎冰抓住产床的扶手，表情痛苦地看了看我，一边坚定地摇着头，一边含糊不清地叽咕着。

小胡子医生把我拉出产房，神情严肃地说，第一次来做产检的时候，孕妇是清楚自己患有三级心功能不全的。鉴于胎儿各项检查指标正常，加上你们全力配合，我们是有把握确保母子平安的。现在孕妇的心跳和血压都不稳，我们担心出现不必要的风险，必须尽快做手术。

医疗事故责任书上，我颤抖着在家属一栏签了名。

签完字，我的脑袋一片空白，想着即将推上手术台上的黎冰，要冒着生命危险，而我没有勇气给她名份，即便看见了抽屉里放在一块的户口本。

下午2:15分，女儿出生了。医生从产房抱出来的时候，让我匆匆看了一眼。女儿全身红通通的，皮肤皱在一起，一副皮包骨头、营养不良的样子。

黎冰问及女儿。我说，挺好的，很漂亮。她听完，合上沉重的眼皮。医生说，产妇虚弱，麻药没退，需要休息。

黎冰在熟睡中，被转到了普通病房。我趁护士不注意，捡走了废物箱里的胎盘。

800公里外的苏北老屋。从爷爷去世起，我没有过回家的念头。是女儿的出生，让我又不得不回到这里。

空置多年的老屋，院落已经荒废，四处杂草丛生，就连粗壮的老梨树也是孱弱不堪的样子。

紧挨着老梨树，我挖出1米多深的坑，把胎盘丢了进去，再撒上些石灰，便是替女儿完成了认祖归宗的仪式。

吴国富带着女儿来看我。他的出现让我觉得欣慰。六年前，他从上海消失后，没人知道下落。他的母亲抑郁成疾，病痛难忍，灌了整瓶"氧化乐果"，盖着草席，躺在门板上七天，也没等到他的出现。

国富见到我很是惊喜，嗫嚅着说不出话。他最喜欢的短发不见了，脑门因谢顶显得黝黑发亮。不过，稀疏又蓬乱的卷发刚好遮住了头顶上的刀疤。他的眼睛没了凶光，眼袋也松弛了许多。整个人一副浑浊、呆滞的模样。

现如今，他过起了安稳的日子，娶了个离婚的女人，也生了个女儿。

国富的女儿五六岁的光景，穿着发白的粉色裙子，紧紧抱住爸爸的腿，惴惴不安地望着我。

国富在一旁催促女儿同我打招呼。小女孩手攥得紧紧的，红扑扑的脸蛋，渗出细小的汗珠来。小女孩憋了半天，才细声细语叫了声叔叔。

我打量着小女孩的卷发，发现她同国富小时候很像，眼睛大而明亮。

国富察觉到我盯着他的秃顶，显得不自在，于是摸出腰间的旱烟袋，颤巍巍地点上。

"于溪，手头宽裕了的话，把老房子修整一下，至少能落个脚。"国富终于开了口。

"以后再说吧。"我指着东边树林里坍塌的老宅问，"是去年还是前年失的火？"

国富似乎有话说，却丝毫没有张口的意思。我没再继续追问。他的妻子正好找来，紧蹙着眉头，抱怨道，打牌输了些散钱。

临走前，国富想起什么，又折返回来，提着一桶新榨的菜籽油。见我没有推辞，他的脸上浮出笑意。

"妈妈说，那个奶奶死了。"国富的女儿突然从身后钻了出来，仰着头说。

国富一脸的惊慌。他怔怔地看着我，似乎想解释些什么。

"村里的人说是凶宅。"国富的妻子插上话，"那母女俩都不是东西，风流成性，死了也活该。"

我心里忽上忽下，脸忽冷忽热。

国富安慰我："舒晓料理的后事。你们没再联系吧？"

我叹了一口气，摇了摇空白的脑袋。

"你也别太难过。"国富说着，哽咽了起来。

"是呀，要我说，幸好你们没成。那个花枝招展的老女人，整天勾三搭四的。她家的女儿能好到哪里去！"国富的妻子饶有兴趣地说个不停，"哦，你别往心里去啊，我就是说话直，心还是软。当时，看热闹的人多了去了，只有我吐了出来，愣是几个月没碰荤腥。你不知道法医揭天灵盖的时候，有多瘆人！"

她说着说着，露出一脸的惊恐。我受不了她的呱噪，转身就要离开。她一把又拉住我，似乎意犹未尽。国富生拉硬拽才拉走了妻子。

树林里新垦出的菜地，有个忙碌的身影，正点燃地上的杂草。浓浓的烟，翻滚着冲出树冠。

径直穿过树林，看见几棵烧焦脱皮的桑树，正长出嫩黄的新皮。

黄昏里，曾经生机盎然的老宅，仅剩一片断壁残垣。我毫无思绪地啜泣起来，这么多年了，啥光景都变了，唯独黄昏仍安详。

"世界上哪有什么鬼，不过是钻进草丛里的老鼠。"

很多年前的夜晚，舒晓领着我去隔壁村，看了一场露天的《聊斋之异》。回家的路上，我抖索着说，自己看到了鬼。

当看着坍塌的院墙、烧黑的砖块，以及阴翳着死亡气息的古井，我倒希望自己能见黑暗中的魂灵。

黑暗中的魂灵是什么样子，世人都说不清楚。

濒死状态的人说，他见过拿着镰刀的骷髅，一动不动地站在床边；跳大神的人说，他见过像蛞蝓的软体动物，倏地钻进人的脑袋。

众说纷纭，要我说，死神只是脑海里破碎又色彩斑斓的图案。即便想象力超群的梵高，也未必能准确绘描出来。

不过，有一点可以确定的。即使有过一千种想法、一万种担忧，真到了临死的一刻，悲伤和绝望也是无济于事的。

古代帝王对死亡的恐惧远甚于常人，又苦于无法认知死后的世界。他们想要永世享乐，殊不知，他们修寝筑陵，依然可能遭后人掘墓鞭尸。

当然，相比于帝王将相的命，温顺的平民百姓，只能随波逐流，无法站出来反抗。他们的结局也无非两种，一是死于疾病或意外，二是孤独终老。每一个孤魂都是时间洪流里的叹息。

车红丹教会我思考人生：夏蝉的生命短暂。它在黑夜里蛰伏几年，才把歌声献给夏天。没有蝉鸣的夏季是不完整的，正如没有雪花的冬季会有遗憾。

有人出生，就会有人死去；有人来了，就有人离去。只有看淡生死的人，才能懂得生命的意义。只有看透聚散别离的人，才能记住生命里重要的人。

爷爷也对我说过，孩子，你不要再花力气寻找他们。如果你们不能相认，就留下吧，就当这里是家，是落叶归根的地方。他们怕是有难言的苦衷，不然怎会丢下你。

爷爷在风烛残年之际，依然选择收留了我。他付出残烛般温暖的爱，才没让我在脆弱的年纪死去。

我依稀记得，灰蒙蒙的天空，挂着血红的太阳。他背着病重的我，走在焦味浓烈的柏油路上。路过卖甜水的小摊，我看见红的、绿的、黄的甜水，都会哭闹一番，然后看着他掏出手帕，颤巍巍地抽出几张毛票。

我曾忘记过那个梦开始的地方。不过，等女儿长大后，我得告诉她，那棵光影斑驳的梨树下，埋着她的胎盘。

尘封的过去

两天的时间，一刻不停歇地换乘，我往返了1000多公里，然后风尘仆仆地回到北京。

赶到海淀区妇幼保健院，我发现黎冰和女儿不在病房，以为是记错了房间号，又一一查看了其他房间。

护士小姐说，女儿已经转进了高干病房。我又着急忙慌跑去高干病房。

"你去哪了？"黎冰焦躁地对我说。

我轻轻走上前，看了看熟睡的女儿，然后握起黎冰的手。

黎冰抽出手来，抚摸着我的胡茬，舌头打结似的，发出颤抖的音符。

"我回了一趟老家，又立刻赶了回来。"

"医生说你拿走了胎盘，那是要当医疗垃圾处理的。"

"我只想着，女儿要有一个寻根的地方，不再像我这样。"

"溪，有你的地方，就是家。"黎冰红了眼眶，深情地说。

过了很久，她的眼睛又活泼起来，示意着窗台方向。我朝窗台看去。

窗台处的沙发上，坐着一位花甲老人，戴着老花镜，手里捧着报纸。老人正满脸慈祥地朝我们微笑。她和蔼的笑容似曾相识。我张大嘴巴，一时想不起。

"于溪，奶奶刚从杭州赶过来。"黎冰提醒道，"你应该认识奶奶。我有寄过照片给你。"

我惊讶得说不出话来，突然想起那张照片上的脸，简直一模一样。不过眼前的老人，虽然满脸沧桑，但由内而外散发着温和。时间虽然在脸上沉淀了痕迹，但格外多了平静的舒适感。

黎冰笑出声来，估计想着恶作剧的信，而沾沾自喜。

"于溪，你们是成年人了。生孩子这件事上，确实做得不对。"奶奶站起身来，走到病床前，拉起黎冰的手说，"天底下，哪有嫌弃自己孩子的父母。她离家出走，她爸也很后悔，她妈还进了医院。"

黎冰搂住了奶奶，撒娇起来："奶奶，奶奶，这些不能怪于溪，是我离不开他。"

"你们俩是多恩爱？你又是有多要紧的事，丢下刚做完手术的人？"奶奶叹了口气说，"于溪，要是医院不通知，你们想一辈子玩失踪吗？"

面对老人的训责，我是哑口无言。

"既然全家人到齐了，你们小两口要是过了这个坎，就同他们见见。这两天，他们住在酒店里，也不敢到医院来。"

黎冰听着听着，哭了起来。奶奶又心疼起孙女，慌忙替黎冰擦起了眼泪："坐月子不能哭，容易落下病。"

黎冰抬起头，泪眼朦胧地看着我。那一刻，她们像是把决定权交到了我手里。那种感觉，我一点都不喜欢。虽然黎冰的父亲瞧不起我，但我没有自私到想要割断他们的骨肉亲情。

"我需不需要回避？"我妥协了，并征求奶奶的意见。

"一家人，有什么回避的。"奶奶推了推老花镜，拉起我的手，斩钉截铁地说，"你们这家子，真该各打五十大板。"

黎冰父母的到来，让病房里顿时热闹了起来。他们带来了从王府井挑选回来的金玉饰品。奶奶将饰品一件件地展示出来，供我们挑选。最后，黎冰挑了块玉锁，将它贴上女儿的小嘴。女儿突然被吵醒了，顿时哇哇哭闹起来。三个女人忙活了一阵，才让响亮的哭闹声停止住。

女人们忙活的间隙，我同黎冰的父亲并肩站到了窗前，一同看着窗台上翠绿的玉簪花，而并没有其他的交流。

玻璃窗户上覆盖着灰尘，在阳光的照射下，清楚显示厚厚的一层。我试着打开窗户，想散发开消毒水的气味，不过铁拴锈死了，使了一番力气也没有打开。

不知过了多久，黎冰怀抱着女儿，进入了梦乡。奶奶和阿姨注视着熟睡的母女，露出满足的笑容。

那温馨的一幕，至今让我念念不忘。我觉得欣慰，他们视女儿如同掌上明珠。

阿姨笑吟吟地走过来，坐在了沙发上。她看着我，笑着说："时间过得真快，如今自己的女儿也当了妈妈，再也不能当她是孩子了。以前总想着她早点嫁人，又总舍不得她嫁出去。不过，现在不用再担心了。"

黎冰的爸爸交代了两句话，就走出了病房。他说，给客户回电话，已经让医院安排午饭。

阿姨同我继续谈心。奶奶也坐在一边听。

"这段时间，你们吃了不少苦吧？黎冰像变了个人似的，成熟、懂事了许多。"

"她受了很多委屈。"我反省起自己的过失，就像个认错的孩子。

"她坚定选择了你，就做好了吃苦、受委屈的准备。"阿姨剖析得字字透彻，"我同她爸商量过了，既然女儿长大了，想要过自己的日子，我们也会尊重你们的想法。"

阿姨的谈吐气定神闲，犹如经历风云变幻的大人物。不过，她能同我平等地对话，这让我觉得很欣慰。我感激地点了点头。

"于溪，这段时间，你也累得够呛，背都弯了。"奶奶插上话，

"你去酒店好好洗洗，再睡上一觉。这里由我们照应着。"

希尔顿酒店的浴缸里，享受了一番温水浸润的舒适。冲淋的时候，我又仔细擦了遍身体。

我站在化妆镜前，看着镜子里崭新的自己。虽然脸上仍缺少血色，但眉头舒展了，眼睛透亮了，下巴干净了。我就像是从头到脚，换了一个人似的。

那段挤牙膏皮、舔酸奶盖、抽廉价烟的日子，很快被忘得一干二净了。我的内心涌动起莫名的感激，因为四处游荡的灵魂很快就能歇息下来了。

医生通知我们，再需观察两天，黎冰就可以出院了，新生儿的出生证明要尽快办理。

黎冰的父亲建议孩子姓黎，再带上"希"字，同我名字里的"溪"谐音。他的建议有他的道理。一、我是被人领养的，也弄不清楚亲生父母是谁。二、我同黎冰尚未领结婚证，也不是合法夫妻关系。

他们瞒着黎冰同我讨论，并且认为我最适合同黎冰开口。其实他们早拿定了主意，同我商量，也是做个形式，没有太大的意义。

奶奶察觉出我的情绪低落，所以提出同我单独谈谈。她是个和蔼可亲的老人，也明事理，当初就是她劝服自己的儿子不再咄咄逼人。

"于溪，你们还年轻，以后可以再生。"奶奶面色凝重地说，"你去世的爷爷也没有过子女。他领养了你，也并没有让你继承香火的意思。"

我显然高估了自己的位置。替女儿取名字的事上，奶奶也是站在了另一边，因为黎冰是独生女，关系着香火延续，所以没有人会作出让步。

我不再反驳，也不再抗拒，只需要接受就好。我清楚自己的处境。"哀其不幸，怒其不争。"正是说我这样的野种。今天可以姓王，明天也可以姓李。

世界上有种浮萍一样的人，不哭不闹地来到人世间，又悄无声息地离开。他们像暮色里的摇蚊，飞舞过后，便化作了尘埃，仿佛从没有来过。

我把决定告诉了黎冰。她非常地吃惊说，已经起好了"于若希"的名字，怎么能改呢？

阿姨说，"黎若希"这个名字更好听。

奶奶说，将来还可以多生几个。

黎冰爸爸说，"黎若希"会得到一大笔财产。

我重新定义了生命，活着不再是慈悲。虽然我给了女儿生命，但是给不了很好的生活。女儿没有选择出生的权利，但她可以选择更优渥的生活。

出生证明很快办好了，黎冰也出了院。他们坐着林肯 Towncar，返程前往杭州。我因需要办理剩下的事情，所以暂时留在北京。我答应了黎冰，只是晚几天走。

北京的气温回升，白天十五六摄氏度。半个月前，那种透骨的寒冷，荡然无存。

离开了一段时间，紫竹苑也发生了奇妙的变化：河边的杨柳，冒出鹅黄的嫩芽，正迎风舒展。清澈的水面上，飞来的几只野鸭正在觅食。

回到霉味浓郁的住所，我安静地坐了下来。屋子还是从前的模样，只是再没有了欢笑声和哭泣声。

风吹动着窗帘，荫翳出大块流动的影子。那个腆着肚子，躲在黑暗里，哭泣的身影，仿佛还在。她从墙角缓缓起身，转过头时，像一切从未发生过。那样哭泣的夜，我已记不清，重复了多少次。

翌日清晨，阳光透过窗帘散落进来。我揉了揉昏沉的脑袋，坐在床边发呆。星星点点的光线，在房间里缓缓流淌。

这么多年下来，我更习惯于独自生活。来来往往的人，一旦从我身边离开，很快也忘得干净。虽然颠沛流离，饥一餐饱一餐，但倒也适应自由自在的狼狈。

女儿的出生改变了这一切。我的心里突然很高兴，有了迎接全新生活的勇气。

我做了顿丰盛的早餐，先将胃填满，再将屋内屋外打扫得干干净净。餐具洗了一遍又一遍，地板抹了一次又一次，衣物、床单全部仔细清洗干净。毫不犹豫地丢弃掉没用的东西，也包括所有的书籍。

我办理了辞职。扣掉工作服的钱，扣掉旷工罚款，又扣掉了奖金，才拿了一半的工资。退掉了租房，我找房东索要押金。房东却说我违约，退不了押金。

我回到出租房，继续收拾东西，准备找物流发走。

收拾一空的房间里，我静静地迎来了夜幕的降临。在我的生命里，迎面而来，又匆匆而去的人很多。先是结伴而行，围火而坐，把酒言欢，谈笑风生。热闹散尽，只有我还在原地，摸着空空的脑袋，想不起名字，好像他们从未来过。

遥远戈壁滩上，有一种野草，叫"还魂草"。干旱的季节，它会枯死，任由风吹走。但是沾上雨露，它就再次发芽。它们饱受飞沙走石的摧残，唯独抵御不住雨露的关怀。

寂静的夜晚，我怀恋起温暖的背：下雪的除夕夜，爷爷背着病重的我，一步一滑地走在香气四溢的大街上。他在饭店门口，捡起别人扔掉的水饺，塞进怀里。

回家的半路上，雪越下越大，我们藏在废弃的砖窑里，蜷缩在草垛上。爷爷从怀里掏出香喷喷的水饺，看着我狼吞虎咽。

回程在即，我想起北京郊外的唐明辉。虽然疏远这么久，毕竟他仍是我唯一放不下的朋友。

天蒙蒙亮，首班 943 路跨线车，前往通州县。寂静的车厢里，寥寥可数的几个乘客，也是昏昏欲睡的模样。

唯独我满心欢喜，望窗外的风景，想象饮酒畅谈的画面：天不亮不走，酒不醉不归。

相见的一幕确实震惊。我敲开出租屋的门，见到的不是唐明辉，而是舒晓。

她穿着单薄的睡衣，瑟瑟发抖地站在门口，张大着嘴巴看着我，哼不出半个字来。显然，我的出现让她始料不及。她的脸色惨白，目光躲闪，最后低下了头，茫然不知所措地扯着衣角。

唐明辉像刚睡醒的猫，挪了挪身子，伸了伸懒腰。

"谁呀？"唐明辉翻过身问。

同我目光接触的一刹那，那慵懒又有磁性的声音，像崩断的皮筋，戛然而止。

当时，我呆若木鸡地看着眼前的一切，也不知如何开口。有那么一刻，我想去原谅，毕竟他俩是我最重要的人。

我是怎样离开的，至今，都无法再回忆起来。

几分钟后，舒晓穿着粗糙的睡衣，蓬头垢面地追了上来。

她拉起我的手。我用力甩开。她又出乎意料地跪了下来，像个犯错的孩子，低头向我道歉。

她弯腰俯首的样子，让我仰面泪流。不知什么时候开始，舒晓已经不爱我了。可是他俩是我最重要的人，又同时背叛了我。难道是我变了？有着强烈的占有欲，明明是自己不要，也不愿意别人拥有。我给不起承诺，还想让她画地为牢，去守着一个没有遵守诺言的人。

那一刻，舒晓又在想什么？在凛冽的寒风中，一声不吭，一动不动地跪着。

我脱下外套，披在她身上。她才缓缓地抬起头，眼睛只有悲伤。我似乎没有理由不原谅。

舒晓刚才卑微的样子，让我痛苦不已。

唐明辉一动不动地站在窗前。舒晓叫唤了一声。他才慢慢转过身，面无表情地看着我。

我注视着唐明辉，发现他已是一副病入膏肓的模样。去年七月份，同他告别时，他的脸仍是饱满的。如今，他整张脸已消瘦不堪，眼眶深陷了下去，颧骨突兀出来，脸色暗沉了下来，连眼神都是涣散的。

几秒过后，他才缓过神来，从拆散的烟盒里掏出烟，递给我一根。

我同他面向而坐，顾自点燃手中的烟，一根接着一根抽。

环顾那间不足十平的出租屋，舒晓将它收拾得井井有条。木窗上拉起一条碎花的窗帘。刷白的墙壁上，添了几幅大的风景画。床头立着一张高2米左右的白色衣柜。折叠的餐桌，简易的书架、小巧的壁灯，全是我走了之后添置的。

在公用厨房忙活了一阵，舒晓炒出几道菜，端进了屋子，然后又跑到巷口处的商店，搬了箱燕京啤酒。

冰冷的啤酒，从嘴凉到肚。明辉同我，一杯接着一杯干。推杯换盏之际，时光仿佛又回到了从前。舒晓、唐明辉和我，每逢周末，聚在大排档，吃喝到收摊。那时，从天南聊到地北，从五胡乱华聊到开国大典，又从西周燕都聊到八宝山的由来。

如今坐到一起，仍像阔别已久的亲人，可心里又隔着些什么，终不能畅所欲言。

再见唐明辉时，我脑海中曾闪过不祥的预感，在那一刻还是发生了。唐明辉突然倒地，伸长脖子喘着粗气。他的脸瞬间刷了色，死人般的铁青，额头上挂满了汗珠。

舒晓吃力地将唐明辉扶上床，又耐心温柔地在他耳边说："再忍一忍，就会好。"

见屋里满地狼藉，我帮忙收拾起碗筷，擦干淌得到处都是的啤酒。很快又觉得心烦意乱，我便走出了屋外。

巷口处，一群人围着看棋，你一言，我一语，各抒己见。

舒晓脸蛋红扑扑地找到我。她蓬乱的头发，草草束在脑后。

"他已经睡着了。"她耸了耸肩，摊了一下手，继续问我，"这次回北京有何打算？"

见我没回答，她耷下了脑袋，安静地陪我走着。

午后的阳光洒下暖意，冰雪融化后的玉带河充盈了起来。河堤两旁的紫娇花已经开放，虽没有香味，但形状惹人喜爱，像散落满地的紫色星星。

坐在河堤的石阶上，舒晓面色沉静地看着我，然后点上一支香烟，姿态娴熟地吸上一口。我再也闻不到她身上曾有过的书香味，或许这又是她另外的样子，脸廓依旧优美，只是泛着苍白。嘴唇依旧性感，只是缺少血色，靠涂了点口红，加以掩饰。眼睛依旧湿润，只是空洞涣散，没有了魂似的。

"真正爱过的人，再多看一眼，还是想再拥有。"舒晓打破了沉寂，"可是没有我，他活不下去的。"

我低沉地回应道："这样下去，再没有回头路走了。"

"哪来的回头路？谁来救他？谁又来救我？"舒晓语气淡薄地说，"活着的那点勇气，大概就剩贪念一丁点的温暖了。"

突然，我冷漠一笑。

舒晓莫名难过起来，痛苦得直哆嗦。

"你们俩是我最要好的朋友，是最不可能背叛我的人。"我控制住语气，平和地继续说，"我只是还没有想好怎么面对你们，也没想好怎么取得你的原谅。时间过得真快，算算咱们已经认识十五年了……"

"于溪，看见你瘦弱的样子，从见你的第一眼起，我就特别心疼你。"舒晓没有了刚才的痛苦，也打开了话匣子，"你忘了欺负你的二胖了吧？那次为了把他打服帖，我的胳膊和膝盖还留着疤呢。当时追到了二胖家，见他关了门，我愣是爬上竹竿，翻过他家高高的墙头，丝毫没有胆怯地跳进他家院子，把二胖都给吓尿了。还有老校长掉进茅坑的事，也是我深更半夜锯短了他们家蹲坑的木板，谁让他骂你有娘生没娘养的……"

舒晓竟心疼了我这么多年。也许是我错在先，只习惯了她对我的好，从不担心她会受委屈。从前吵架，她出门晃上一圈，又会折返回来。

依稀记得，北京西站候车厅的那次，舒晓蜷缩在圆柱旁，见我寻见她时，立刻撕碎了车票，拾起散落的饼干，微笑着向我奔来。

我时常会享受失而复得的喜悦，也认定了她会对我不离不弃。只是一个冬天，她背着包，拖着行李箱，掩门而出后，就再也没回来过。

"于溪，我越想靠近你，越看得见伤口。突然想明白了，我只是你的影子，活在你看不见的地方。"

她终于哭了。我转过身，不想看她泪如雨下、楚楚可怜的样子。

不远处的小路上，出现两三个谈笑的行人。舒晓抹干了眼泪，拉了拉我的手。

"妈妈走后，我无依无靠，所以又回到了北京。"

她同唐明辉走到一起，我没有太多兴趣了解，只是心疼她，独自走了很多路，眼角上生出许多显老的鱼尾纹。

河面上闪烁起几盏渔火，是夜晚来临了，也终于该告别了。她站在了遥远的地方。我也不愿告诉她，自己曾找过她。

就这样，我们又呆呆地坐了很久，毫无思绪地吐着烟圈。

"记得按时吃饭，总是煮泡面，对肠胃不好。"我不知道还有什么交代，因情绪使然，只说了些不咸不淡的话。

临行前，我将身上仅剩的 900 块钱，塞在出租屋的床下。从他们的经济状况判断，他们比我更需要钱。

凌晨的站台上，只有极少数几个人，站在寒风中，等待火车。舒晓没有前来送别，我能够释怀，毕竟鱼和熊掌不可兼得。

村外的湖堤上，皎洁的月光下，油菜花丛里，从灵魂到肉体痴缠的一刻起，我们都给了对方最美的自己，下一秒，再也遇见不了更好的人。她说，记住了我的每一寸肌肤，每一个部位，每一种的表情。似乎她早就明白，会越走越远。

执子之手

南方的天气，温和湿润。再次来到那座白色的大房子，三米多高的铁门依然敞开着。青砖铺设的主路，比上次还清洁。圆木构筑的拱桥上，悬挂起了彩灯。庭院里假山的喷泉也开了，清水从假山顶部缓缓流淌下来。

庭院中，各种绿植生机盎然，粉的、紫的、红的蔷薇开得到处都是。蜿蜒的水道里散落着一簇簇、一团团的水生植物。

4月，阳光明媚，气温正暖。笼着羽纱的婴儿床，摆在庭院的空地。黎冰身体微微前倾，低头伏在婴儿床的扶栏上，正在逗女儿说着话。

清风爬过围墙，吹着她的发梢。那个窈窕的身影，散发出成熟又迷人的味道。

我轻轻叫唤了一声。她慢慢转过头，瞬间露出喜悦。

"你该提前打个电话回来。"黎冰紧紧抱住我，"大伙正忙着操办我们的婚礼呢！"

我们的婚期安排在5月。婚房的装修，领结婚证，拍摄婚照，再到举办婚礼的酒店，他们都做了详细的计划。

黎冰兴致勃勃地领我参观婚房。

位于西郊的紫云山庄，是杭州热炒的银湖板块的高档别墅区。小区背靠山峦，面迎银湖公园。小区配有现代化的游泳池和休闲广场，道路两旁种有香樟、桂花等名贵树种。

两层楼的别墅，从装修到布置，由奶奶亲自负责监督。短短的十几天时间，基本安排妥当。奶奶说，家具家电的采购，全部由她出钱购买，就当送的新人礼。对于老人家的一片心意，我们是欣然接受了下来。

婚庆事宜由专业公司策划。四月安排摄影团队进行婚纱照和满月照的拍摄，主题定为"蜜月之旅"。

20多个户外取景点，我们经过挑选，定了五云山和西溪湿地。整个拍摄计划，会在一个星期内完成。

我写信给北京的唐明辉和舒晓，还有苏北老家的吴国富，希望他们能来参加我的婚礼。

4月25日，从出行到拍摄点的选址，婚庆公司做了详细的计划书，并配备了一班全程陪同的人，化妆师、摄影师、灯光师、服装师、司机。

奶奶和保姆也跟着一同出了门，所以大小事情都不再劳神。奶奶说，你们只当是度蜜月，只管享受就好。这样的蜜月之行实属罕见，去哪都有一群人前呼后拥地跟着。

五云山拍摄了两天，任务进行得十分顺利。满月的女儿也很配合，没吵也没闹。奶奶抱起黎若希，眼中流露出慈爱。她禁不住感慨，人生值得期待的不过几件事。

那一刻，我们都在沉思。

女儿的哭声，才让黎冰醒过神，赶紧解开胸衣，喂起了奶。她看着我尴尬地说，还觉得自己是纯真的少女，女儿的哭声又提醒自己有了新的身份。

一行人轻松完成了一半的任务，然后脚步轻盈、笑容灿烂地远赴西溪湿地。前往的途中，刮起了阵阵南风，绵绵细雨不经意地飘落下来。公司暂停了拍摄任务，安排了自由活动。

环境幽雅的西溪度假村，坐落在烟波浩渺的湿地，四周绿树成荫，蛙声成片。宋高宗的一句，西溪，且留下。西溪便成了雅士心中的净土，争相去一睹它的芳容。

安置好一切，奶奶便独自离开。她沿着长廊，走到雨亭下，戴上老花镜，捧书而读。

窗外沁人心肺的香气，透过窗纱弥漫在房间里。看着熟睡的女儿，黎冰忍不住吻醒了她。女儿哭闹了两下，又安稳地进入了梦乡。

静谧的风，像轻缓的催眠曲，让人昏昏欲睡。我看了一眼熟睡中的母女，轻轻关上门，走了出去。

四下宁静的度假村，笼罩在朦朦烟雨中。身形削瘦的奶奶，正端坐在雨亭下。我轻手轻脚地走了过去。

"你来得正好。"奶奶摘下眼镜说，"我跟商家已经打了招呼，给你们安排了乌蓬船。"

对于奶奶好心的安排，我应承了下来，只是水乡的景大同小异，而自己又生在水乡，对乘船游玩自然没有兴趣。

"是安排不妥吗？"奶奶赶忙追问道，"你好像没有什么兴致。"

我连忙摇头否认。

"那你还是为那件事闷闷不乐？"奶奶直截了当地问，"你岳父当初不同意你们的婚事。你只是退了一步，再没必要还耿耿于怀？你看现在多好，一切名正言顺了，再生几个孩子也由你说了算。"

看着眼前衣着整洁、头饰精致、慈眉善目的奶奶，我相信她是个见识广、明事理的人，也试图理解她的话。

"我的孙女处处向着你，看得出她是真心付出的。你切莫辜负了她。"奶奶似乎察觉到了我的心慌，顿时话锋一转，"你切莫辜负了她！谁能没有遗憾，转身就不要回望。你最该珍惜的，是你一无所有时，对你不离不弃的人。"

下午四点光景，我陪同黎冰坐上乌篷船，在蜿蜒曲折的水道里航行。行驶过小桥流水的古村落，便到了水域开阔的湖荡。

远处的树丛上空，一群筑巢的灰鹭，时而盘旋，时而栖息在树冠。近处的芦苇丛里，几只绿头鸭，一会探出脑袋，一会钻进深处。

渔夫摇着橹，徐行在波光粼粼的水面，身后的晚霞染红了半边天空。渔夫唱起了《渔歌》，曲调轻快，意韵悠长。

黎冰坐在船头，听着宛转悠扬的歌声，露出惬意的笑容。

微微上涨的水，刚好漫过浅滩。准备产籽的鲤鱼、鲫鱼，侧着身子往草丛里钻。黎冰兴奋地跳下船，踩着没过脚踝的水，追着草丛里的鱼跑。没一会儿工夫，这个城里的姑娘收获颇丰。

渔夫又在鱼群出没的深水区，撒了几网，让黎冰体验了一下撒网捕鱼的乐趣。

晚霞消失了，圆月悬挂在头顶，远处点点灯火闪烁。我们带着收获，回到了度假村。

西溪度假村的樱花正盛开。粉红色的樱花，挂满了枝头，在风中娉娉点头，似微笑中的含蓄。

高大的樱花树前，摄影师不断调整角度，调置补光灯，比划摆拍的细节。预拍了几张照片，摄影师觉得不满意，没有捕捉出流动的爱意，于是急中生智，声情并茂地讲起樱花的由来。

"巴拉利索斯爱上了梅丽雪尔塔。他们盼望着能结婚，但梅丽雪尔塔不久因病去世。巴拉利索斯悲伤过度，便殉情了。神可怜他，把他变成樱花树，开在梅丽雪尔塔的墓旁。"

微风吹来，瓣瓣如雪的樱花，簌簌而落，营造出浪漫的氛围。黎冰含情脉脉地看了我一会儿，然后朝着天空比划，作出勾勒蓝图的手势。我抬头仰望蓝天白云，似乎真看见了一幅舒展的画卷，里面充满了美好。

突然，树林里冲出一群人，是另一对拍照的新人，同我们偶遇上。新人围着繁茂的樱树，嬉戏打闹中摆出各种 Pose，也打破树林的寂静。

新郎很英俊，斜剪的鬓发盖住前额，黑色的领结系在雪白的衣领上。

新娘微微有点胖，凝如脂玉的肌肤与奶油色的婚纱浑然一体，丰满姣好的身材与精致裁剪的婚纱相得益彰，含羞带笑的脸蛋上，透露着满满的幸福。

黎冰凝望着新人，慢慢向我靠拢过来。她枕在我的肩膀上，露出甜蜜的微笑。

摄影师着急手头上的工作，大声提醒成员们继续工作。他的话音刚落，对面的人群里，突然骚动起来。新娘提着裙摆，低头穿过树丛，大声哭泣着跑向树林深处。

眼前发生的一幕，惊呆了所有人。黎冰吃惊地捂住嘴巴，眼泪哗哗地流了下来。

回到度假村后，她像掉线的木偶，无精打采地坐在长廊里，一动不动地注视着远方。

我静静地站在她的身边，像一个冷漠的旁观者，在她最需要我的时候，却无计可施，只是等待一切归于平静。

"明天和意外哪个先来临？"她的情绪低落，像是在自言自语。

"也许他们不合适。"我试着解释，"余生那么长，忠于内心，才能活成自己。"

有那么一瞬间，黎冰身上的灵气消失殆尽，怔怔地看着我。

过了很久，她似乎清醒过来，再次面带桃花，醉意朦胧地说："好在我是行动派，从不坐以待毙，更不会留有遗憾。在公平公正的情况下，会尽自己最大的所能，努力争取想要的一切。"

"我怎么闻到了醋味。"我看着她极其可爱的样子，忍不住调侃，"除了你女儿，我实在想不出，你会吃谁的醋。"

"即便是女儿，我也必须享受同等待遇。不然，你们一起面壁思过！"她语气坚定地说，"而且，你迷人的样子，只能让我看。我们家小仙女也不可以。"

5月20日，婚礼如期而至，没有想象中的浪漫，倒也别开生面。

国富一家三口准时参加了我的婚礼。那天，国富身着一件袖口和领口磨得光亮的灰棉布夹克和一条大得不成样子的裤子，脚上套着一双磨歪脚跟却不忘擦得锃亮的尖头皮鞋。

他那体态宽胖的妻子，脸上擦着厚厚的粉，两腮上还不忘涂了点腮红。紫红色的灯芯绒大衣，本是束腰版型的，却让她穿出鼓囊囊的感觉。

他们的女儿倒是显得活泼可爱，梳着两条麻花辫，搭配着做工粗糙点的蓬蓬裙。

觥筹交错中，众人享受着难得的盛宴，也看热闹似的议论纷纷。酒过三巡，几位年老的长辈，借着酒劲调侃，世风日下，生了孩子，再结婚，成何体统。

让人啪啪打脸后，黎冰的父亲仰头，一口气连干了三杯白酒，然后推开酒杯，起身离开了。

黎冰怔怔地看着我，脸一阵红一阵白。我也束手无策，况且她的父亲是有钱又有地位的人，照样管不住别人的嘴。

生活也就这样，你刻意在乎的，全力维护的，视若珍宝的，或许在别人眼里，是不值一文的笑话。

邻桌，国富的妻子自斟自饮地喝着几种酒，最终不胜酒力地倒在酒桌上，嘴里还不忘连连称赞，好酒，肯定不便宜。

我起身前去帮忙，安排他们一家休息。我同国富一起搀扶着全身瘫软的胖女人，仍然觉得非常吃力。

刚迈出几步远，国富妻子在众目睽睽之下吐了起来。她的胃像巨大的蓄水缸，里面的食物残渣，源源不断地从嘴巴倾泻出来。

国富强忍着怒火，拍了拍妻子的背，又替她擦了擦嘴。我屏住呼吸，试图避开难闻的酒味。

"我就这样做了上门女婿，是不是很丢人？"我凑在国富耳边轻声问。

国富的妻子突然清醒过来，冷不丁冒出一句："不打紧，以后我们就是你娘家的人了。"

国富同我相视一笑。他的妻子抹了抹嘴角上的食物残渣，又放进嘴里舔了舔。

"于溪，你现在有钱了，可别忘了接济接济你的好兄弟。"

"今天是我兄弟大喜的日子。我发现你这个人，这么不识好歹！"国富用力扯了一下妻子的胳膊，怒目圆瞪地说。

"哎，我怎么啦！你兄弟娃都有了。不就大家聚一下，喝个酒嘛，搞得一本正经的。"

"你再说！我抽你！"国富火冒三丈。他又回到没头没脑、意气用事的状态。

我赶紧劝阻，竟不曾想，他们吵得更厉害了。

"你个怂包！老娘是来给你撑面子的，别给脸不要脸。"国富妻子面红耳赤地吼道，"你出礼的钱，还是我从娘家借的。"

国富气得发抖，牙齿吱吱作响。他们的女儿拉着国富衣角，惊恐地看着醉酒失态的妈妈。

黎冰闻声赶来，拉走了国富的妻子。我从拱形的花门上摘下几只气球，递给国富的女儿玩。

这突如其来的小插曲，总算告一段落。国富的妻子同黎冰口齿不清地诉苦。国富神情沮丧地坐了下来。我搂住他，捋着他蓬乱的卷发，轻声地问："你还记得那年夏天，我们去偷莲蓬，让守田人给逮了？"

"是你出的馊主意，站在岸边，指东划西的。"国富回过神来，"我游进荷田，还没摘几个莲蓬，就挂了伤。"国富从恍惚中回过神来。

"是，是，他扒光了咱俩的衣服，让我们蹲在船头晒太阳。顶着大太阳，咱俩还比起了撒尿，吓得舒晓尖叫了起来。"

"那个老头只是吓唬我们，也没有向老师告状。不过你们也够义气，我被抓住后，都选择留下来。"

那一刻，我们依然记得从前的美好。国富下意识地看了看四周，然后摇了摇头。他想找的那个人没来。我拍了拍他厚实的肩膀，安慰他也算安慰自己。

宾客几乎走光了，国富妻子仍意犹未尽，就着女人要不要工作的话题，进行着高谈阔论。见他们的女儿已经酣睡，我不得不找借口离开。

临告别，国富妻子还神神叨叨了几句："妹妹，当今是女权社会，制服男人的法宝，就是千万不能害羞。自家男人嘛，想什么时候上他，就什么时候上他。"

国富无奈地冲我笑笑。黎冰也不好意思低下了头。我也尴尬地笑出声来。

回到了自己的小家，我打量着全新的婚房。天鹅绒材质的窗帘，色泽柔和的家具，全进口的家电。想到女儿在这样的环境里成长，我是十分满足的。

国富妻子临别前的荤段子，确实影响到了我们，总是翻来覆去，难以入眠。

"于溪，今天的婚礼，你紧张得忘词了。"黎冰在我怀里撒娇，"差点让人看了笑话。"

"我倒不觉得，反正国富两口子才是主角。"

黎冰扑哧一声，笑了起来，没头没脑地夸赞道："你是不鸣则已，一鸣惊人。"

往事翻篇的那天，记忆就像蒙住了纱，一切风轻云淡。我不再为过往悲伤，即使它们曾经多么热闹上演过。

趁我稍没留神，一切发生了新的变化。那个待哺的婴儿，蹭地一下，变成了小姑娘，清甜可爱，咿呀咿呀个不停。黎若希的到来，给整个家带来了欢笑，也让我焕发出生机。

我们一起玩耍，专注于纯净的内心世界里。光影流淌间，生活色彩斑斓。若希爱提各种奇妙的问题。我也乐意回答。

"爸爸，你会抓泥鳅吗？"

"爸爸，给小虫子建个房子好吗？我们和小虫子一起玩，让妈妈找不到。"

"爸爸，我有妈妈，你怎么没有妈妈呀？"若希仰着脖子，认真地问。

"每个人都有妈妈。"我轻轻地捏了一下她的鼻子回答，"只是爸爸的妈妈，也就是你的奶奶，她去世了。"

"爸爸，什么是去世呀？"女儿摸着后脑勺，扑棱着大眼睛疑惑地问。

"就是去了很远的地方。"

"去了很远的地方，她就不回来了吗？"

"……"

见女儿东奔西跑，整日使不完的力气。有那么一刻，我是恍惚的。若希这般年纪，我也是如此天真吗？也许吧，只是时间不会倒流，也回不去自己的童年。初到这个世界，生命是那么鲜活，也不会懂得迷茫、挣扎和妥协。

秋雨过后的一天，院子里落满了梧桐叶。若希的小世界，也有了变化。她坐在秋千上，口含着蜡制的鸟状的口哨，东张西望。

我问她在等谁。她用稚嫩的童声回答我，在等一个朋友。我暗自欣喜，她又有了新朋友。

"口哨是她送你的吗？"

"是变魔法的爷爷送的。"黎若希说完，把口哨吹得更响亮。

"是这样变的吗？"我双手捂住，变出一颗糖来。

她似懂非懂地看着我，又突然明白似的，点了点头。

黎若希的新朋友，是挑货郎的孙女。五十出头的挑货郎，领着三四岁的孙女，住在京杭运河边的小船上。他担着小商品，走街串巷地叫卖。他的孙女和若希成了朋友，爷孙俩便经常在小区里停留。

站在书房的窗前，我看见挑货郎变戏法似的，从口袋里掏出发夹、糖果之类的小玩意。两个小鬼目瞪口呆地看着，哧哧地傻笑个不停。

再后来，挑货郎去了别的地方。黎若希怅然若失。几天之后，她又重新找回了我这个老朋友。

我思忖着人生，就该像花一样，该美的时候美丽，该凋零的时候凋零。

阳光下的黑暗

若希三岁那年，黎冰再次怀孕。我以为自己爬上了山巅，会欣赏到最美的风景。可惜短暂的快乐，就被抽真空的机器，瞬间抽了精光。我再次跌落进谷底。

那晚，有人叫了我的名字。于是，我努力醒来，看了看手机，入睡才半个钟头。

我迷迷糊糊打开灯，看到黎冰蜷缩成一团，嘴角正流出口水。我又看见床单上大片的血迹，散发着浓烈的腥味。一瞬间，我明白了过来，知道她流产了。

做完各项检查后，医生郑重告知，以后再不能冒险怀孕，最好进行结扎手术。我毫不犹疑答应下来。

住院那几天，黎冰的情绪低落，时不时乱发脾气，偶尔大哭不止。医生说，是流产造成的心理创伤，需要进行心理疏导。

在黎冰"小月子"期间，我去了趟医院，办理了手术前的各项手续。正当我准备上手术台，接到了黎冰的电话。她在电话里大声哭泣着，央求我放弃手术。

进退两难的境地，我顿时没了主见。护工大叔惊讶地看着我，场面很尴尬。

她不肯说出缘由，我就再三逼问。现在回想起来，那是我干过的最后悔的事。不顾她的央求，只为满足自己愚蠢的好奇心。

　　黎冰在电话里，支支吾吾地道出了实情。我也毫不犹豫地躺上了手术台，只想不顾后果地惩罚自己。

　　冰冷的手术台，清冷的灯光，静止的秒针。那一刻，我仿佛死了，过往正从脑海里消失。

　　医生说，深呼吸会好点。于是，我努力去想很远很远的地方。安静祥和的苏北村庄，风景秀丽的青云的果园，水草丰美的西溪湿地……

　　命运真会捉弄人。它就像滑稽的小丑，把你推到舞台中央，又不闻不问。它需要我的难堪，给观众带去快乐。

　　黎冰告诉我，女儿不是我亲生的。她难道疯了，冒出这样的胡话？她从来藏不住半点话，有何能耐瞒了这么多年。

　　从手术台上下来，哪也不想去。拖着虚弱的身体，我端坐在阳光铺洒的长椅上，任由往事扑面而来。

　　她真真切切爱我，又怎么会背叛我。我梳理各种可疑线索，突然想起那个男人理直气壮地骂我，说我抢了他的东西，说我妻子是破鞋。

　　犹如精明的侦探，我反复推理，黎冰整夜睡不着，常常躲在阳台上哭泣。她吵着想把孩子打掉，是早知道自己怀孕了吧。她选择留住孩子，是清楚自己不能再生育了吧。

　　我的妻子到底是怎样的一个人？难道结婚前，她就脚踏两只船？她在产前的各种焦虑，是进行着激烈的思想斗争吧？她整夜整夜地睡不着，又经常跑到阳台上哭泣，是心里有鬼吧？她吵着要把孩子打掉，是早知道结果了吧？她也知道不留下女儿的话，恐怕担心不能再生育了吧？

　　黎冰到底是怎样的人？又是搜罗证据，又是抽丝剥茧地分析，仅仅只想证明她的不忠？即使有了答案，怎样面对才是最痛苦的吧？想到这里，我深吸了一口气，压抑了难过、失望、痛苦、愤怒。

我喝得醉醺醺的，还是回到了家里，毕竟女儿不能没有爸爸。我看着女儿恬恬熟睡的模样，忍不住亲吻了她。

"爸爸，你好臭呀！"若希嘟嚷了一句。

我摸着女儿的脸蛋，掉下了眼泪。

黎冰低着头，不敢看我。我也不敢看她，怕真相藏在她的眼睛里。

我心里又想着，她只是说了一句气话。如果她亲口告诉我，我便选择原谅。

她始终没有开口，或许没有了勇气，又或许已经说出这天大的实情。

我彻底失眠了，脑子快速切换着画面，犹如播放电影剪辑片段。黎冰在想些什么，我无从得知，也不愿知道。

同往常一样，黎冰坐在客厅的沙发上，等着我们一起用餐。两天前，她辞退了保姆，独自揽下了家务活。

下楼时，女儿挣脱我的手，跑下楼梯，飞快跑向妈妈。黎冰条件反射似地躲开了女儿，然后意识到了什么，抬头看了我一眼。

我走到女儿跟前，牵起她的小手，领着她坐上餐桌。

坐在餐桌上，我同黎冰对视了几秒，看见她眼里布满了血丝，眼神也透着悲伤。

那一刻，我的心是痛的，心疼她藏着患得患失的秘密，提心吊胆地生活着。

如今，我残忍地撕开了她的伤口，看了个清清楚楚，而忘了当初，她是如何跌跌撞撞奔向我的。

冥冥中的天意吧，注定了恶性循环。我甚至佩服自己整的这些事，把我们之间的爱磨了个精光，把其乐融融的生活毁了个彻底。

"妈妈，你做的饭真难吃！"

接下来发生的事，是毫无征兆的，也是悄然涌起的暗流。粗心的我没有察觉，当时只要开口说一句话，哪怕是句无关紧要的话，也不会有后面的怪事发生。

出乎意料，黎冰扇了女儿一巴掌，仅仅因为孩子一句无心的话。

女儿从椅子上摔了下去，头重重地磕在地上。她翻了个身，又哇哇哭喊着爬到黎冰的脚下，紧紧抱住了她。

女儿一个劲地哭喊着："妈妈，妈妈……"

"你这个野种！"黎冰一脚甩开了女儿。

这会儿，女儿彻底吓蒙了，也不哭了。

眼前发生的一幕，让我彻底惊呆住了。多么熟悉的画面，同兰姨暴打舒晓的画面如出一辙。兰姨撸起袖子，用力甩起麻绳。我大气不敢出地躲在一旁，被"呼呼"作响的麻绳吓得发抖。舒晓四仰八叉地躺在地上翻滚，嘴里低沉地叫唤着，妈妈，妈妈。

爷爷闻声赶来，弯下僵硬的身子，颤巍巍地抱走舒晓，边走边骂兰姨，你还算是个人吗？你还算是个人吗？

我心疼又不解地问舒晓："她打你，你还叫她妈妈？"

"你这个傻子！叫着'妈妈'，就不会疼。"

洒满阳光的院子，舒晓同我玩起"跳房子"、"开火车"、掏"土行孙"、逗"跳跳虫"，指挥蚂蚁军团攻打巨型甲虫，然后在嘻嘻哈哈中，结束了一天的时间。

那日，阳光正好，微风不燥，笑容灿烂，她不痛了，我也就不难过，似乎挨过的打从未发生。

突然，女儿"哇"的一声，尖锐的哭喊声把我拉了回来。从混沌里清醒过来，我彻底爆发了，掀翻了餐桌，揪住了黎冰的头发，将她往墙壁上撞，一次又一次。

见她额头上流出血，我才停住手。她挤了挤眼睛，血便绕过了眼睑，顺着脸颊流了下去。她神情木讷地盯住我，冷冷笑出声来。

"你还是人吗……你还是人吗……"我喃喃自语，也哭了出来。

曾经无比温馨的家里，萦绕着久久散不去的哭声。从那一刻起，我觉得心突然冷了下去，比灶膛里的死灰还冰冷。

刚刚过激的行为，吓坏了女儿。她爬到餐桌后面，蜷缩起幼小的身子，捂着小嘴，"呜呜"地抽咽。

看着瑟瑟发抖的女儿，我倍感良心受折磨，冷静想一想，觉得禽兽不如的男人，才会动手打女人。

又想了一阵子，我鄙视起自己鲁莽的行为，厌恶自己到了极点，甚至撕碎自己的心都有。想着，想着，猛劲涌上了脑门。

我猛地往墙上撞去，一下、两下，一次比一次沉闷。鼻腔流出的血，往四处溅去，白色的T恤衫上，雪白的墙上，白色的地板砖上。

不知黎冰拨通了谁的号码，对着电话大声号叫："他……他快要死了！"

那一刻，我感受到她的紧张和担心，只是心太冷，再也回不过神来。

约莫过了个把钟头，岳父赶了过来。他看了女儿一眼，直奔我来。

"我女儿瞎了眼，让你糟践！"他红着脸咆哮着，扇了我一耳光，"你这个没用的东西！今天不把你扫地出门，我就是你养的！"

我没有解释，低头靠墙站着，心想等他发泄完了，是不是就能原谅我。

终于，岳父骂累了，坐到沙发上，喘着粗气。冷静了几分钟，他叫来司机，要带黎冰去医院检查。

黎冰杵着不动，执拗着不肯离开。司机没办法，抱起藏在桌底下浑身战栗的女儿，然后关紧了门，又退到门外。

我一言不吭的态度，让岳父没了辙，但并没有让他消气。

沉默一会儿，他一个激灵站起来，抄起踩断的拖把，连续猛击我的身子。我咬紧牙关，忍住疼痛，就是一言不发。可笑的是，他满足不了征服欲，终于把木棍落在我的头上。

"啊"的一声，一股钻心的疼，漫过半边脸。我捂住"嗡嗡"作响的耳朵，靠着墙蹲了下去。

岳父扔掉了木棍，继续大声呵斥。他让我写份保证书，便可以送我去医院。

那一刻，我想自己是可笑的，幼稚了那么久，也该醒了。于是，草拟了离婚协议书。

协议书按照岳父的要求，大致写道：于溪自愿放弃婚前婚后财产，愿意承担女儿的抚养费。

岳父接过协议书，清了清嗓子，露出胜利的表情。他过目了一遍，思路清晰地提出，需增加一些条款。

在他的监督下，我又重新拟定了一份，并在白纸黑纸上签了名。

岳父不急不慢地折叠起来，塞进西服内侧的口袋。他再次清清嗓子，语气漠然地提出，我必须磕头道歉。他还说这样的惩罚太轻了，即使拆掉我的肋骨，也弥补不了我对他女儿的伤害。

当时，多想有个人能站出来替我说话，只是这点愿望也落空了。黎冰呆若木鸡地看着两个男人较量，麻木地沉浸在自己的悲伤里。

我冷冷地笑了笑，又心生一丝欣喜，终于可以逃离了。于是，趁他们不备，我砸碎了玻璃门，拉开门外的栓子，抱上了女儿，一路狂奔。

出了小区门口，不知往哪儿走。我抱着女儿，漫无目的地沿着小路往前走，走到了西湖景区。

阵阵清凉的风从湖面吹来。成群结伴的游人，沿着湖堤散布着一圈。我巡视了一会儿，觉得人少的地方，坐了下来。

远处湖面上，几条游船正沿着航迹划行。近处荷塘丛里，两个戴草帽的工人，站在小船上，打捞着荷塘里的浮萍。

女儿哭闹了一会，安静地睡着了。我看着熟睡的女儿，也默默地哭了一会儿。

过往的行人，有人注意到了女儿裙子上的血迹，责备我让年幼的女儿受了苦。我仔细检查了一下，发现血迹是自己手臂上的伤口流出的，估摸着是被碎玻璃割伤的。

我怕再有人误解，便撸起了衣袖，露出猩红的伤口。只是新的误会又来了，不断有好事的人询问我的伤口，甚至有人偷偷地报了警。

警察过来问询了几句，便通知了家属，然后把我们带上车，送到附近的警务室。

警务室里，黎冰看都没看我一眼，只顾着同民警澄清原委。临了，她抱起女儿，愤愤地看了我一眼，头也不回地走了。

那一刻，她的眼神里，只有愤恨和对女儿的心疼，对我没有了半点温情。

透着凉意的夜晚，远处熟悉的大房子，紧闭的大铁门，一切又变得那么陌生。昏黄的路灯下，我在院外徘徊了良久，深吸着女贞花的香味，想阻止胸口的伤撕裂开。

"你回来了？"黎冰从沙发上起身，"我给你弄点吃的。"

我匆匆跑上楼，进到房间，看了一眼正在熟睡的女儿，又跑下楼。

我理直气壮地问黎冰："你到底在等什么？"

"在等心死！"她凄然一笑，恐怖的表情跃在脸上，"你还算是人吗？凭一纸休书就决定了我的婚姻？"

"这些年，我只是玩偶，让什么东西操控着。"我诉说起真实的感受，"我已经付出了自由的代价，也算是给自己的人生上了一课。"

"于溪，我感受到了你的痛苦。你爱女儿，你又恨我。你这样不舍不得，太难了……太难了。我不想闹了，也不逼你了。你在一天算一天。我想留在你身边，再爱多点，久点，继续做你的傻丫头。"

她哭哭啼啼地盛好饭菜，拿好筷子递给我。我冷漠地看着她，默不作声。

"我从来没有想过陪你走的路会有多难。今天看了你的日记。里面的文字，好似怨我一般。你早已忘了我是怎样爱上你的。"

"我会想你们的。"

"想就算了，睡我可以。走吧，好好过自己的生活，我的爱到你这用完了，以后遇到我的人都无爱情。"

"我可能病了。这段时间，一直在思考，生活只是修罗场，是修行的部分罢了。"

"修啥修！谁愿意选择苦难。天堂有路不走，地狱无门偏要闯。我才是有病的，需要看病。以后是好是渣，是生是死也无须惦记。"

同样诡异的氛围，我们的谈话再次以争吵结束。

离婚协议书上，黎冰终于签了字。我们一家三口，在外面吃了最后一顿饭。

仁河路的 KFC 店里搞周年庆活动，购买全家桶套餐，获赠拼图相册。黎冰掏出手机，低头玩了起来。她装出无所谓的样子，我也沉默不语。

女儿听说可以跟肯德基爷爷合影，开心得手舞足蹈。围着肯德基爷爷，我们勉强配合照了几张合影。

"能多打印一份吗？"我用商量的语气同工作人员说。

"留着伤感自己吗？"黎冰插上冰冷的话，"你容易敏感，没必要时刻提醒自己、虐自己。"

女儿站在一旁，难过地问："爸爸妈妈，你们在吵架吗？"

我将女儿抱在怀里，心疼地说："若希，爸妈商量着多打些照片，爸爸看到了照片就能想到你们。"

"若希，他就是个骗子。他不想要我们了！妈妈再给你找个新爸爸，更疼你，更爱你的爸爸。"

我愤怒地瞪了她一眼，心底生出厌恶。

黎冰仍旧不依不饶地说："咋样？觉得自己不被需要了，感觉受伤了？知道这些天我怎么过的吗？看着你难受，我比你还难受。谁让我犯贱，还爱你，想着让你打了左脸，再让你打右脸，只要你能消气就好。可你生的不是气，是生着杀人的恨！"

她的语气冷漠，出口都是愤怒，交流自然没办法继续。我望着落地窗外，猛地发现，一切都变了，广场附近的空地，如今高楼耸立。

民政局大厅，排队办证的人很多。

一个肥胖的中年女人，冲着工作人员大声嚷嚷："怎么离个婚，这么麻烦。当初办结婚证时，屁大个工夫就给办了。"

胖女人的抱怨，引来众人的唏嘘。

"你们的财产分割，子女抚养权的协议都没有。这个我们办不了。"工作人员淡淡地回了她一句。

调解室里，调解员问及了几个问题。我们便按事前说好的，是我出轨在先，才自愿放弃财产和女儿的抚养权。

调解员鄙视了我一眼，侧身对黎冰叽咕着："杭州多好呀，人杰地灵！修了多大的福，才娶得上杭州的媳妇，非要作死偷腥……"

在材料上，工作人员敲完章，就将离婚证当场发了下来。

夏日的阳光铺洒在地面，焦灼的热浪扑面而来。轰鸣的车声和聒噪的蝉声，此起彼伏。

民政局门口，我俩莫名地相视了一会儿，竟异口同声地说了一句，愿此生安好！

黎冰上了车，回头又看了我一眼。我站在原地，傻傻地看着车子渐渐远去，直到拐弯消失。

突然，冒出一对年轻的情侣，手牵着手，同我擦肩而过。女孩娇滴滴地说了句，真晦气，又碰到个领绿本的。

我回过神，收好离婚证，抬起头望向耀眼又熟悉的太阳，控制住将要流出的眼泪。

这些年，在黑暗里走了很久，我就像从未睡醒过的孩子，半生过得昏沉沉，落得个孑然一身的下场。

那一刻，我不知道该何去何从。收拾行李时，若希走进卧室。她拉着我的衣服，难过地问："爸爸，你要走吗？"

我摸着她的头说："爸爸要去很远很远的地方。"

"像爸爸的妈妈一样，要去世吗？"

"……"

眼泪突然就掉了下来。

若希心疼地说："爸爸，你怎么也会哭呀？"

我咬着牙，止住了眼泪，点了点头。我把信交给若希，叮嘱她收好。

若希挠着头，扑棱着眼睛。她似乎还不明白什么是信，又或许，不明白什么是长大。

　若希：

　　若希，你还懵懂，我写了这封信。你能读懂时，应该也长大了。

　　你读懂信的时候，忘了怎么来到爸爸身边了吧？现在，爸爸告诉你，第一眼见你的心情。

　　你初到这个世界，便对我微笑。仿佛为了这一刻，我已等了很久。然后，我们躲在被窝里，构筑起童话的城堡，王子和公主幸福地生活在里面。

　　若希，每每看见你天真的笑脸，爸爸便会想起自己的童年，恍如你这般大，又仿佛东方不曾露白。红墙灰瓦的两间教室，斑驳的十几张课桌，几十双小眼睛盯着老师。

而今后，你会坐进明亮的教室，不用忍受严寒酷暑。你快快乐乐往前走，会有许多良师益友，同你互相执灯，结伴同行。

这些天家里发生了很多事，你也不断冒出古怪的想法，这让爸爸很担心。我选个最严肃的话题，同你详细谈谈看法。

你说只想吃蔬菜，因为蔬菜杀不死。你的潜意识想了解死亡。关于死亡的知识，爸爸先讲一个自然现象，再讲一讲自己的亲身体会。

草原上的狮子吃可爱的羚羊，羚羊吃嫩绿的小草，小草又吃死亡的狮子。它们都是有生命的，只是在死后，又变成了另一种形式。

爸爸的亲身体会，就是因为一只猫难过了很多年。那只悉心照料过的猫，突然吃不下任何东西。它太老了，就去世了。

刚开始，爸爸太小，怎么也接受不了。渐渐长大后，爸爸才明白，死亡只是生命的形式，正如生命短暂的萤火虫，点缀出美妙绝伦的画卷，然后留下最美的身影。

生命很渺小，得保持原始的冲动才行。你来到这个世上，就像发芽的小草，用了很大的力气，才聆听到风声、雨声、读书声……

现在，爸爸离开了，不是你的错，也不是爸爸抛弃了你。只是，爸爸想去很远很远的地方，重新思考人生。

你也不必过多地担心爸爸变老。相反，爸爸想快快变老，想看见你早日长大，具有挥手告别的勇气，将记忆放进行囊，迎接风雨。

睡吧！翌日清晨，会是更美好的一天：阳光铺洒，生灵万物都穿上了自己喜欢的颜色……

爱你的，爸爸

2001 年 7 月 12 日晚

三年前，我到了杭州，以为落了脚。到头来，照样身无分文地走，不过装走些回忆和留念。

背着大包，提起行李箱，我走下了楼梯，正要穿过亮堂的客厅。行李箱底部的万向轮发出"咯哒、咯哒"声。这时厨房门打开了，蛋糕烤熟的香味飘了出来。

黎冰探出半个身子，面无表情地看着我。我停下脚步，看了她一眼。她垂下眼睑，躲开我的目光，欲言又止。

可是，该说的话已经说完，该交代的事也交代完了。我觉得再没有什么可以说的，于是转过身，朝门口走去。

"于溪……"

跨出门的一只脚，我又收了回来。

"你要走，我是不是该送送你？"

"照顾好女儿。"

我实在想不出可交代的。她点了点头，脸上没有丝毫的表情。

"于溪……今天，你带着恨踏出这个门，还能好好生活吗？"

她猜中了我的心思。我确实孤单，也带着恨。

"走到这地步，我是自找的，不怨别人。"

"你伟大！什么都不要。问问你的内心吧，你心里藏着她，也是我的错吗？怪我能力有限，没有把南墙拆了继续走。"

她的话像一把刀子，一点一点插入我的胸膛，插到了最柔暖的地方。也许，当初我低成本的要求和毫无怀疑的信任，才给了别人伤害自己的机会。

由于心烦意乱，我坐了下来，听着她的埋怨，也不知哪里来的耐心。

她像是明白了我的内心，追了出来，站在我面前，低着头，蹀着步子。

"于溪，你很爱女儿，也爱这个家。这些天，我从头到尾，细想了个遍，是这个家没让你感到温暖。你想走，是迟早的事。太多的大道理，我讲不来。我能够接受你平静地离去，至少你不能带着恨。没准哪天，我有办法让你的心暖起来。……"

她的嗓门又高了几十分贝，说着说着，大把的眼泪流了出来。不知何时，女儿躲在门后，在偷听我们说话。看见了女儿，黎冰立刻抹了抹眼泪，勉强挤出笑容。

女儿从门后跑了出来，拉住我的手，仰着头说："爸爸，你们不要吵架了好吗？这几天，月亮妈妈都不来看我了，星星宝宝也吓得躲起来了……"

我难过地低下头，摸了摸女儿的头，然后将她抱在腿上。黎冰回到屋里，拿出熊宝宝，递到女儿怀里。

"若希，乖！我和爸爸没吵架，你回房间玩。"

女儿从我腿上跳下来，懂事地点点头，然后抱着小熊，回到了屋里。

"妈妈，我等着吃你做的蛋糕呐。"女儿从门后，探出脑袋，不忘嘱托一句，才蹦跳着上楼梯。

"于溪，有什么话，我们还是好好沟通，你把很多话，藏在了心里，憋坏的是自己。你就当我只是个朋友，我也愿意听你讲。"

黎冰望着女儿的身影，回过神，语气缓和了许多。

"我对这个家的爱，一点都不会少。"我发自内心地说道。

"你累了，就回来。我和女儿在家等你。"

黎冰会心一笑。

"可是……"我欲言又止。

听我说出"可是"的转折语时，她的脸上明显露有了痛苦。

"我再也不想见到你父亲。"我终于把藏在心里几年的话，鼓起勇气说了出来。

她听到后，明显吃了一惊，身体打个寒颤似的，微微抽搐了一下。她思考了一会，语气平静地说："这竟然是你痛苦的原因？可是，他是爱你的……"

"呵呵……"我冷笑着打断了她的话。

听到她在说她的父亲爱我时，我浑身起了鸡皮疙瘩，然后打摆子似的，控制不住地颤抖。她的父亲只是太爱自己的女儿，处处掌控了我。

从未感受过父爱温暖的我，曾多么渴望如山的父爱。往往事与愿违，在那样威严的别人的父爱面前，我竟然活得像个失魂掉胆的孩子，深深处在恐惧之中。

我清楚地回忆起连日的不断重复的噩梦。情景差不多，场景略微不同而已。

幽暗的森林里，几个好友约好一起自杀。他们成功地吊在了树上，只有我因无法自杀成功，仓惶逃出了森林。

这时，一个身材魁梧的男人突然出现，把我拎在手里，目露出凶光，嘲笑我不是男人，是胆小鬼、懦夫、怪物。他的话不多，句句在理，像箭一样，处处射进猎物的要害……

凌晨两点左右，连续好多天，我泪流满面地从梦里醒来，然后蜷缩在床边，回想梦里逼真的画面，不停地瑟瑟发抖。回过神来，我拿起行李箱，急切要离开。

"你要听我把话说完，我不想自己后悔，更不想你将来后悔！"她说话的声音，又提高了几十分贝，言语焦急，还透着紧张，"于溪，我真的不知道事情会这么严重。我以为小家庭的日子过好了，一切……"

"你父亲带给我的是恐惧。"

她停顿了几秒，眼神绝望地看着我。

"如果……如果，我从一开始就对你说，你会不会不恨他？"她低下头，流出了眼泪，喃喃自语道，"可你还会爱我吗？还会娶我吗……"

"是秘密，还是不说的好。"我不想听任何关于她父亲的事。

"你还记得我堂弟吗？那个很小就谈恋爱的堂弟。"

我点了点头，突然想起，她谈起过自己的堂弟，我还劝过她，要把堂弟早恋的事，告诉她叔叔。

"我们结婚，堂弟一家都没来参加。"

我幡然醒悟，这真是天大的秘密。我一直认为无忧无虑的她，该是生活在多么幸福的家庭里。

"从前我以为那是大人之间的事，现在才明白伤害会延续，甚至影响到了你。爷爷是带着遗憾离开的，奶奶吃斋念佛，也没能化解家里的矛盾。"

"我从来没听人提起过？"

"这是谁都不敢提的事。"她像是自言自语，又像是对着我说，"这世界上最冷漠的东西，大概就是钱了，不光伤透了爸爸的心，也让这个家没有了爱。妈妈年年去寺庙烧香、捐款、做义工，是想化解爸爸的暴戾，想让这个家还像个家。她默默承受着痛苦，把尽可能多的爱给予了我们。"

"你们家最不缺的就是钱。"听她说到钱是最冷漠的东西时，我就在思考。

"这些钱是爸爸一点一点赚回来的。在这之前，他创下的事业，被小叔和小婶接管了。他们还让头脑糊涂的爷爷签了字，顺理成章地继承房产。这些事对爸爸打击很大，就连爷爷去世，他都没有前去披麻戴孝。"

"爸爸不再相信任何人。也怪我不够细心，让他做了伤害你的事。如果我足够细心的话，也许这些事情都不会发生。"

她大概说完了，便没有再继续说下去。我莫名地烦躁，不愿把从前发生的事，重新梳理一遍。

或许，结局早已注定，发生了什么样的事情，就该有因可寻。

什么样的事情进行，就会注定了果。这大概就是唯物主义的因果学说，我们没办法改变因和果，唯一能做的是，就是改变事物的发展方向，引导它向你希望的方向发展。

我长舒了一口气说道："我不会原谅，至少目前不能原谅，但我会释怀。"

她满意地点了点头，走上前来，替我理了理皱起的衣服。我走出了院子，没敢回头，中途摸出口袋里的火车票，检查了上面的时间。

小区门口的公交站台，两位老人边聊天边等车。一个戴着红领巾的小学生，三四年级的样子，独自等车。一家四口也在等车，妈妈推着车，里面坐着两岁多的孩子，爸爸怀里抱着婴儿，他们正聊着坐几站路，去西溪湿地。

我在等329路公交车，前往杭州火车站。

166路驶来，下来一个中年妇女，往小区方向走。戴红领巾的小学生上车走了。

22路驶来，下来三个年轻人，往小区方向走。两个老人上车走了。

329M跨线驶来，没人下车。一家四口上车走了。

329路驶来，没人下车。我提着箱子，上了车。

漂泊的日子

转悠了几天，又阴差阳错转到了通州。这次是无家可归，才回的北京。

南大街的"贫民窟"，规模小了很多。六七十年代的砖瓦房和九十年的砖瓦房，拆掉了大半。剩下的墙体上也写满了大大的"拆"字。

规划多年的商业街初具规模，工地上的机器正发出轰鸣声，几座高楼已经拔地而起。

大概为了吸引投资，两座横跨玉带河的大桥，将沿河的商业街连成了整体。河道两旁新铺设了数十公里的绿化带。

绿化带里保留住了老国槐树，还在树间挂了些彩灯，又在树下新增了一个些座椅。实木搭建的休闲座椅，呈标准的六角形，包围住树干，供人休息。

坐在休闲座椅上，我望着国槐树上闪闪发亮的彩灯以及草丛里绚丽四射的镭射灯光，怎么也想不起玉带河从前的模样。

几个喝酒的男人，带着些熟食，边喝酒边聊天。他们嘻嘻哈哈地聊了很久，酒足后，又唱着歌走了。

又来了一对情侣，一边说着情话，一边欣赏着光影迷人的夜景。我在一旁自言自语，感叹玉带河的变化。情侣用奇怪的眼神看了我一眼，又走了。

深夜时分，一个中年男子盖着粉色的毯子，躺在休闲凳上。他枕着黑色的行李包，一只手抓住身旁的自行车。

眼前的一幕，让我觉得莫名心酸。他到底怎么了？这么晚了，还游荡在外面。难道同我一样，没有去处？

有那么一刻，我想走上前去，对他说几句暖心的话——我们的内心都有一座孤岛，总以为自己同世界无关，但温暖的感觉又是从哪里来的？这些话，我没有勇气说，才选择悄然离去。

当我真正鼓起勇气，拖着行李箱回去时，中年男子已经不见了。于是，我趴在桥栏上，静静陷入沉思——嗨，陌生人，你只是累了，小憩一下就会好。正如鲍勃·迪伦在《Blowin' in the wind》里唱的："男人走过多少路，流过多少泪，才懂得坚强。"

南大街42号烤肉店，生意依然火爆，只是那个个子矮小、北京话不流利的蒙古族的店老板不见了。

我远远地看了烤肉店一眼，便离开了。

在路边的熟食店和小卖部，我买了半只烧鸡、一斤花生米，回到玉带河边的国槐树下的休闲座上，吃着烧鸡、花生米，喝着二锅头，望着灯火通明的城市。

几年的功夫，通州已经焕然一新，正散发着温情。就这样，我又回到了北京，依然在通州下了火车。正如十年前，刚到北京读书时一样，误以为城市很小，阴差阳错地从通州站下了车。

那时，北京枫叶正红，片片飘落。唐明辉拍着我的肩膀说，你随时可以来找我。这么多年过去了，我依然记得那双真挚的眼睛，闪烁着光芒。

"于溪，你看看动物的世界，猴子被赶出族群，就意味着死亡。漫山遍野的果实，它也不会去食用。"

车红丹告诉过我，离群索居的人，会活不下去。这是我来北京的原因之一。我觉得有个熟悉的人说话，哪怕只是听听，便能足矣。

一觉睡醒，恍如隔世，也不知道他们还在不在，会不会待见我。又过了一个无聊的白天，到了乱糟糟的傍晚，我才下定决心去找他们，然后拍了拍衣服上的尘土，带着未知的问号，走进弯弯绕绕的巷子。

到达了那间再熟悉不过的出租屋，我发现门从里面反锁了，怎么敲都没有回应。见没有半点动静，我便开始胡思乱想，喊来了房东大婶。

门打开的刹那，胖大婶发出了尖叫，犹如梦魇里的惨叫，尖锐、刺耳。她气得跺了跺脚，头也不回地跑开了。

整条走廊充斥着骂骂咧咧声和急促的脚步声。我走进屋里，捡起滑在床边的被褥，盖住两条白花花的酮体。

舒晓眯瞪着，瞳孔涣散地看了我一眼，然后动了动嘴角，没说出话来。

坐在冰冷的角落，我一直等到黑夜完全降临。

舒晓窸窸窣窣穿上衣服，一声不吭地站在镜子前，描眉画眼，擦脸涂粉。她化完妆，摔门走了出去。

唐明辉躺在床上呼呼大睡。我回头看了一眼脏乱不堪的屋子，失望地闯进寒冷的黑夜。

夜晚的街头，异常清冷。舒晓深一脚浅一脚，疾走在青石板路上。

路灯一盏接一盏亮了起来。昏黄的灯光，忽明忽暗。我不知道想干什么，一路跟着她瘦弱的背影。

KTV门口，进进出出的人很多，无一例外的都是衣着光鲜的人。舒晓转过头，朝我冷冷地笑了笑，然后走进KTV。我则猫着身子，躲进角落里。

凌晨一点多钟，舒晓依偎在一个五十左右的男人怀里。男人的手，放在她的屁股上抚摸着。

看到眼前的一幕，我倏地起身，走上前去，重重地打了她一耳光。那一刻的画面，像定格了一般。她微微张着嘴，喉管吞咽着。

"你就这点本事吗？"舒晓突然歇斯底里吼叫道，"来呀，来呀，怎么不打了？"

"我怕脏了自己的手。"

"现在说我脏了？我干净的时候，你在哪？"

向来不善言辞的我，只能气急败坏地抽自己耳光。不争气的眼泪地流了下来，惹得阵阵哄笑。

舒晓上前，帮我抹掉眼泪，心疼地说："于溪，你没必要再管我。你也没能力管。"

围观人群里，冒出彪形大汉，踹了我一脚。接着，又冒出两个持棒球棍的小青年，用力击打我的腿部，然后又用脚使劲踩我的头。

我眯上眼，双手捂头，蜷成一团。模糊中，看见舒晓转身离去的背影，我想叫住她，舌头不争气地打住了结。

棒球棍炸裂了一声，我下意识地捂起伤口，然后摸摸额头中的异物。断裂的木茬裹着血肉，硬生生地被我从头皮里拽出来。刚拔掉几根，我再次痛得失去了知觉，头上滴落着越来越多的血，也渐渐蒙住了眼睛。

进了医院，我独自躺到白色的病床上，连上个厕所，也是扶着墙去。就那样，我躺了整整一星期，每天数着时间和生命，一点一滴地从静脉注射进来。

办理出院手续时，医生告诉我，伤筋动骨，需要静养。根本没听进医生的话，我就拖着初愈的身体，摇晃着身子，走上了人来人往的街头。

北京，白天温暖，夜晚凉爽。我眷念着什么，跑起了摩的，也想赖在北京。

离出院半个月，我接到了北苑派出所的电话。

"这里是北苑派出所，请问您和舒晓什么关系？"

当时，我头脑是蒙的，以为派出所在调查我被打的事件。

我冷静了几秒，回答道："我已经出院了，和她没有关系。"

"您最好能过来一趟，配合我们调查。"电话那端的声音停顿了一下，"你还是先到北苑派出所，领一下《拘留通知书》。"

突如其来的一通电话，搅得我一头雾水。电话里，通话的人只说让我带上舒晓的换洗衣服。

于我而言，这样的要求确实难办，但也稀里糊涂地答应了。发动摩托车，我神志恍惚地奔向通州。

连警察都惊动了，看来是有人举报了舒晓。至于谁举报的，肯定没有别人，一定是胖大婶，她也看见了躺在床上毫无知觉的两个人，多少明白是怎么回事。如果真是她举报的，不得不说她是做了好事，而且她做了我没有狠下心做的事。倘若几年前，我能够主动举报唐明辉，也不至于看着舒晓被拖下水。

一路上，光顾着想这些事了，我穿越乡野小路时，差点撞上过路的羊群。

到了出租屋楼下，顺着楼梯上去，便是群租层的共用走廊。奇怪的是，走廊上一片狼藉之象，两侧的门也全都上锁了，之前人进人出的景象，就好像发生在昨天。

又一次，我厚着脸皮去找胖大婶帮忙，顺便想了解一些情况。胖大婶刚刚买完菜，正从巷里往回走。她一见到我，立刻停下脚步，远远地朝我喊话："你到底是什么人？"

"我过来收拾点东西，马上就走。"

"你可不能走！"胖大婶尖叫着，颠着碎步朝我冲过来。

"是差你房租，还是怎么的？"我没好气地问。

"今天你不把话说清楚了，还真走不了！"胖大婶脸色一沉，猛地薅住了我，"你头上的伤是怎么回事？"

我狠狠地掰她的手，想要推脱那双肥手，发现根本不可能。胖大婶喘着粗气，晃动着硕大的乳房，拼尽全力拽住我，嘴里还不忘大声呼救。

巷道里，陆续有人围了上来，有人打电话报了警，又有人提议，赶紧用绳子绑了，甚至有人言辞凿凿地推断我的罪行。

我真是丈二和尚，摸不着头脑，无缘无故地让一帮毫不相干的人绑了，还要接受义愤填膺般的指责。

然后，三三两两的人聚在一起，像是商量着对策。我十分无奈地摇头，一声不吭地听着，你一言，他一语，叽叽喳喳地盘问。

"你不说也行，等会儿跟警察交代。"胖大婶嘴角泛起了白沫，"你的摩托车，我先扣下了。至于我的损失，你要承担。我那十几间房子，没有个把月租不出去。"

出警的警察赶过来，拨开惊恐的人群。他们见我瘫坐在地，五花大绑的样子，露出哭笑不得的表情。

"舒晓的家属吧？"

"嗯嗯，不过，她还有个男朋友。"

"唐明辉吗？"

我没有心思回答。刚刚遭受了轮番的轰炸，头痛欲裂般的难受。

"你赶紧到所里来一趟。"

胖大婶一步不离地盯着，不让我乱动其他的家什，尤其值钱的家电。在她的注视下，我从衣柜里翻出几身衣服，匆匆地打包。

"你真是那个女的哥哥呀？"胖大婶倚在门框上，疑惑地问。

我没有搭理她，抽出床单，裹上衣服，然后系紧。

"你赶紧走吧，那女的还在医院里抢救呢。"胖大婶一边锁门一边对我说。

听到"抢救"两个字，我的心揪了起来，吱吱地痛。

"钥匙！钥匙！"胖大婶大声叫住我，然后蹬蹬地从楼梯上跑了下来，"摩托车钥匙！"

我踩着发动机，加大油门，一个箭步冲了出去。

"上辈子，造的什么孽呀！摊上这档子事……"

穿过几条七弯八拐的小巷。胖大婶粗犷的抱怨声，越来越低，终于消失不见了。

门卫电话通报后，领着我去了询问室。

过了半个多小时，有两个人走了进来，同我面对面地坐着，一个负责问话，一个负责记录。

问话的人，让我不要紧张，只是做个简单的笔录。

询问的程序不简单。问话的人反复强调，需要我配合调查，争取早日结案。

下午四点，到晚上十点，我战战兢兢地坐在椅子上，回答了不计其数的问题，只上过一趟厕所，吃过一碗清汤面。

有些事情太遥远了，远到思维中断了好几次，比如回忆唐明辉、舒晓、我，三人之间的种种纠葛。另外，半个月前，我被人打伤住院，再到出院，这前前后后的事情，也花了几个小时，作了详细的交代。

笔录本上，记了厚厚一叠，而我只关心舒晓的安危。他们让我镇定，一是，医院做了有效的抢救措施，舒晓脱离了生命危险。二是，唐明辉办理过遗体捐赠。初步调查结果显示，排除了他杀的可能性。

医院那边传来了消息，对我的询问也正好结束。他们负责任地告诉我，案件的调查工作一定会细致地开展，既不冤枉好人，也不放过坏人。

走出北苑派出所的大门，紧接着我赶去了医院。

重症监护室门口，坐着两个值班的人。我对他们说，我是家属。

"家属来得正好，赶紧把费用交了。医院已经垫付了两天的费用。"个子矮胖的人站起身对我说。

"我想进去看一下。"

"里面正在做笔录。你在外面等。"

医院收费前台，我付了3200元的费用，又预付了5000元押金，坐在过道里，焦急地等待。

"你可以进去了，但不要问任何问题。"他们说这话的时候，已是第二天早上。

推开门的一刹那，我闻见一股浓烈的酸臭味。陪护员立刻起身，听完我介绍自己，又急不可耐地坐下去，样子十分疲惫。

再次见到舒晓，我彻底震惊了。眼前的一幕，甚过言语的表达，一个人悲惨的样子，也不过如此吧。

她仰面躺着，一动不动。薄薄的床单盖到胸口，透明的塑料管从下体引出，末端插进了尿袋中，两条牛皮带绕过床底，一条锁住脚踝，一条锁住腰。

对周围的动静，舒晓没有作出任何反应，连目光都死死地盯着窗户。

我轻轻走近，看着那张没有血色的脸，好想唤醒她，又无奈发不出声来。眩晕的感觉，仿佛置身于窒息的梦境。

"于溪，你来啦?"

舒晓问完，就闭上眼睛。过了很久，她再次睁开眼睛，环视了一圈，才把目光落在了我的脸上。

"我……来了。"我努力笑了笑，回答道。

舒晓心领神会地眨了眨眼，嘴角弯起一道弧线。

主治医生带着护士走了进来。

舒晓的情绪突然激动起来："你让他们走……"

医生面泛难色地问我："家属能不能安抚一下? 我们得先

采血。"

我点点头，然后对舒晓说："你配合一下。"

"于溪，我不想活了……"舒晓呜咽着，泪水刷刷地流出。

"你那么年轻，没那么容易死。"

"哪有人这么说话的。"站在一旁的护士，嘀咕了一声。

我不再言语，握起舒晓的手。有一瞬间，周围是安静的。我们看着对方，眼里只有彼此，仿佛心也走近了。

"可以了。"舒晓低低地说。

我给医生挪出位置，站到了窗户边。住院部的阳台上，对面的老太太正在晾晒，晾一件衣服，跺一次脚。住院部楼下，蓝色的厢式货车下来两个人，打开后门，卸下一捆捆床单和被褥。楼栋中间，护工推着病床上的病人，消失在视线里。

我回过头。护士已经取出生理盐水，正一瓶瓶排开，然后十分娴熟地揭开瓶盖。医生正从舒晓的鼻孔，往胃里塞软管。

然后，一瓶接一瓶的药水，顺着软管，灌进了胃里。几分钟后，大量的黄色液体从同一条管里流出。同时，舒晓的脸绷得紧紧的，嘴巴张到了最大，嘴角也溢出黄褐色的液体。

洗胃的过程，持续了近一个小时。舒晓麻木地接受着摆布，直到昏昏沉沉地睡去。

我摇晃着身子，离开了医院。不得不说，外面的风柔和，空气新鲜，阳光明媚。一道门的距离，竟是截然不同的世界。

舒晓何时能享受这些，柔和的风，新鲜的空气，明媚的阳光。我陷入了沉思。

又过了10天，舒晓摆脱了病床，蹲进了看守所。

出院那天，她再三嘱托我："于溪，你得弄明白捐赠的事情，这事折磨得我难受……"

事实上，我也想弄清原委，能够给到舒晓帮助。据说遗体捐赠书上，唐明辉的爷爷亲自按过手印。

独自回到"守望农场"，我已感受不到昔日的平静，尤其面对经历过巨大悲伤的老人。

"大辉出啥事啦?！寄了这么多衣服回来!"老人爆出惊雷般的呐喊。

年过花甲的老人，目光呆滞地看我，不停地挠着脏兮兮的白发。他还在悲伤里煎熬，时而露出诡异的笑容，时而清醒地点头。

"咋地，大辉不回来啦?！以前，我在屯里喊一声，他就乖乖回来了……"

沉默了半晌，几次到了嘴边的话，我又咽了下去。

我亦不忍心不辞而别，还想说些宽慰的话，于是拉起那双干瘪的手。

"知道这样，就不让他读书咧。去那么远的地方，能不出事嘛?"老人叹了口气继续说道，"不念书，又有啥出息……"

"大辉又乖又能干，不上那旮旯，早娶上媳妇了。"老人说着说着，纠拢了皱纹，露出一丝得意，"上回回来的时候，我在地里干活，他就把饭做好了，还从山洼里捞了鱼回来……"

然后，他浊黄的眼睛里又流露出悲伤："小崽子一声不响地溜了！我把他养这么大，哪里对不起他了？要怪就怪他命不好，没病没灾的让爹娘给扔了……"

老人东说一句西说一句，并没有停下来的意思："当年，我就该上京城告一状，让衙门管管这样的爹娘!"

我不敢直视老人痛苦的模样，但又急于了解遗体捐赠的事，于是抽出香烟盒里的锡箔纸，拉过老人的手在纸上面摁了两下。

老人恍然明白过来，一把眼泪一把鼻涕哭诉出来："我以为是好事，就按了手印……"

他哭得说不出话来，情绪低落到了极点。我理解他的心情，但又实在看不下去那副呆滞的表情，所以心情格外烦躁。

环顾四周，我悲切地打量起毫无生气的屋子：昏黄幽暗的四壁，呼啦作响的窗户，凌乱堆放的被物。

当我把目光落在油乎乎的木柱上，那只挂着的帆布包上。老人突然想起什么，颤巍巍地爬上炕，掏出包里的信。

帆布包是我熟悉的，那年去青云山时，舒晓就挎着它，蹦蹦跳跳地陪在我身边。这么多年过去了，布包早就掉色了，破损的地方还绣上了两只蝴蝶。

拆封过的信封没有邮戳，显然没有经过邮寄，从字迹和署名来看，是唐明辉的笔迹。他在书写过程中，应该过于用力，还刮坏过信纸。

老人说他找人念过，随后发现信不是写给他的，所以更加失望。

我急忙抽出信，阅读起来。老人在一旁继续喋喋不休，也已经丝毫影响不到我。

唐明辉留下的这封信，是写给舒晓的，但又像在对我说。

晓：

我有多爱你，就有多可笑。你心里装着别人，还要假装爱我。可笑吧，我拼命想挤进你心里，到头来，只是我的一厢情愿。

对不起，生而为人，我很抱歉。是我心有不甘，想多占点分量，才拖累了你。

可笑吧，不如一只蚊子有分量。你掂量过蚊子的重量吗？尤其在它死后，多少还是有点分量的吧。

听过非洲的马拉维湖吗？湖面上燃烧着熊熊的火焰，探险家误以为某种可燃物。殊不知，那是数以亿计的摇蚊，在繁殖的季节里飞舞，犹如燃烧的火焰。可惜，生命短暂的摇蚊，是在进行死亡之舞，舞序是爱情，舞终是死亡。

这么简单纯粹的爱情，对人类来说，是何等的难得。难怪多愁善感的张爱玲会说，'执子之手，与子偕老'是最苍凉的诗句。因为执手后，便是放手。

人间，我来过！

唐明辉
2001—06—07

捧着信，我失声痛哭起来，眼前露出唐明辉的脸来。罔顾四周，他又不在，似乎同我开了个玩笑……

离开林口县时，我偷偷在枕头下面塞了些钱，是想多留点温暖给老人。

老人发现后，硬塞了回来。他说，活得没啥指望，钱不钱的不重要了。

村口的木桥上，我同老人比划着告别。他缓过神，点点头，嘴里念叨着："孩子，城里坏人多，多留点心。往后多孝敬爹娘……"

我苦苦地笑了笑，点了点头，然后离开了。

回到南大街，一切依然如初。我带着新的证据，朝着北苑派出所，一路狂飚。

路上的阳光晃动不止，往脸上投射出一张张清晰的面孔：盯着电视画面、目光呆滞的吴国富；跪在结冰的路面、睡衣松垮的舒晓；倒地抽搐、伸着脖子喘息的唐明辉。

不知从何时起，和我相关的人都遭遇了命运的车轮碾压，拖着残缺的身体跋涉：吴国富收敛起了锋芒，套上厚厚的夹衣，只露出浑浊的双眼；唐明辉染上了邪灵，灵魂掉进了无尽的黑暗里，只留下冰冷的躯体在人间；舒晓出卖了自由，也没换得到救赎，还得把青春留在高墙内。当然，我也看见了自己，未来的自己裹着白布，悬挂在湿冷的树林里，供人围观。

　　白色的两层大楼，四方四正的院墙，挺拔葱郁的青松。阳光的照耀下，白色的墙体，红色的瓦砖，青色的松树，凸显得十分庄严。

　　会堂内正在召开"公捕大会"。套着黄色囚衫的人，陆陆续续走上舞台，呈一字排开站立。

　　"下面，宣读名单……"

　　听完宣读名单，我松了一口气，因为没有听到舒晓的名字。散完会，我拦住正要离去的秦科长。他告诉我，唐明辉案件的调查取证工作已经结束，正在上报检察院。他还不忘提醒道，舒晓也是登记在案人员，家属必须配合公安机关作出强制隔离戒毒的决定。

　　几天后，到了规定的探视日。当班的人领着我，穿过挂着红色横幅的铁门，走过空旷的水泥地面，走进巨大的石砌的建筑。

　　候见室潮湿闷热，整排的闭路电视显示着静态图像。十多分钟后，舒晓进了候见室。她穿着蓝色的 T 恤，套着橘黄色马甲，搭配黑色的牛仔长裤，面对着我，缓缓坐下。

　　几年了，又一次近距离看她。不同以往的是，此刻她既虚弱又紧张，脸颊苍白，眉头锁紧，双手紧握，样子十分痛苦。

　　"这儿死气沉沉的。"舒晓抱怨道，"比你想象的要差。"

　　"就要结束了。"

　　"有把握吗？"

　　"嗯嗯……"

　　"于溪，还有件事跟你商量。"她的眼睛突然放光，"事情是这样的，同寝室的大姐悉心照顾我。你说我该怎么感谢她？"

　　"听着，管好自己吧！"

　　"你看来是不准备帮她了？"舒晓失望地低下头。

　　"以后再谈吧。"

　　"好吧！"舒晓冰冷地回答道，然后偷偷掏出一张纸来，"这是她写的诉状，你看看再说吧。"

> 孙正亭，南堤寺村人，仗着钱多势大，欺凌侮辱老幼妇孺。平时慑于孙亭正的威胁，邻里乡亲敢怒不敢言。如今我决定站起来，痛批这个累累恶行、寡廉鲜耻、横行四里八乡的禽兽。孙正亭曾多次骚扰我们孤儿寡母，甚至当着六岁孩子的面，侵犯我这个寡妇。其不明真相的妻子，在街道撒泼，当众羞辱我，骂我不恪守妇道。

> 孙正亭见其名声扫地，兽行也没能得逞，便将黑手伸向我年幼的儿子。他将孩子诱骗至荒郊野外，打得孩子遍体鳞伤，导致孩子心、肾、肺受到重创，遭受病痛折磨三个月后，在高度惊恐中离世。

> 上述住院治疗的诊断证明、病历记录、医药费单据，已交给事故科，其他调查落实材料可到法制科查阅。只是凶手神通广大，能够肆意歪曲事实，伪造各种假证，逃脱法律的制裁。

读完王俊香的诉状，虽然我也痛恨那个藐视国法的孙正亭，但自己也是无能为力。

等到唐明辉的案子结了，恍惚的夏天也过去了。从舒晓刑拘之日算起，至少过去了三个月，北京已然入了秋，阵阵凉风吹散了烦躁的情绪。

面对处罚，舒晓也是平静地接受了。于她和我而言，一切又回归了新生，宿命犹如尘埃般落定。倘若顺利的话，再过上一年多，舒晓就彻底自由了。这样想着，日子真的过得飞快。

事实上，日子确实过得飞快。前去探望了几次，舒晓就要转去团和农场。据说团和农场实行准军事化管理，从里面走出来的人都能很好地融入社会。农场既注重技能的培养，也注重健康人格的重塑。

首次前往团和农场，我准备了新的生活用品，也想了一些鼓励的话。这些只是美好的想象，当舒晓失魂落魄地走进探视室，我立刻预见了不好的结果。

隔着不远的距离，那双呆滞的眼睛，像是刚从黑暗里钻出来，瞬间暗淡无光。她似乎花了很多时间组织语言："我一点一点地翻阅资料，甚至连小广告里的偏方都试了，还是没有把他救活。他没了生的念头，神仙也奈何不了。我把他锁在家里，他就捣烂了窗户，从楼上跳了下去。最后一次，我带着他回了趟老家，结果他没熬得了三天，就偷了我的钱，连夜逃回了北京……"

"不是说好的，别再去想吗？"我言辞无力地问。

"于溪，我不忍心看你失望，尤其看见你满心欢喜的样子。现在，此时此刻，我再也装不下去了，你永远都是我丢也丢不掉，回也回不去的记忆……"

见她眼神冷漠，我瞬间痛苦起来，近乎哀求道："一切还可以重来，不是吗？"

"回不去了，真的回不去了。你撒谎的时候，我的心就乱了。那晚，我把自己按在床上，逼自己睡着，然后醒来，心就死了。"

"怎么会这样？"我喃喃自语，"你怎么会这样？"

"你妻子叫黎冰吧？她来水产市场，以买鱼为由同我搭讪。"舒晓嘴角露出冷笑，"她跟踪到北海公园，然后又追到了簋街，出现在邻桌，装模作样地点菜。难道她的脑子真的有病？"

"我没有意识到，以为都是巧合。"

"你不是没有意识到，而是在我和她之间权衡利弊。"

"当时，我和她并不熟识。"我替自己反驳，"你怎么武断地做出决定？"

"于溪，你从来不懂取舍，正是我深知这点，才替你做出了决定。"舒晓笑起来，像是没有怨恨的释怀的笑，"我远不会傻到，眼见着你们上床，才哭着闹着离开。"

"你丢掉了所有的记忆，比如我们的童年都不复存在了一般。"我摇了摇头，忍不住叹息，"女人的心思真难懂。"

"于溪，凭着这股傻劲儿，你确实招女孩子喜欢。多问问自己的内心吧，别再被眼睛欺骗了。你妻子的眼神透着摧毁一切的力量，她也比任何人要爱你。至于我，不值得你再花时间了，因为我从来就没有找到过位置。现在我又是满身污秽，哪里还敢奢望住进你心里。俗话说得好，大男人岂能为情所困。"

是呀，岂能儿女情长，但又有几人仗剑天涯。

舒晓洞穿了我的想法，冷冷地笑道："现在看来，唐明辉还是有骨气的。他能够彻底放弃，还不忘给社会做了贡献。这是多么明智的选择。"

"自己的错误是该买单。难道所有的犯错的人只能判死刑吗？你的字典里就没有原谅一词吗？唐明辉实现了他的价值，而我还没有，等着你判死刑呢！"

我全力替自己申诉，也许这是最后的机会。然而，舒晓根本无视我的诉求，继续翻看那些血淋淋的画面。

"屋里全是酒味。他躺在地上，握住注射器，呵呵地傻笑。我看着他的瞳孔放大，竟没有一丁点儿害怕。你知道我当时在想什么吗？"

我摇着头说："你看他没有痛苦，所以没有觉得亏欠。"

"是呀，本来我就没有欠他什么，可是他欠我的呢？！"舒晓凄然一笑，然后拼命压抑着怒火，"他倒是轻松了，舒服地躺在福尔马林里。一想到医学院的学生扯他的肠子，就害怕得不行……"

"你不要这个样子。你这样，我很难过。"我的眼泪在眼眶里打起了转。

"……"

探视结束，舒晓袒露着内心世界，这让我很欣慰。只是，探视结束那一刻，我才知道燃起的希望又破灭了，因为她交给我的那封信，一定是道别的信。

　　于溪：

　　谢天谢地，你再不需要四处奔走了，也谢谢你不离不弃的陪伴。

　　如今，我挺好的。你不用担心，这里人人平等，谁也不会欺负谁。几百人的车间里，做着各种不同的工作，我被分在织手套小组，每天五点起床，六点跑步做操，七点回到工作岗位。

　　高墙外面正发生着变化，而这里永远是安静的。月初，我拿着你给的钱，买两箱方便面和一箱牛奶；月底，一个人吃不完，再给狱友们分一些。

　　最糟糕的日子已经过去了，我重新找回了自己，你也该去过自己的生活了。

　　临别前，得批评你几句：离婚这件事上，你是过于草率了。你的妻子似乎没有错，虽然孩子不是你亲生的，但也只是她的过去。

　　你觉得压抑，常被人看不起，会不会是自尊心在作祟，又或是曾经发生过一些不可逆的伤害。

　　不过，经过这番折腾，你的岳父也该吸取教训：毕竟是你俩生活，他插手是太不应该了。婚姻从来不是一两句话说得清的，只有共同生活的人才懂。

　　至于我和你，百分百回不去了。当初听说你离了婚，我有过无耻的念头，觉得你又回来了。冷静了几天，回顾了我们的时光，是快乐还是痛苦呢，那样的生活是不是我们需要的？

　　前前后后，我想了个遍，破镜可以重圆，但我的心真死了。你叫不醒装睡的人，所以希望你放过我，也放过你自己。

　　另外，你不要来看我了，因为见到你，就会想起自己不堪的过去。

舒晓

2001 年 11 月 15 日

舒晓想做个摆渡人，忘了自己迟迟上不了岸，只能落得个渡人不渡己的下场。她想化身天使，又不得不出卖灵魂，

于我而言，只在难过的时候，越发想念她的好。舒晓就是扑火的飞蛾，曾不顾一切地飞向我。然而，我还是错失了那个最想对自己好的人。

这一年，寒冬提前，北京遭遇了罕见的寒流。天气预报里，滚动报道着正南下的西伯利亚寒流。

寒流前夕，生活依旧。广场上、商场附近、天桥上，随处可见衣着单薄的行人。马路上往来的车辆，随意降着车窗，享受着清凉。

就在人们不以为然时，天空阴沉下来。又过了几个阴天，下起了雨夹雪，气温降至零下二十多度。

路上行人顿时少了大半。寒风瑟瑟中，我徘徊在街头，裹紧军大衣，专挑人群密集的地方，吆喝生意。

二手的铃木250，短短半年时间，跑遍了通州的大街小巷。毫不夸张地说，这是值得炫耀的事。了解一座城市，剖析到了骨子里，是鲜有人做到的事，然而我确实做到了。

那段时间，日晒雨淋着实辛苦，但想到未来可期，我决心踏踏实实地赚钱。

挣回来的钱，分成了三份，一份作为房东大婶的补偿，一份付团结农场的管理费，一份留给自己的烟酒费。除去上述开销，月底还有结余。

赔了胖大婶部分损失费后，眼瞅着她的态度温和了许多，再没了牙尖嘴利的凶样。

某天夜晚，她专门候着我，归还了全部赔偿金和扣押的物品，并且撕毁了欠条。

通州区南大街的"贫民窟"，来来去去的租客依然很多，没人真正关心过谁。

刚毕业那会儿，唐明辉就租了这间屋，我也暂住了一年，添置了几样东西，然后离开时，卖得丁点不剩。再后来，舒晓也住了进去，还精心布置了一番。不过，我想谁都没把它当成真正的家。

如今，这十几平米的小房子，我又借租着，并且重新装饰了一番，然后早上准时出门，深夜回来落脚。这一出一进的空档，我就在大街小巷里转悠，直到腰间的钱袋子装满。

每晚回到家，取些毛票，首先去楼下的小卖铺，买一包"阿诗玛"香烟，一瓶"红星"二锅头，一包"酒鬼"花生米。倘若毛票足够，也会买点下酒的咸菜。

酒足饭饱后，再打开沉甸甸的钱袋子，将纸币、硬币一股脑地倒在床单上，然后按照面额大小捋成厚厚一叠，再塞进枕套里面。

那段时间，数钱是唯一的乐趣，也是踏实睡眠的保障。当然，抽烟抽到飘飘然，喝酒喝到昏沉沉，也是保证良好睡眠的方法。

冬天的早晨，很早起床，感受随时会过去的寒冬。遗憾的是，第二天的太阳并没有暖和些，那种兴奋的打了鸡血的状态没有维持下去。

偶尔，回到冷冷清清的屋子，我仍旧觉得孤单，想去人多的地方。上过网吧，看了两遍《Forrest Gump》，喜欢阿甘这样执着的人。他说，I'm not a　smart man,but I know what love is.

看完影片，又浏览了班级 QQ 群，翻看昔日同学的照片。就那样，一张张地看着，竟不知怎的，觉得自己受了刺激。回到出租屋，灌了两瓶白酒，号啕大哭了一场。

之后，我再没去过人多的网吧，而且只有依赖酒精才能睡个安稳觉。这样的日子持续了差不多一年，日饮白酒一斤的固定量。

临近舒晓回归自由的日子，我的头发也白了。理发店的小伙问我，剪怎样的发型？我回答他，越短越好，同时心里想着，黑发没准还能变回来。

甚至有一天，我站在镜子前，看着那张陌生的脸，怎么也不敢相信，刚刚三十岁的我，断然不该生出如此苍老的脸。可惜，额头上的抬头纹，眼角的鱼尾纹，黄黑的牙齿，花白的胡茬，又是那么的真真切切。

2002年11月。一年零三个月后，盼来了舒晓的新生。

几天前，我就开始精心收拾房间，大到墙面的刷白，橱柜的摆放，小到窗户的擦拭，衣物的叠放，甚至公用厨房的卫生。

舒晓走进房间，拘谨地坐到床沿上，轻轻地扯着床单。我试着同她攀谈，但没有得到回应。她神情木然地坐着，目光游走在四周角落，似乎除了她和我之外，还有别人存在。

突然，她的嘴角漾着微笑，像是刚刚适应了自由。

我再一次开口说："我们回去吧？"

"去哪？"舒晓看着我说，"我可以去哪？"

"只要你喜欢，随便去哪都行。"

"你是想收留我吗？你又不是不清楚我做哪行的？"她突然笑了起来，"我可以没羞没臊，随时同陌生人开房。重要的是洗完澡，桌上就会有一叠红票子。"

我怒不可遏地吼道："我真的不在乎这些，你能活着就好！"

舒晓沉默了许久，经过深思熟虑后，然后冰冷地回答我："于溪，真的可以这么简单么？"

真的可以这么简单么？我同她认识多久了，似乎不记得了，仿佛觉得前世就纠缠在一起。

狭长的房间里，我来回走动着，频繁点头，试图说服自己。其实那一刻，我已经放下自尊，臣服于她的面前。

舒晓走上前，扑倒在我怀里，耳鬓厮磨一番。我用力抱紧她。很快，她又挣脱出来，露出初生婴儿的目光，惊恐地打量我。见我痛苦，她又呵呵地笑了起来。

"于溪，你没那么大度，同我不清不楚下去。刚刚的瞬间，我差点说服了自己，真实、爽快、诚恳地面对你。现在，理智又告诉我，我不想失去你……

"你是想告诉我，这是你爱我的最大能力吗？你根本不敢赌我，哪怕你明知道我不会让你输。"

舒晓回避了我的问题，自言自语，时而兴奋，时而沮丧，用近乎癫狂的语言描述起不堪的画面：男人给我鼓掌，绝不是我跳舞跳得好，而是在他们眼里，我和褪毛的动物没啥两样。回到屋里，自己的男人只知道伸手要钱，没有半点正眼瞧你，嫌东嫌西的，嫌你低级，嫌你下贱，嫌你脏。他怎么不记得，当初我是怎么剥下这层皮的……

我不敢正眼看她，也深知再继续较量下去，没准就消耗掉了仅剩的那点念想。何况我准备了很久，只为这次愉快的见面。谁曾想，刚刚开局，就又一次陷进了死循环。

也不知道过了多久，舒晓终于耷拉下脑袋，语气缓和地说："于溪，我们是彼此唯一的亲人，也是彼此最真实的灵魂。你想从我身上找到温暖的回忆。我也想回到初见的时光。你说，我们还能回去吗？"

"有什么不可以？错的事情都能重头来过。"

"现在，你不介意我的过去，可是十年、二十年，你能够释怀吗？即使你释怀了，我也能过得了这个坎吗？"她越说越痛苦，目光近乎哀求地看着我说，"于溪，你不要自责，是我病了，脑袋里连自己都快装不下，哪还有能力装着别人。我只想到处走走，停停再走走，至少想起你的时候，觉得你还在。"

那一刻，她痛苦至极的表情，是我毕生难忘的。那一晚，我再次妥协了，也深深领悟了回不去的道理。欣慰的是，她的心里依然留着我的位置。

"于溪，你永远是我的亲人。你随时可以来找我。"她仰起头，没让眼泪流下来，"于溪，你来过我素净的梦里……"

吵嚷的候车室，我握着两张火车票，幻想着舒晓改变主意。

人群涌向检票口，广播里响起催促检票的播音时，舒晓没有出现。她说出的话变成了现实。

北京西站，附近的小旅馆。我选择多留两天，然后躺在床上或是坐在椅子上，从早到晚抽着烟，从晚到早盼着时间倒流：我和舒晓没来过北京，爷爷还在，国富还在，大家快快乐乐地生活在苏北农村……

宾馆服务员过来问我，要不要续房？

我问她，今天多少号了？

她惊讶地看着我，好一会儿才说，13 号了。

这才反应过来，我已经躺了几天了，不得不带着所剩无几的钱，乘车离开了北京。

夜幕徐徐降临，火车慢慢闯进黑暗。铁路两旁的燃烧的秸秆，正在微风中闪烁着火光。

摇晃的车厢里，我打起盹，醒来，再打盹。昏昏沉沉地捱到了天亮，稍微清醒的时候，我会想想自己的处境，然后悲伤地嘲笑这样的自己。是呀，谁还会心疼我？

寂落的小站，我下了车，四处游荡。静谧的街道，斑驳的梧桐树影，又会让我想起短短的平静的日子，清贫中带有温情，可叹这最美的青春拖着尾巴离开了，接下来的日子，大抵就是一只破旧的沙漏吧，不断地流出颓废、荒凉和迷茫。

很多日子里，我攥着口袋里所剩无多的钱，靠着烤熟的红薯度日。从烤红薯的老人身上，我又仿佛看见了未来的自己。

至今，我没有明白经历那段流浪日子的意义，似乎竭力在寻找以外的地方。可笑的是，在流浪的途中，在穿过一座座被文明淹没的小镇时，我依旧思念着某人，也不知道她身在何处，是不是和我一样的处境。

从路边收集来的各种植物的叶子，我会丢进沿途的邮筒，幻想着它们载着思念飘向远方。

舒晓：

曾经，你渴望远离工业文明，去偏远的地方，同自然融为一体。

现在，不知道你在哪？我已经先你一步，逃脱了工业化大潮。我想，既然活在了社会的边缘，何不坦然地接受，平静地度完余生。

你是否还会想起？停留的间隙，我会不断地想起，同你交往的时光。可惜日子不紧不慢地过去了，一切犹如烟花绽放后的沉寂。

你走得越来越远，远到没人相信，我还在思念你。这仲夏的寂静的夜晚，你永远是那颗美丽却遥远的星，永远听不见我的轻语：

将来，不再年轻，不再美丽，谁会陪着老去？病卧床榻，谁会细心照料？油枯灯熄，谁会拿命去换？

也许，你转身，他就在身后；也许，再度重逢，便是万万年以后……

　　　　　　　　　　　　　　　想你的，于溪

　　　　　　　　　　　　　　　2003 年 6 月 28 日

残破的羽翼

时间犹如调皮的精灵，由鼻吹气，赋予万物生命，然后又跳着蹦着离开，静观鲜活的生命从稚嫩趋于饱满，再慢慢松弛下来，最后归于湮灭。

睡在路边的草丛里，我整理着记忆，回想起很多人，是始于何时，又止于何处，他们离开了我的世界里。

舒晓的继父是个身强力壮、心地善良的人，只是贪多了几杯酒，就倒在了打谷场上，再没有醒来。

国富的母亲遭遇了儿子离家出走的打击，觉得生活没有了指望，以付出生命的代价，想见到自己的儿子，然而可悲的是，她喝完整瓶农药，进了医院抢救了几天，又在炎炎夏日里停尸了七天，直到身体腐烂发黑、臭味熏天，都没能如愿。

高中同学龚平，苦于没能同相爱的人在一起，便趁摆渡船行驶到河中央，纵身一跃，跳进了京杭大运河。于是，他的26岁生日也成了自己的葬礼。

赶去参加葬礼，我站在黑色的帐篷下，亲眼目睹他安静地躺着。窄短的木板上，盖着白色的床单，两端露出乌黑的头发和一双红色花纹的布鞋。他年迈的父母守着他，一刻不离地低低地哭泣。

我的爷爷，日复一日，盛碗清水，再放上几朵小花，陪伴着我读书。只是，我离开了村庄，它们全枯萎了。

大学军训，酷热的夏晚，羞涩腼腆的唐明辉给我讲了数不清的农村趣闻。只是，他自己也永远成了故事。

可惜，许多许多，那一切的一切，都随风飘远了，就像陈年的老歌，曲风旋律犹在，但词曲斑驳不全。

"于溪，你的生命浪费了。你痛苦，所以流浪。你流浪，所以痛苦。你走不出回忆，注定会痛苦下去。"

这是舒晓的声音。从梦中惊醒，我环顾四周，除了摇晃的草木，未见任何人。

这时，我猛地想起千里之外的学生们，还有王校长、车红丹，还有许多活着的人。

于是，我搭上 K507 次火车，急速朝西南方向奔去。

次日黄昏，火车爬上了云贵高原，晚霞映衬下的山巅美丽极了。只是，颠簸越来越剧烈，让我控制不住地呕吐。

由于担心别人嫌恶的目光，我便躲进车厢连接处，头靠上玻璃窗户，拨打舒晓的手机。

那一刻，车厢里的广播响起，富有磁性的男播音正在念：我由布鲁塞尔坐火车去阿姆斯特丹，望着窗外，飞越过几十个小镇，几千里土地，几千万个人。我怀疑，我们人生里面，唯一可以相遇的机会，已经错过了。

电话接通，刚想说几句道别的话。哪知还没等开口，就开始了一阵剧烈的咳嗽，接着整个人瘫软了下来，然后我看见几个忽明忽暗的人影走来。

苏醒过来，我立刻从地上爬了起来。此时车厢里十分闹腾，围了几层看热闹的人。有好心人递来一杯水，我刚喝了下去，又吐了出来。杯中悬浮起粘稠的血块。

列车医务员询问情况。我告诉他，只是患有胃病，正在服药。他不放心，又检查了我病历。

舒晓的电话回拨了过来。她问我发生了什么事。我平静地告诉她，只是咳嗽了一会。

再次挂断电话，我又丧失了意识，眼见着大量的水涌来：波涛汹涌的海水，平静如画的湖水，潸然而下的泪水。

我努力仰起头，朝四周呼救。舒晓冷冷地看了我一眼，头也不回地离开了。失望之余，我屏住呼吸，扎进水里，游出了车站，游进了街道。

清冷的街道上，蹲满了熟面孔的乞丐。他们一见到我，立刻围了上来，然后像围猎般拉扯。

惊慌之余，心"砰、砰"乱跳了好一阵子，我才听清手机里的声音："于溪，你可不可以别抽烟了，心烦就多吃点零食。"

"不用你管！"

那一刻，我还能掩饰，惊愕的，沉思的，唯独没有伤心的。

沉默了片刻，手机里传来抽泣声："于溪，你非要堕落下去吗？未来，你还有很多路要走……"

"那么，你告诉我，哪条路可以走进你心里！"我握紧门框上的把手，低声地咆哮，"你懂生活，又反感它；你看透人生，又蔑视它；你明明想拥有我，又要狠狠抛下我！"

手机立刻安静了下来。我屏住呼吸，仔细辨别她喃喃的细语："于溪，我隐瞒不下去了，你在我的心里，你一直在我心里。同你认识的夏天，永远是最难忘的。你的脸上写着清亮，挂着自信，印着顽皮。你吸引着我，让我沉浸在喜悦里，也让我从不多看别人一眼。然而，你的爱掺杂着太多杂质，让我没法原谅你。"

"呵呵，你真该隐瞒下去！"我近乎崩溃了，舌头打卷似地发出模糊的声音，"下雨了，水稻熟了，又到了收获的季节……"

站在车厢连接处，我望着窗外飘进稻田里的雨，沉浸在思绪中：我喜欢大片的稻田，谷子的清香，很喜欢，很宁静……

"于溪，你怨我吗？窗台上的玫瑰未绽放的时候，选择了离开。"

挂断电话，我猛地回过神：离天堂2/3、地狱1/3的地方，是谁还在留恋？她注定是一波水，人生不只如初见，何不直面回不去的曾经。

车窗外的雨下得越来越稠密。我不动声色地欣赏，回忆穿过了杂木林，绕过青石小路，推开沉重的铁门，迈进满园桃树的老宅里。

舒晓迈着碎步，迎面走来。风吹过桃树，落下纷纷的雨滴。她捂嘴笑着，透着初见的兴奋。

日子继续着，不咸不淡，不喜不悲，似乎忘记了哪一年，哪一月，哪一天，哪一分，哪一秒；似乎也忘记了生命的美妙，欢快、平静、忧伤、痛苦。

"于溪，这么多年，你过得快乐吗？那种发自内心的快乐。你从来就照顾不好自己，就不能好好活吗？你改变不了命运，所以要麻木下去。你孤苦无依，我何尝不是！"

"于溪，不记得同你认识多久了，仿佛前世，我们也这么纠缠过。"

"于溪，你送给我的书，捡了几本带在身边。今天又读了一遍《伊豆的舞女》，一页页飞快地扫过。这么熟悉的内容，还是会在你标注过的地方停留，试着想象出画面来。"

"于溪，今天上午，看了你更新的QQ签名了。你幸福了对吗？我不想再和你联系……你一定要幸福，代替我去幸福！"

这些电子邮件，是舒晓从偏远的西北发来的。

西藏寺庙附近，她住了半年之久，然后又前往纳木错，跟着藏民转山，待了又是大半年。

照片上的她，精神状态很好，微笑着露出的雪白的牙齿，同染上高原红的脸蛋，形成巨大的反差。

一年以后，她又从西藏出发，徒步去了加德满都，再转泰米尔。再后来，她又去了北海，走走停停，还去了很多地方，记录了当地的人文习俗。

快两年的时间了，她过得好吗？终究，我们在相爱的时候，没有好好爱；在能够释怀的时候，没有选择原谅；在最想陪伴的时候，没有选择相守。这大概就是错过吧。

某个下午，我授完二年级的数学，匆匆上了趟厕所，又返回课堂授四年级的语文。

初夏的雨落着，教室内格外安静。我正在朗读屠格涅夫的《麻雀》。

"猎狗慢慢地走近小麻雀，嗅了嗅，张开大嘴，露出锋利的牙齿。突然，一只老麻雀从一棵树上飞下来，像一块石头似的落在猎狗面前。它挓挲起全身的羽毛，绝望地尖叫着……"

突然，几个男孩子趴到了窗户上，嘴里叽喳着，朝操场的方向指划着。

操场中央，一个模糊的身影拖着大大的行李箱，朝着教室方向慢慢移动过来。

我停下了阅读，站在讲台上，盯着操场上出现的身影。

那个灰色的身影突然停了下来，立起高过胯部的行李箱，一动不动地站在稠密的细雨里。

瞬间，我的脑海里闪过一个熟悉的身影，对，是她。我在心里又一次确认，没错，是她！

犹豫了几秒，我冲出了教室的门，紧紧抱住颤抖的舒晓。

初夏的雨点打在身上，竟没有丝毫的感觉。

"于溪，我病了。"

我接过行李箱，领着她回到宿舍，然后关上门，站在门外等待。

有几分钟，我在思考舒晓讲的那句没头没脑的"我病了"是什么意思？

　　舒晓打开一半的门，转过身，继续擦拭着头发。

　　我推开门，看见她已经换上了一套干衣服，旧得发黄的白色连衣裙。

　　"哪里不舒服？"我忍住疑惑，平静地问了一句。

　　舒晓愣愣地注视我几秒，然后红着眼圈跑去打开行李箱，从里面掏出一叠皱巴巴的化验单。

　　我接过化验单，用力捏在手里。

　　她神情恍惚地说："这次我真的病了。"

　　诊断报告是武汉大学人民医院出具的，日期栏上打印的时间是2004年5月14日。

　　诊断结论栏写着：肝左叶肿块，考虑恶性肿瘤性病变。

　　"这是没有确诊的报告。"

　　"我也是这样想的，没再去做活检。"舒晓嘴角微微上扬，隐约泛着微笑。

　　她又拿出一包CT片，随便抽出一张，指着胸前部位白色的点说："这是10厘米的瘤子，使我的肝脏要比常人大很多。"

　　"拳头大吧？"我伸出握紧的拳头，脑袋懵懵的，"没准用手术刀割了，就好了。"

　　"你和我一样的想法，拿着刀片，伸进去，抓住瘤子，割掉就完了。哈哈，据说不是普通的刀，要用激光烧，烧糊了，瘤子就掉下来了，然后……"

　　"你把这种事说得像做游戏似的。"我看她越说越不着边，便打断了她，"我有个朋友，在医院里上班，没准她有办法。"

　　"于溪，别想什么办法了。手术费最低要4万，即便是良性，做一次手术，也不能切完。"她的表情难过了起来，"我就是被吓出医院的。他们还打了几次电话给我。"

　　"你来就是想告诉我，你得病了！不想治了！"

　　"我不是这个意思。"她拨弄着胸前半湿的头发，低低地回了一句。

"那你什么意思！？"

她低着头，露出半边蜡黄的脸。移坐窗台边的椅子上，我平息着怒气，盯着她毫无血色的脸。

她哼哼地说道："你闹什么情绪！？"

我再没吭声，任由"嗡、嗡"的声响在耳边回荡。

"没病的时候，想多生几场病。这次真的病了，又害怕了起来。你这么反感，我走便是了！"

她脸上的表情瞬息万变，有失望，有痛苦，有犹豫。若不是她的长发遮住了脸，我会看得更清楚，也会更加难过。

我从身后抱住了她，阻止她收拾行李箱。她兜兜转转了这么多年，又一次回到了我的身边。我也记挂了她这么多年，不愿她像梦一样再次消失。

同车红丹商量后，她建议我多给舒晓适应的时间，而且提出帮忙照顾她，还让出了自己的宿舍。

见这样的安排比较合理，舒晓没有推辞，爽快答应了下来。

接下来的几个星期，前往乡卫生院看望舒晓，我均被她拒之门外。因为上次争吵的事，她依然赌着孩子气。

又过了一段时间，舒晓的面色明显红润了许多，精神状态也大有改观。她慢慢欢迎我的到来。

看到车红丹费心劳神的样子，我实在过意不去，尤其看到她照顾孩子般对待舒晓。

临走前，车红丹自责地对我说："于溪，她封闭了自己，经常天大亮了才回宿舍，还醉醺醺的。她给你看的，是最好的状态。解铃还须系铃人，我是觉得你多参与，才能帮她树立信心。"

听完，我十分担忧，难怪舒晓会偷走我的钱，偷偷跑去县城。也正如车红丹说的，舒晓善于呈现多面性。

心情好时，她坐到窗前发呆，或是，坐在梳妆台前，化上艳丽的浓妆，或是，站在橱镜前，扭动着腰姿。

情绪低落时，她肆意弄脏房间，搞得满屋异味；见我就咬牙切齿，挤破了嘴唇，眼皮眨也不眨。

舒晓陷在低谷里，像黑暗中腐烂的花朵，一天天在萎靡，寂静的，没有丝毫疼痛。

对此，我束手无策。

几次，注视着她消瘦的脸，如死水般的表情，我恨不得抽过去几耳光，彻底打醒她。

某日，卫生院的后花园，舒晓正散着凌乱的头发，松垮着衣领，一言不发地坐在花坛边上，读着渡边淳一的《为何不分手》。

我走上前，试探性地搭话。见舒晓有了表达欲望，我按照车红丹教的方法，尝试着让她回想过去一些事情。

终于，舒晓全盘托出，自从查出肿瘤后，就陷在恐惧中，常闻见从哪冒出的血腥味。

她还说，会梦见许多漆黑明亮的眼睛，闪耀着温暖的光芒。可没过多久，全部的眼睛一起哭泣起来，如同狠狠下了一场暴雨。

彩超、抽血、CT，这几项检查，前后花去了一个月。

舒晓从武汉人民医院带回的检查报告，已经清楚地给出了诊断结果。我催促车红丹，能否安排最快的手术方案。

"按照医院的惯例，必须得在手术医院重新做检查的。"

车红丹这么说，我自然理解，她也是无计可施。

就这样，又过了半个月，二次诊断结果出来，确定了恶性肿瘤。

车红丹前去询问主治医生。过了半个多小时，她走了出来，表情烦躁不安，眼角留着明显的泪痕。

前阵子，她稳健自如地进出医院，陪舒晓做各项检查。

那一刻，她沮丧的模样，让我心疼，也让我全都明白了。

"医生说，从 CT 造影，可以考虑恶性。当时，我就失控了，一想到人没了，就和他吵了起来。"

"你是说，动手术的医生没把握就判定了恶性？"我听车红丹这样一说，悬着的心，"噗通"一声跌了下去。

"关键是他不服气，不谨慎，不接受任何反驳，对此我很失望。"车红丹没了主张，急得哭了出来。

哭了一会，她冷静了下来，整理好头绪说："偏偏舒晓是那种不典型又复杂的案例。如果手术前确诊是良性还是恶性的话，手术的方式和范围也能确定下来，我们承受的风险自然会小很多。"

"于溪，我离开临床一线很多年了。这几个月来，我一直在做功课，查了很多文献……"

"我知道你尽力了。"

我看着她委屈难受的样子，也不想再催促了。

"你们再给我一点时间。我想远程请上海、武汉的同学和朋友，再做一次会诊。如果是良性的话，轻轻松松就做掉了。虽然手术不小，也不至于判死刑。"

我不太清楚车红丹表达的准确意思，但她不肯彻底放弃的决心，无疑又给了我信心和安慰。

2005 年 11 月 15 号，舒晓躺进了手术室。中途，医务人员慌张地从手术室进出，而且有人在说，病人需要抢救。

我的心提到了嗓子眼，但又不确定被抢救的人是谁，只能坐在手术室门口，干着急。

手术进行了整整三个小时。舒晓从熟睡中被推了出来，嘴角挂着不易察觉的微笑。见到她平安，我才松了一口气。

回到病房，麻醉药效过后，她才慢慢醒了过来。她醒来的第一反应就说伤口疼，然后嘴里不住地哼哼起来。她哼着说，疼得想去死。她确实痛苦难忍，疼到碰都不能碰的地步。

又到了晚上，医生加了一针止痛针，才缓解了舒晓的疼痛。

手术后的几天，舒晓怎么也不肯睡觉，盯着天花板发呆，有时连眼睛眨都不眨一下。医生说，就连咸鱼也会翻个身，她这样不休不眠的，会出大事的。

"这下，你满意了？"舒晓声音微弱地说，"我能多活一年吗？"

"你瞎想什么呢？"我没好气地回答。

"你以为我不知道，这个手术做不做都没有意义。"

"医生说，再有几天就可以出院了。"

"出院了，我肚子上的几个窟窿就能长回来了吗？"她面如死灰般，冲我抱怨，"车红丹出的几万块钱，你想还一辈子吗？"

"你好好休息，等有力气了，再骂我也不迟。"

"于溪，你就是自以为是。这么多年，谁的话，你能听进去过？"

我实在听不进她的抱怨，借口跑出了病房，躲在消防通道的楼梯间，捂住脸，无声大哭。

"多注意病人的情绪，这是家属最该重视的问题。"

医生反复强调的话，又在耳边响起。于是，我立刻平静了下来，用水洗了把脸，若无其事地返回病房。

前期治疗的费用远超出了预算。车红丹花光了自己的积蓄，还问她的父母借了些钱给我。

又坚持了两个月，我再次陷入捉襟见肘的境况。就在一筹莫展的时候，我居然想到了自己的前妻。

时隔几年，黎冰不再兴奋，也不再怨愤。再一次听到她的声音，我是觉得很平和。

"于溪，听到你的声音，我觉得很欣慰。两年来，隐隐约约担心，又觉得没有消息就是好消息。"

"我遇到了困难。"我硬着头皮往下说，"想借点钱。"

"要多少？"

"十万，可能还要多一点。"

"今天不行！我得找奶奶凑点，明天能汇20万给你。"

"哦……"我不敢相信自己的耳朵，她竟然毫不犹豫答应了。

"你没有别的话说了吗？"

"谢谢您！"

"您？"电话那头停顿了一下，"你放心，这些钱和爸爸没有关系。"

"我相信你！"冷瑟瑟的电话亭里，我哆嗦着说道，"你真的没有必要提起他。"

"于溪，你还是放不下！爸爸希望你原谅他。"她语气着急地说，"你走的那晚，他哭得像个孩子，觉得伤害了你，心里难受。"

听着听着，我的心就软下来了，然而可笑地是，自己发过誓必定会恨他一辈子的。印象深刻的是，她的父亲就是冷酷无情的人，又怎会为我伤心难过。

转念想想，念及他是黎若希的姥爷，而且他还因为我的离去，愧疚在心，哭得像个孩子。想到诸如种种的原因，我的心情突然舒畅了，就像拔掉了喉中刺、眼中钉般舒服。

"说实话，我原谅了他。"我说出了心里话，

"太好了！"黎冰变得喜悦，"于溪，你什么时候回来？"

我立刻犯了难，顿时语塞。

"突然有一天，女儿变得特别敏感，不准我提到你，从前她总吵着见你。"她话语里透着悲凉，停顿过几秒，又继续说，"我们都想你回来。爸爸生病了，每天吃着药……"

一走了之，心无挂碍，从前我这样认为。当她说起许多家事时，我的心里还是会难过。

一再要求下，女儿还是接了电话，只是没有叫我爸爸，多少让我有点失望。我不停地说些思念的话，女儿只是语气冷漠地回应些"嗯、哦"之类的话。

挂完电话，已然没了借到钱的喜悦。就是不知道，哪里跑来的悲伤，堵住我的胸口，迟迟不肯离去。

宿舍院墙边。年久失修的雨窖，正散发出难闻的腥味。教室墙体上的裂缝越来越多，虽然固定了钢筋，也免不了倒塌的危险。

鉴于上述问题，同王校长共同商议后，我们决定重修水窖，再建几间新校舍。

说干就干，王校长领着大家上山砍木材，下河滩挖黄沙，又到镇上采购钢材、水泥、石子。备完材料，又配合施工队挖地基，打水泥，刨房梁。

短短三个月的时间，我们建好了新水窖，扩建了三间教室，又翻新了食堂和宿舍。

工程结束前，我又在宿舍砌了独立卫生间，安装了取暖炉，往厨房添置了电饭锅、洗衣机、冰箱；又在宿舍摆上书架和花盆。

想着舒晓东飘西荡，很少体会到家的温暖，我又从镇上采购了五斗橱、梳妆镜、木床和棉被。说来奇怪，舒晓对我做的这些事并不买账，还不以为然地说，希望我做的这些事与她无关。

甚至，为点小事，她动辄迁怒于我。有一次，没经得她同意，我擅自做主丢掉了一块旧毛巾，就换来一顿臭骂。舒晓非吵着只要原来的。逼不得已，我又从垃圾堆里找回那条掉了绒的布满洞的旧毛巾，像洗抹布似的洗了又洗。

新建的卫生间，也反倒成了舒晓躲清净的地方。她不分白天晚上，躲在里面抽烟。有时能躲上半天，抽得满屋子的烟味，能呛出眼泪来。

我说她几句。她要么神情恍惚地挪到窗台前抽烟，要么一声不响地打开热水器的龙头，冲很长时间的澡，才走出卫生间。

有一天，她敞开了心扉："谢谢你，于溪，我走了很远的路，没有一天睡踏实过……"

希望之歌

又到了农历十五，我休了一天假，带着舒晓去赶集。

约莫早上5点，我们就早早起了床。记得屋外还下了一会儿雨，不过滴滴嗒嗒的小雨下了没多久，天空又晴了。

湛蓝的天空抬头可见，几片薄云飘过山头，犹如几只飞舞的白蝴蝶。山谷间，梯田里的油菜花开得正盛，远望如块状的油画，上面还点缀着点点的野蜂。松林间，松鼠四下乱窜，惊得山雀跃上枝头，亢奋地叫个不停。

目及所致，全是难得一见的欢快。舒晓也像个吃了糖的孩子，一会儿拉住小树转圈，一会儿闻闻路旁的野花。

到了集市。在小贩的吆喝声中，在熙熙攘攘的人群里，她又像个没见过世面的孩子，驻足在小摊前，死死盯住亮晶晶的小工艺品。

逛完一圈集市，她买了一条"蓝田玉"的挂坠，一包十字绣。她还扯了四尺绸缎，想给自己做身旗袍。

这是难得开心的一天。我任由她购买许多必需的和不必需的东西，只要她快乐就好。当然，她的快乐也感染了我。

"于溪，只见你回眸一笑，却不见你百媚生呀？"她挤在人群里，回头冲我大声喊道。

"前面有座茶楼，咱们进去坐坐。"我拨开人群，一把抓住她的手说，"不过，茶楼有条不成文的规矩：先生讲满一回，堂客才允许离开。中途擅自离开，容易遭人白眼。"

"有意思！"说完，她拉着我，爬上了茶楼。

王洼村的富春茶楼，是石门乡唯一的茶楼，也是石门乡的一大特色。

茶楼虽小，人气却十足。上了年纪的老汉们，夹上一袋旱烟，花几毛钱的茶水费，悠闲自得地坐上一下午。说书的先生也是茶楼的掌柜，戴着大大的老花镜，披着纸扇，端坐在前台。每回书评前，他会拍一下惊堂木，然后干咳几声，直到堂下鸦雀无声。

那会儿，掌柜在说《孟姜女》，添茶水的小二，来回在桌椅间走动。几个老汉扯起衣袖，抹了抹眼泪。

掌柜神态万千的讲述，确实容易感染人。尤其，他嚅动着嘴，讲到长城崩塌，出现范喜良的白骨，我的眼前立刻浮现出生动的场景，见到了孟姜女撕心裂肺号哭的画面。

一回书评结束，部分茶客会起身离开，在桌上留下小费。舒晓学着别人，掏了一块钱的硬币，放在桌角边上。

"觉得怎样？"从茶楼出来，我问她。

"方言有点难懂。不过，还是有兴趣听完整。"她莞尔一笑，很快又露出一丝失落，"下次，什么时候来呀？"

"你想来的话，坐狗娃家的拖拉机随时可以来。"

"那，我宁可走上十几里的山路。"她极为不快地说，"至少，你可以陪我一起走山路。"

我无奈地摇摇头，真是拿她一点办法没有。

"于溪，看来你天生EQ缺陷。"她把路边采来的一大把狗尾巴草抛向我，"你不懂女人的心思，也没少让我吃苦头。"

"你也不见得懂我。"我反驳道。

"你呀？你呀……"她停下脚步，沉思起来，突然又"扑哧"笑了出来，"你的心思就是整天想吃天鹅肉。不过，真有几只傻天鹅掉进了你的嘴里……"

她背书似的说完一长串，然后做了个鬼脸，蹦跳着跑开了。

舒晓喜欢上了闭瑟的山洼，也变得快乐起来。那段日子，她的身体状况还算良好，偶尔会出现神志不清的时候，哭闹完也能平静下来。

有时，我从她的眼睛里，仿佛又能看到那种清澈见底的感觉。只是，我不是太敢确定，但有一点可以确定的是，她快乐，我也快乐。她真的快乐，我也是真的快乐。

卧床调养了一段时间，舒晓的身体恢复了很多，体重也不再下降，脸色也有了些红润。

遇见晴好的日子，她可以自行下床，坐到门口，懒洋洋地晒起太阳。我甚至以为神灵听见了我的祈祷，赐予了一剂良药。

只是有一天，舒晓拉稀不止，很快瘦得没了人型。突如其来的意外，顿时让我手足无措，也渐渐让我听到生命的悲鸣。

又有一天，舒晓突然离家出走。学校附近找遍了，也没见到她人影，我急得破口大骂。

冷静下来，我才意识到，不管舒晓怎么折腾，也不管时间多么无情，这只是自己的恐惧。

好在，是虚惊一场。赶在天亮之前，舒晓又乖乖地躺回床上，呼呼大睡起来。

那次以后，再不敢让她离开自己的视线，就连课间我也会跑去宿舍检查，睡觉前也会关牢门窗。

我细心观察她，只要她稍有不开心，便带她到后山散步，挖野菜，采野生菌，或者到操场上荡秋千，捏泥人，偶尔也带她去学生家串门。

舒晓心情好的时候，也会断断续续讲些往事。她也坦白，我成了她心头的痛，也是这么些年未能解开的结。她多次想原谅我，就是做不到。她说，没准求支签，就能化解魔障。

我带着她去了"莲花观"，正如车红丹带我去的一样，只求个心安。舒晓穿上新裁剪的红旗袍，又配上不适合走山路的金闪闪的高跟鞋。我劝她换双鞋。她根本不听劝，执拗地哭了一会儿。我只好妥协。

那天，路上十分安静。风格外柔和，吹过竹林时，仿佛能抓到它的影子。舒晓发自内心地笑了很多次。想起出门时，我对她的训斥，挺后悔的。

舒晓同女道士的对话，一字不漏地传到我的耳朵里。

"竹签准吗？不会是……"

"我给你一道符，能不能解，也要看天意。"

舒晓失望地走回来，拉着我走出了道观。

"求神拜佛的事，不能信。"我跟她讲了狗娃爷爷算命的事，"去年，狗娃的爷爷让黄雀翻牌，命里活不过80。他回到家，又打棺材，又订寿衣，还烧了成堆的纸钱。现在好了，80岁早过了，精气神好得不得了。"

"你什么都听到了，有什么主意？"舒晓终于笑了起来，脸上挂起许久不见的亲和的笑容。

"时间吧，时间会证明一切。"

"注定抓不牢你，我也就认了。"她看着我，脸上泛起了红晕，"不过，在去医院复查之前，我是不会信的。"

傍晚时分，血红的太阳一点点地沉了下去，随后冒出了浓雾。山顶上的学校笼罩在雾气下，远远望去，像沉进水底的巨大的鱼。

回到潮湿的宿舍，舒晓靠在我的怀里，望着窗外白茫茫的大雾。

"于溪，当初，我以为你能把日子过好了，可到头来，你比我们过得都孤单。你要是女人多好，没准她们都是我舒晓的朋友……"

舒晓说着自己的。我没有认真听下去，自顾自地说道："明年这时候，你的病就好了，山下的草地也绿了，黄牛低头吃着草。篱笆院里的羊群里，又多了几只小羊。屋里住着的老人，盼着我们回家呢……"

"很快，又到夏天了，天不冷，也不热。"她一边接过我的话，一边钻进我怀里。她优美的声音包围着我，像扑面而来的浪花，"我走了很多地方，发现这里才是最美的……"

我低头俯视她的脸，看着她消瘦的脸、高挺的鼻梁、白皙的耳朵，想起初见她时的模样。

"喂，你是于溪吗？"舒晓穿着背心和裤衩，站在烈日下问我，"你能不能和我一起玩竹蜻蜓？"

于是，我转过头，看见她圆乎乎的脸、灿烂的笑容、硕大的银项圈。然后，我们爬上槐树，摘下一串串紫色的花；坐上小木桥，凝望波光粼粼的水面；跑进田野里，戴着花环奔跑。

我安静地注视着她，心就像一颗落入水里的石子，缓缓地沉入无声的水底。

舒晓眯住眼睛，伸出舌头，舔起我的嘴唇。在一波又一波的热浪下，我开始回应她，从她的两片唇、滚烫的耳垂，再到细长的脖子。

"于溪，我……怕你看到我现在的样子。"她突然从我怀里挣脱，双臂裹紧自己。

站在离我一米远的地方，她对视着我的眼睛。我看出她神情慌张，像是有难言之隐。

"你见过我最美的样子？"她惊慌无助地问我。

我没有丝毫犹豫地点头。舒晓微微笑了一下，然后转过身，褪去遮掩。

她裸露出身体时，彻底震惊到了我。那是时光啄食不全的身体，就像缝缝补补的洋娃娃，腹部是切除肿瘤时，留下四处紫色的疤痕，可是大腿根部，又有一道环绕至膝盖的透明刀疤，长度足足有 30 公分。除了这些，背部和腿部，布满了大大小小的烧伤。

"腿上的疤最长，是粉碎性骨折。当时我就想腿要是瘸了的话，就从医院的窗户跳下去。现在肚子上又多了四个洞，说好的微创手术，还多开了几个口子。"她指着伤疤，一一讲它们的故事，"这些烧伤太不值了。妈妈她一心寻死，拉也拉不回头。房间全是烟，好不容易摸到她，哪曾想她拼死抓住床框，就是不放手。天亮了，围了很多看热闹的人……"

说到这里，她的呼吸越发沉重，像被一只看不见的手掐住脖子似的。

"什么都过去了，不再去想了，好吗？"我捡起地上的衣服，帮她一件件穿上，"唯有遗忘，才能快乐。"

"如果我死了，你也能遗忘吧？"她泪水涟涟地看着我。

我不得不思考，这个逃避了很久的问题。我真的会忘记她吗？可这些年来，我无时无刻思念她，又谈何忘记？世间总有说不清道不明的事，未知永远未知，逃避依旧逃避。

六个月后，到了复查的日子，我陪着舒晓去了县医院。

在护士的指导下，舒晓一口气灌下 1000ml 的温水。护士又抽取了 30ml 的碘溶液，用胶带固定在舒晓的手背上的静脉，再三嘱咐需等到做 CT 时，才能将碘溶液推进去。

舒晓看了我一眼，故作轻松地说，这药物能让身体瞬间暖和起来。先从手臂开始，然后是心脏，再传遍全身。

CT 室外的走廊上，我焦急不安地来回走动。天花板上一盏日光灯，寿终正寝似的忽明忽暗。

舒晓从 CT 室慌慌张张出来，拉起我的手就走。看着她面色凝重的样子，我的脑海里频频闪出不祥的念头。她大约看我痛苦，才挤出一丝苦笑。

"片子……"我注视着她目光涣散的眼睛，五味杂陈，说不出完整的话，"出来了？"

"做了两遍 CT。医生对比了之前的片子，基本判断新增了 1 厘米的病灶。上次手术是切除干净的。他们建议三个月后再做一次复查。"

舒晓松开伤口上的止血棉。深褐色的血顺着指缝，慢慢滴落在地上。良久，她轻缓了一口气，挎起包，挽着我的肩膀，走出了医院。

十字街头，人来人往，舒晓突然踟蹰不前，伫立在人群中央。她像一只受伤的小猫依偎在我的怀里。

"这样一直站下去，该虐死多少单身狗呀。"我强忍着难受，轻轻推了推她。

"于溪，我哪有心情去考虑别人。在 CT 室，我脱得光溜溜的，都没心情害臊。当时我生怕再查出什么毛病，我们就真的画上句号了。"

县城图书馆。迟疑了几秒，我还是同她走了进去。

光线昏暗的图书馆里，只在向阳靠窗的位置，摆有几张长桌。偌大的空间，稀稀拉拉坐着十几、二十人。

舒晓径直走向"医药卫生"区域，从桃木纹的书架上，取下《黄帝内经》。

书架上一排排整齐的书籍，丝毫不能引起我的兴趣。胡乱翻看了几本，我又重新放回了原位。

舒晓端坐在长桌旁，心无旁骛地抄写什么，远远瞅去，她像优美的雕像，又安静得可怕。

我靠着她坐了下来，看着绘制复杂的插图，又瞄了几行如蚁般的文字，顿觉深奥乏味。

"这么深奥枯燥的书，你能读得进去吗？"我忍不住好奇地问。

"大概吧。"她简短地应了一声。

"我可读不下去。"

"同命运，我想再博一次。这次不为别人，只为自己。"舒晓合上书，看着我，意味深长地说。

我倒像是丈二和尚，摸不着头脑，不知怎么接话。

"于溪，如果有一天，我的日子不多了，你最想为我做点什么呢？"

"守着你，什么也不做。"

舒晓满意地点了点头。那一刻，我在她的脸上看到了坚定的信念。仿佛医院里发生的事，增强 CT、造影注射、新的病灶，统统与她无关。

黑暗中的耳语

因为太闲，舒晓专注于身体的种种不适。从前，她在乎的、争论的，也变得不再重要，而且越来越多地跟我谈论死亡。

几经折腾，我也变得疲惫不堪，时时刻刻小心谨慎，生怕哪句话会刺痛她敏感的神经。

大概看到了我的痛苦，舒晓顿时变成了没有温度的木偶，拒绝任何交流。

那一刻，我顿悟了，相比于肉体，精神的痛苦才是久远的，深入骨髓的。这也是舒晓会在教堂里过得自由自在的原因。

自那以后，寒冷逼仄的深夜，时常会响起细微的声响。微微的月光下，明亮的窗前，时常杵着瑟瑟发抖的身影。

这么反常的举动，越来越频繁地出现。舒晓就像在梦游，轻手轻脚地打开行李箱，然后抱紧什么，来回地走动。

起初，我没太过在意。后来发现她总是抱着盛过曲奇饼干的铁盒，而且她只要抱起，就会落泪不止。

又是一个夜晚，我从睡梦中醒来，看到她坐在窗前的椅子上，抱着四方的铁皮盒。

我起床，轻轻地走上前，发现她闭着眼睛，呼吸平缓地睡着了。从她眼角上挂着的泪珠来看，她曾哭过，又刚刚睡着。

她贴在胸前的锈迹斑斑的铁皮盒，一定藏着什么秘密，让她从深夜醒来，来回不安地走动。

　　我没有更多地去想，只是看着她含泪入睡的模样，觉得她确实很孤单。可是她曾经也快乐过，只是把那不多的快乐，几乎给了我。

　　如今，看着她这副多愁善感的模样，我责怪自己没有给到她温暖，也没有帮她解开心结。

　　我刚替舒晓披上毛毯，她就醒了过来，揉了揉眼睛说："于溪，你醒啦？"

　　我点了点头。

　　"我好困，还想再睡一会儿。你守着我，哪也别去。"

　　"我一直在。"我点了点头说。

　　她躺回床上，闭上眼睛。我坐在她的床头，轻轻拉住她的手。

　　她睡了几分钟又醒了过来，冲我咧嘴笑。

　　她的眼里重新流露出温柔，深情地看着我说："于溪，你在，我很踏实，很久没有踏踏实实地感觉到你的存在了。"

　　"是我错了，一步步疏远了你。"我低下头向她道歉，"我以为记忆可以割断，以为离开你，就能过一种全新的生活。"

　　"你不用这样自责，我也任性，自己和自己较劲。这些年不肯原谅你，浪费了很多时间。早知道到头来，还是选择和你在一起，早就该原谅你了，理所当然地享受你的照顾。现在的我胆怯得要死，不敢独自面对死亡。同时我又害怕留你在身边，让你见到我最后的样子，那样你就再也忘不了我，以后还要怎么好好生活。可我又特别想你是我临终前记住的最后的那个人……"

　　"我们一起去看极光吧？"我支吾了半天，才说出了这句话。

　　舒晓猛地抬起头，眼里带着喜悦。可过一会儿，她又冷冷地瞟了我一眼，然后语气决绝地拒绝了。

　　"于溪？你的心意我领了，可我累了，哪都不想去。为了我的病，你已经背了很多债务，过得够辛苦了，也怪我没能力偿还。如果有来生，我一定做你背后的那个人，默默为你祈祷，焚香诵经……"

某个下午，我趁着舒晓睡熟，忍不住好奇偷偷从床底拖出她的行李箱。

棕黑色的大皮箱没有多少分量，感觉里面已经被掏空。拉开锈涩的拉链，揭开磨得发白的箱盖时，我确实只瞧见箱内放置的几样小物件，三本牛皮纸面的日记，两副镶有照片的相框，还有她经常抱在怀里的曲奇饼干铁盒。

这些个小物件，正散发着时间的味道，日记本泛了黄，兰姨的黑白相片破损了，舒晓同我的彩色合影也粘了水渍，模糊得难以辨认；让我好奇的曲奇饼干盒，上面的漆面斑驳不堪，唯有裸露的铁皮油亮如新。

揭开铁盒的盖子，终于发现藏得更深的秘密：一只白色信封、一份《福州晚报》、还有一张5寸大小的黑白全家福。

十多年前，去青云山旅游时，我十分肯定地见过这张老照片。当初留宿阿婆的草屋时，舒晓和阿婆躺在床上，对着照片，反复看了很久。出于好奇，我上前还瞅过一眼，觉得没有什么特别，不过是张四人的合影照而已。不过后来，眼见着阿婆小心翼翼地收起了照片，而且谨慎地压在了箱底。

至于舒晓铁盒里的照片，又从哪里来的？没有记错的话，绝对是同一张照片，这让我不得不仔细观察了起来。

舒晓同照片里的男子不止几分相似，尤其是那双漂亮的眼睛，简直一模一样，另外，他们的眉毛也极其的相似，都是弯弯的浓厚的柳叶眉。

照片上的男子分明就是舒晓的生父，甚至见他微笑的表情也有七分吻合，不管是嘴唇的厚薄程度，还是嘴角上扬的弧度。

我再次坚信，他就是舒晓的生父。唯一没法理解的是，这么多年过去了，舒晓既没有同他相认，但又小心收藏着他的照片，这样做究竟有何意义？

又翻了翻她的日记，当翻到那片夹在日记的剪报时，我才恍然大悟。报纸上的声明很简短，内容这样写的，郑重声明：舒晓（321023×××× 0305261×）与生父刘存断绝一切亲属关系，特此声明。2004年8月12日。

这则没有法律效应的断绝声明，百分之百印证了我的猜想，没错，舒晓是阿婆的孙女，也是照片上身着军装男子的女儿。

接着我又好奇地拆开了信封。信的格式类似于日记，笔迹是舒晓的亲笔，毫无疑问。由此推断，这封信是舒晓写了一半，又不想发出去，才将后半部分写成了日记的形式。

> 刘存：
>
> 　这则声明，是我花钱登的报，从此，我们再无父女关系。
>
> 　你对我做到了不闻不问。这次，我只是做了多年不敢做的事。今天是我站出来，主动抛弃你。你抛弃我在先，但我绝不是吃素的，可以永远地被你抛弃。
>
> 　这则断绝声明，也不知道他能不能看到。也不知道是发给他看，还是发给自己看。也许他同样不在乎，但我感觉超爽。
>
> 　于溪，我活累了，好累，好累。你是个好人，那么努力弥补，但我还是让你失望了。不是我狠心，而是我不配，这副烂皮囊就该让虫咬，让它自生自灭。
>
> 　　　　　　　　　　　　　　　　　　　　　2004年10月

这么多年过去了，舒晓始终没有找过他，但在心底又不肯原谅。这是多大的恨，需要惩罚自己这么多年，甚至不惜立下毒誓：不再来人世间，不再做一回人，不再受一番苦。

对待过往，她是怎样的心情？那时，我试着解读舒晓，试着让她释怀，勿用别人的错误惩罚自己。

事实证明，我的努力只是徒劳。舒晓还是舒晓，坚定的事，到死都会同自己较劲。她说出去的话，即便粉身碎骨，也要把它变成实现。

既然这样，她干嘛不彻底忘记，非要生出诸多念想，反反复复折磨自己。我甚至嘲笑她，何不学学我，四海为家，身轻无挂；何不学学《西游记》里的孙悟空，从石缝里蹦出来的那一刻，就不再被混沌的记忆纠缠。

或许，她有不得已的苦衷，或许是种种的无可奈何，比如：你若安好，便是晴天；又比如：此情可待成追忆，只是当时已惘然；再比如：沙溪城，绿水绕，戏台依旧，锣鼓喧喧闹。

我想，拥有这般不愿打扰别人的心态，多半是些内心纯良的人。这样想着，之前对她生出的误解，实属不该。

于是，按着信上的地址，我试着写了一封信过去。信件的内容没有添加任何感情色彩，只是平淡地叙述，舒晓的近况以及她的真实身份。

信寄出去的那一刻，我没有抱任何幻想，一是信件上的地址是否有效，二是默认了对方会冷漠无情地处置。

深夜还是清晨。月光很大，照得屋子里雪亮雪亮的。

迷迷糊糊中，看见舒晓又缩着身子，坐在床头，趴在窗户边上。于是，我从被窝里爬出来，替她披上棉衣。

舒晓望着窗外，若有所思，没有回头。

窗外的远处的山顶刚刚裹了厚厚的白，定是下过了一场大雪。星空下的远山，让我想起了雪莱的《西风颂》。

"秋天过去了，冬天会不会久一点，春天，我也不爱了……"

"于溪，你咋了？诗兴大发？"

她慢慢回过头，在月光的照耀下，脸上笼着薄薄的湿润，应该是哭了很久。

"于溪，刚刚做了个梦，梦着梦着，我就醒了。"

"又是噩梦吗？其实梦都是反的。"我安慰道。

"是很美的梦。"她梦幻般的声音，又像是空洞洞的回响，"田里的水稻熟了，我们在捉蚂蚱呢。"

"你想家了？"

"以前也会这样，半夜醒来，不知道自己在哪。"

"想家，我们就回去。"我语气坚定地说道。

"不回去了，不想再折腾。至少在梦里，我们还能坐在一起吃饭，一块儿聊天。"

舒晓转过头，眼神空荡荡地看着我："下着大雨，推开屋子的门，里面翻滚着洪水。你突然跳进水里。"

"然后，你就醒了？"

"然后，我就哭了，怎么喊，你都不理我。接下来，房子消失不见了，大片的稻田冒了出来，奇形怪状的蚂蚱到处蹦跶。我逮了几只跑回家，屋子已经空荡荡的，爷爷、爸爸、妈妈都不见了。屋里还下起了雨，我全身湿透了。"

"好奇幻的梦，不过，不好也不坏。"

"我难过，是因为你们都走了。现在想想，是不是自己迷路了，才一直贪玩了下去。"

"不要胡思乱想了，我一直都在。"我停顿了一会儿，又冒出几句文绉绉的酸话，"道是风霜识怜人，半世癫狂已枉然。世事难料，得且过过！下辈子，我们都不要来人世间了，太苦了。"

"你干嘛呀？都把我弄哭了。"舒晓闭上眼睛，哗哗地流泪。

"我和你一样，有太多想见，又不愿见的人。"我也哽咽起来，"终有一天，我也会孤单地走，也不想看到别人伤心。"

"别这样了，我们又不是狗，互相虐干嘛？"她心疼地看我，"你不要以为自己不重要了。从小到大，我整天担心你是不是憋屈了，是不是被欺负了。如今，我也反思了，也许是我错了，一心想救你于水火之中，不曾想困住了你的心。"

"记忆真不是个好东西，想删又删不掉。能忘就忘吧。"我苦苦一笑，"我也会慢慢习惯。"

"习惯什么？习惯没有我吗？"她突然浅浅地笑了笑，自言自语，又像是梦中的呓语，"反正，我也看到了，你都能把自己养胖了。你写你的书，好好生活，真把我忘了，我走得也放心了。"

说到了这里，她脸上的表情发生了变化，刚刚的愤怒不见了，多了些平静。

"雨下得很大，你们都不见了，我也累了，好像坐了很多年的车，终于到站了……"

"时间是公平的，改变的事，就再也回不去了。"

"于溪，你真不会说话。我很难过，好像你在提醒我不再年轻似的。"她苦苦地笑了笑，"不过也罢，终点是一样的。唯一遗憾的是，有没有人可以照顾好你，彻底治愈好你的伤。"

"我还好……"刚说了一半的话，我突然止住了。

我们正掉进怪圈里，绕来绕去，似乎全是些难过的情绪。于是，我靠着她坐了下来，捂住她冰凉的手。

可没等我反应过来，一切已晚，舒晓似乎打开了潘多拉魔盒，泄闸似的释放出黑色的情绪。

"于溪，你嘴上说得那么轻松，为何总要找借口不回家。除了我之外，大概没人理解你不敢回家的滋味吧？"

有家不愿回的滋味，舒晓远比我体会更深。她身穿带刺的铠甲，依旧没有保护好自己。这些年来，她见谁就躲，躲得远远的，终究没有逃脱兰姨带给她的阴影和创伤。

"妈妈躲在黑暗里，哭着问我，到底爱不爱她。我真的不爱她，才经常顶撞她，想让她彻底失望、死心……"

舒晓哽咽住。再回忆时，旧伤复发的痛，依然可以把自己撕得稀巴烂。

"她歇斯底里地哭喊，担心没人养老送终。"舒晓继续说了下去，"最终她一把火点着了被子、蚊帐，把自己烧成了灰烬，顺带把我也烧得一点儿不剩。"

漠然的言语中，我联想出恐怖至极的画面：断壁残垣的老宅，砖瓦纷纷崩塌；里三层外三层的围观者，你推我搡地往前挤；兰姨干瘪的躯体，蜷缩在炭灰里……

"这场大火吞掉了我的家，是不是也把记忆吞噬了精光？"舒晓点点头，缓缓地说，"没有了她的控制，我并没有感到真正的自由，反倒是觉得自己就是浮萍的命……"

记起读过的一段话，我便引用过来："我记得有人说过，幸运的人一生被童年治愈，不幸的人一生都在治愈童年。我们走得坎坷了点……"

"于溪，给我讲讲老家吧？"舒晓正抛开复杂的情绪，又或者正在试着忘记过去的痛苦，"门前的河水变黄了，水里的鱼会不会有事？"

"下一两场雨，河水又能变清了。"我顺着她的思维往下说，"以后，要跟村里的人讲，不能再把草杆推下河了，整条河都沤臭了。"

"是吗？"她用力仰起脖子，凑近我的脸，将信将疑地问，"再过几天，地里是不是下秧啦？"

我毫不犹豫地点了点头说："快下秧了，雨季就来了，我们又可以一起捉鱼了。"

"那，大家都会来吗？国富、爷爷、爸爸、妈妈还有你？"

"我们都在，可以玩到太阳落山。"我说着说着，眼泪不争气地流了出来，"到时候，我们比比谁捉的鱼多……"

"哦，是吗？肯定是爸爸最多，然后是国富……"她说着说着，又闭上了疲惫的眼睛，过了十几秒，又睁开眼睛，露出清醒的目光，"于溪，我好像听到了鸟叫声，是不是我们回家了？"

很久，没有同她聊过往事，聊起老家。我看着她渴望的眼睛，不忍心破坏她的想象，所以拼命地点头。

舒晓露出会心的笑容，然后闭上眼睛，慢慢睡着了。她肯定会在梦里再次想起家乡的味道，家乡的夜，家乡的亲朋。

看着熟睡的舒晓，我自言自语道："湖堤上的油菜花开了，各种花争先恐后地也开了。有一条路，我们可以一直走下去。走过遍野的碧草，走过葱茏的绿树，走过凛冽的寒风。没有言语，路没有尽头……"

说完后，我闭上眼睛，仔细聆听，没有什么鸟叫。窗外的月光依旧透亮。

周末，有些学生会帮我们做些洗衣、做饭、扫地的家务活。起初我并不乐意，看到舒晓喜欢孩子，便同意了下来。

只要孩子们过来，舒晓就拿出节省下来的水果、冷饮，分给他们。孩子们干完活，就围绕着舒晓，听她讲旅行的故事。舒晓也经常给孩子们剥橘子、削苹果、喂饼干。

那段日子，孩子们的笑声，舒晓的笑声，常在食堂里、宿舍里、后山的树林里出现。那样平静快乐的日子，还是慢慢过去了。舒晓一天天消瘦了下去，很快成了骨瘦如柴的模样。

有一次，我看见舒晓颤巍巍地剥好橘子，招呼孩子们。结果孩子们始终不愿上前来接剥好的橘子。就这样，孩子们自然而然地疏远了我们。他们干完活，经常一声不响地走了。

"你让学生不要过来了。"舒晓忍不住抱怨，"省得被我的样子吓坏了。"

舒晓说出了事实。我也看到了孩子脸上恐惧和厌恶的神情。可是孩子不陪她说话，我又忙着上课，白天的时间，基本上她得一个人呆着，只能在宿舍里，或是去后山的树林，靠看书打发时间。

她经常盼望着假期到来，那样我能抽出更多的时间陪她。她也特别欢迎车红丹的到来，能陪她聊上一整天。舒晓几次挽留车红丹能够留下住上一晚。不过因为宿舍不够住的问题，车红丹没能留下。

舒晓这些需求并不高，我也都能理解，或许她是真的是害怕孤单。

"于溪，你说怪不怪，事情反着来啦。以前我有人形的时候，碰都不让你碰，反倒是现在，瘦成了骨架，倒让你看了个精光，摸了个遍。"她晃动着突出的眼球，盯着我的脸说，"你跟我说实话，晚上会做噩梦吗？"

我摇了摇头，把她从澡桶里抱了出来，替她擦干了身子。接下来的日子，她一天比一天消瘦，脊椎弯成了弓形，凸出的算盘珠快从皮下蹦出来似的。

过于干瘦和脆弱的身体，已经影响到了舒晓的睡眠。事实上，我早就想到了这点，在床上铺了两层加厚的褥子。即便这样，她平躺着睡，说床硌人，侧着身子睡，也抱怨硌人。

看她每天睡觉都成问题，我又去了趟镇上的家具店，定做了一张 1.5×1.8 米、带有弹簧的床垫，并特意交代家具店，加多几层棕榈皮。

新床垫比较柔软，明显改善了舒晓的睡眠。她再也没有抱怨床硌人，虽然夜里她仍会咳嗽醒。

过了一段时间，她又抱怨中药有问题，成天在说，吃再多中药，远比不上打杜冷丁有效果。医生专门骗钱的，知道医不好的病，还继续让人花钱吃药。

给她服用中药的事，得从她那场感冒说起。见她落下咳嗽的毛病，车红丹也是同她商量过的，让她试着服用中药，减轻肝脏的负担。

"你们就是小气，知道杜冷丁贵，不肯再花钱了。是不是觉得我妨碍到你们了，所以特希望我早点死。"

"治病这种事，得听医生的。车红丹查阅了很多资料，也让她的同学帮忙看过。目前你的状况，适合中医治疗。"

我难过，但没有和她争执。

"对不起，对不起，有时，我都讨厌自己，居然这么自私。我本可以，悄无声息地死去，可我怕最后一刻，没有温暖地死去。想想就会害怕，我到底是在惧怕死亡，还是怕别的什么。"她明白自己说了过激的话，又痛苦了起来，"要么，你让车红丹想办法开点止痛药。我这一天天难受，你们也不忍心，对吗？"

舒晓的睡眠时好时坏，断断续续持续了几个月。她服用过一段时间褪黑色素，非但没有起到什么效果，还导致了彻夜不眠的现象。不得已，车红丹通过熟人开了些安定，交予舒晓服用。

期末考试的准备工作正在进行。舒晓也参与了进来，负责镌刻、印刷试卷。她细致地打出底稿，誊写到油纸上，再将油纸粘到印刷机的滚筒上。

从手摇式印刷机印出的试卷，要比往年清晰干净。这些归功于舒晓镌刻底稿时的工整，再加上她书写的正楷笔锋苍劲有力，水平丝毫不逊于我，达到让人赏心悦目的程度。

开考当天，全校七十六名学生，坐在操场的沙地上，双手背到身后，安静地等待着铃声。

这天，荣格、王校长、舒晓和我全部到场，坐在四个角落监考，目的就是想公平公正地检验学生的学习成果。

我捧着油墨试卷，挨个分发完，然后敲响了钟声。

六个年级的学生，几乎同时开启了答卷。空旷的操场上，顿时响起"沙沙"的答卷声。

王校长拄着拐杖，从学生身边来回走动，时而低头看看学生的答卷，时而温柔地摸摸学生的头。

这是他职业生涯的最后一堂课。就在一星期前，也是在学校操场上，他搬出破旧的脚风琴，说是要给全年级的学生上一堂音乐课，像是有重要的事情宣布。

他以欢快的《童年》开始，又弹了《爱拼才会赢》、《顺流逆流》、《铁血丹心》，最后以《水手》结束。

同往常不同，王校长没有太多的语言互动，只打手势提示学生跟上节拍。到了最后，他弹着弹着，突然老泪纵横，没有办法继续唱完《水手》。

当时，学生们没有反应过来，没有理解时光珍贵、生命短暂的道理。他们叽叽喳喳地交头接耳，简单以为歌词辛酸感人。

良久，王校长平复好情绪，搬出黄桃罐头，一勺一勺地匀给学生们，然后语重心长地对孩子们说，你们要好好学习才行，无论如何要走出穷山沟，看一看外面的世界。

最后他终于宣布，刚刚拿到了退休证，教育局委任了新校长，安排新学期上任。

这次期末考试，五年级的作文题目刚好是《最熟悉的人》。阅卷时，我读到一篇作文，就是描写王校长的，开头是这样写的：

> 你是我最熟悉的人，从小就听着关于你的故事长大。爷爷说，你是咱村最有文化的人；爸爸说，你是他最尊敬的老师；妈妈说，你是天底下最伟大的人。可是今天，我不想称呼你老师，也不想称呼你校长，我只想叫你一声爷爷……

读着读着，我的眼泪就掉下来了，突然想起《水手》里的歌词——他说风雨中这点痛算什么，擦干泪不要怕，至少我们还有梦……

七月，燥热腾腾升起，包裹住整座山头，只剩下寂静的空响。

　　几个疗程下来，墙角边的药渣堆成了山。舒晓病情并没有好转，相反，出现了虚寒怕冷、呕吐腹泻的症状。

　　"不能再拖了，最好再做一下检查。"车红丹听完我的描述，面色沉重地说。

　　"我哪儿也不去。你们不要再带我去医院了。"舒晓拉了拉我的手，喘着粗气说。

　　车红丹同我面面相觑，不约而同地点头答应了下来。

　　"我看这样吧，实在不行，可以给她服点止痛药。"车红丹在砂锅炉上煎药，小声地对我说，"于溪，你要安抚好她的情绪，无论如何带她来医院做个检查。"

　　"一提到医院，她就害怕。"我无奈地向车红丹诉苦，"现在她连药都怕吃，经常趁我不注意，偷偷把药倒掉。"

　　"我来试试吧。"车红丹摇摇头，面露愠色地看着我说。

　　车红丹将煎好的药，倒了一碗出来，用纱布过滤了几遍，又加进一勺糖，才给舒晓端了过去。

　　舒晓皱起了眉头，看了碗里一眼，憋住气，喝了个底朝天。

　　见她如此轻松地喝得一点不剩，我感到无比欣慰，仿佛下一秒，药物立刻见效一般。

　　没等细想，舒晓突然剧烈咳嗽了起来，伴随着"啊"的一声，两股黑色的液体从嘴里和鼻子里同时喷了出来。她打寒颤似的，连续抽搐起来。

　　车红丹轻轻拍着舒晓的背，直到呕吐停止。

　　"咳……咳，苦死了。"舒晓撑起身子，从床上坐了起来，然后蜷在床头，吐着舌头对车红丹说，"今天又把床单搞脏了。"

　　"等会儿，我拿去洗掉。"车红丹细心地擦着舒晓脸上的污物，一边安慰道，"以我看，药可以停一段时间。不过，还是做一下检查的好。"

　　舒晓耷拉下脑袋，蓬乱的头发遮住了脸。过了一会儿，她露出一抹微笑，眼神信任地看着车红丹，点了点头。

车红丹花了一下午的时间，替舒晓擦洗了身子，洗了床单和被套，晾晒了被褥。

"她的药不能停，不就喝个药嘛。"当着车红丹的面，我也端起剩下的药，喝了个精光，然后坚定地说，"从今天起，她喝一碗，我也喝一碗。她喝十碗，我也不会少一口。"

车红丹目瞪口呆地看着我。我咂了咂嘴，觉得药物正在回甘，满嘴的清甜。

"中药一定是苦的吗？我怎么觉得不难喝。"我急切表达感受，"味道像生萝卜，有点辣，又有点清甜。"

"于溪，你好好让自己放松下来！如今你的大脑掌控了所有的感知，什么都是想象出来的，是你想要的结果，是你太急于看到她好转。"

"我的状态正常得很，精神饱满得很，更别提什么焦虑、失眠等症状。"

"这才是我担心的，你对所有事物，只接受你愿意接受的一面，就像中药明明是苦的，你却只记得它里面少有的清甜。这种潜意识的症状，是不容易被感知的。医学上的低体温症，你应该听说过，处于低温的环境中，神经元会反馈错误信息给大脑，说你的身体正处于过热状态。所以那些低温症死亡的人，往往会把自己的衣服脱光。"

"我还是没能理解，我的状态明明很好，只是担舒晓……"

"这，也是我担心的。舒晓是身体不适，通过药物可以改善。而你则不同，身体没有任何不适，精神会先垮下来。不过，我很高兴你能及时告诉我这些。"车红丹着急地打断了我的话，"刚刚，那个低温症的描述可能不太准确。我是想说，当你太执着于一件事情的时候，往往会出现了感知错乱的症状。视觉、听觉、味觉、嗅觉占有的比例本是依次递减的，是执念打乱了它们的顺序，继而引导感知器官作出错误的判断。我现在要求你别再给自己压力，我想舒晓也不希望你再出点什么事。"

我大概听明白了一些，然后好好地睡了一觉。整整一个下午，都不愿意醒来，像那样深度的睡眠，很多年没有过了。

天色微晚，晚饭过后，车红丹婉言谢绝了舒晓的挽留，消失在淡淡的夜色中。

学校后山上，王校长拄着罗汉果竿制成的拐杖，一步步朝我走来。他激动地握住我的手说："秋季入学的时候，这所学校就有名字了。县教委批准了，石门乡第二中心小学。"

"真是好消息！"我由衷喜悦地回应。

"还有呢！乡党委刚下来的文件。7月22号，你去趟遵义，接一下新来的志愿者。没准往后，国家还会分配……"

王校长说着说着，流下了眼泪。

"你咋还哭了呢！"我看着老泪纵横的他，安慰道，"你花了这番心血，开心才对。"

"是开心，是开心。这不，开心过头了，倒让你看了笑话。"王校长的眼圈一红，又哭了起来，"上回你走的时候，乡里要取缔咱们学校。现在倒是青天开眼了，遂了我四十年的愿喽……"

四十年的光阴，我想都不敢想，一个人没名没分地守着几间瓦屋四十年。

"小于啊，你有心思总爱往后山上跑。"王校长拿起拐棍，指着远处的校舍说，"别的事我不敢说，新建的几间房子，是花了你们看病的钱。这也成了我心里的疙瘩。"

听他这么一说，我鼻子一酸。想起建校舍花掉的钱，虽是借了前妻黎冰的，但想到自己净身出户，又不愿还回去。舒晓觉得前期花了太多钱，死活不肯再上医院花钱。我想着还清车红丹那部分，结果车红丹也坚决不要。

"王伯……"我突然改了称呼，发自内心地叫了他一声伯，"你不用放在心上，这是她们的主意。"

"你这声叫的，让我心里咋个滋味？"他的眼泪又哗哗地流了出来，"到了我这把年纪了，按理说，啥都算活明白了，咋到你这里，咋都不明白了，你是弄得我越来越糊涂呀。"

我稀里糊涂地点头，一时明白不了他的话。

"这才几年啦！你头发白成这样子。"他目光心疼地看着我，"当年，我去火车站接你时，你又白又干净，这才几年啦！"

"甭顾着说我啦！才几年啦，你连拐杖都用上了。"我调侃起他，"当年，你走起山路来，腿脚比我还麻利！"

我们相视一笑。

王校长摇了摇头说："小于啊，我真想把憋在肚子里的话吐出来。好听，难听，你也甭见怪。舒晓这孩子的病是好不起来了。红丹是一根筋的人，眼瞅着30岁了。她老子搬出了农药瓶，愣是没唬住她。你要是娶不了她，就让她死了心。"

王校长的话瞬间警醒了我。我突然明白似的点了点头。

他满意地看着我说："我敢说，这世上没有多少人活透的，但活得有你这么糊涂也没有几个吧。我和孩子娘商量了，哪天你想娶媳妇的话，我那两个没出书房门的丫头，你倒是可以选一个。"

我尴尬地看着他，希望他说的不是真话。可他一脸认真的样子，又让我手足无措。

"今天犯浑了，还是咋的，就是心疼得难受！"他抓了抓被风吹乱的白发，神情严肃地说，"就想着你成个家！"

从2000年开始，国家实施西部大开发战略，往西部输出越来越多的志愿者。荣格是北大分配来的志愿者，服务期限两年。

遵义人民武装学校，我见到了阳光帅气的荣格。没等我开口，他摸着头，咧开满嘴的白牙，羞涩地叫了我一声，学长好！

简单寒暄了几句，我提起行李箱，领着荣格，步行前往汽车站。走了一个多钟头，走完几条街，用省下打车的钱，吃了两碗红汤面。

荣格不理解我的做法。我告诉他，就当石门小学欢迎新人的仪式。9年前，王校长也是这般欢迎我的，领着我四处转悠，经过多方打听才找着车站。

那是王校长头一次进城，头一次见过火车长啥样子。他还不止一次回味，同我在火车站见面的情景，又是怎样迷了路，心情依然兴奋。坐在车站旁的面馆里，他抹了抹油滋滋的嘴说，进趟城值，不光看够了，吃足了，还领回个大学生。

时间过得真快，一晃九年过去了，仿佛一切历历在目，唯一变的是王校长拄起了拐杖，我的头发快完全白了。

坐了两个钟头的大巴车，经过冈厝村时，我领着荣格下了车，然后背上五六十斤重的行李箱，往腰上缠了几圈绷带，脚步轻松地翻越山路。

荣格背着 IBM 电脑包，握住佳能单反相机，四处拍照。他遇见奇异的石子，会捡进兜里。

初来乍到，新鲜感十足的荣格，引起了我的兴趣。于是，我主动同他攀谈起来。

"荣老师，国家把北大的毕业生送到这里，会不会浪费了点？"

"学长，跟你比起来，我还觉得自己像个学生。你称呼我名字吧？"荣格显然对老师的称呼不适应。他推了推比酒瓶底还厚的圆形眼镜说，"连我在内的 6 个校友都分在了遵义。本来分配我进公安局的，听说石门小学申请了几年，也没有申请到名额……"

"这里的条件艰苦。"我补充了一句，然后介绍一些实际情况，"当初，我来这里的时候，国家还没有实行统一分配。在我之前，走了两个志愿者，基本没有超过一年。我也离开过几年，后来又回来了。"

　　"条件艰苦，我也考虑到了。可是不管去哪，又怎样生活，都是一笔财富。"荣格思维清晰，心态乐观，语气坚定地说，"这不，学长不还是回来了吗？我还听说，几年的时间，你们动员了所有村民的孩子来读书？"

　　"是王校长，挨家挨户跑出来的。"听了荣格的夸赞，我心里乐滋滋的，"家访的工作会辛苦点，路途远，山路难走。你得有思想准备。"

　　"我有思想准备。"荣格信心满满地回答，"没准，这里的生活会重新修正我的世界观、价值观。没准我还能给学长写个传记。"

　　我俩不约而同，哈哈大笑了起来。

　　这是难得开心的一天，我看着朝气蓬勃的荣格，恍惚想起9年前初到这座大山的情况。

天堂之约

某天早晨，舒晓坐在院子里，突然大叫了一声。我循声看过去，发现她正在仰头大笑。

"终于可以离开这个世界了！"

她松了口气似的，说出自己终于可以告别这个世界了，一切也做好了准备。

说实话，从最初的心头一震，我继而又觉得欣慰。这些日子以来，看她遭受着病痛折磨，何尝不希望她能够得到解脱。生而为人的我们，谁不是对这个世界满怀憧憬，但在尝尽了苦楚过后，终将会选择妥协，向这个世界里的人和事妥协。

"天作孽，犹可违。自作孽，不可活。"

"真有上帝的话，他一定怜悯每个努力活着的人。"我扶她坐稳，然后安慰她，又是在安慰自己，"你不用自责，你没有伤害过任何人，只是把自己苦着了。"

舒晓笑了笑，转而又变得难过起来。难道我说错了什么，也许我还是不够懂她，也不知道她心里还藏着多少秘密。这么多年下来，见过她诸多的不易，但更多的也许只有她自己清楚。

我见过她常常天不亮，带上农具就往田里跑，不是下秧，就是灌田；不是撒肥，就是治虫。田头的活一点不比别人家少，回到家还有干不完的家务活，还要照顾喜怒无常的兰姨。

现在想来，一个十二三岁的女孩子，用瘦弱的肩膀撑起一个家，是怎么也困难的事。

"于溪，在想什么呢？"

我回过神来，心里泛出暖意，也想起了一些美好的往事。

"想起小时候，有几次见你睡在塑料棚里。"

"哦，那时候，我躲着偷懒，就睡着了……"

说完，她薄薄又透明的脸上，微微绷紧了一些，像是露出笑意，又像是在沉思。

我又追问道："那是村里育稻种的棚子吧？"

她微微点了一下头，马上又闭上了眼睛，似乎刚从回忆里拉回，又沉浸了回去。

"于溪，你们去上学了……我有大把的时间，不知道要花到哪，躲在育种篷里，闻着沤出腥味的稻种，想象自己跟着一起发芽。"

"植物不会有思想，它们只是发芽、抽苗、结穗，这就算过完了一生。"

"我知道这些。"她点点头，表示赞同，"我只是在数着时间，一心一意等着它们成苗，插完秧，你们也就放暑假了，只有等到那时，才算等到了真正的快乐。"

"你一定是孤单了。"我瞧见她呆滞的眼神，想把她的注意力拉回来，于是，用手在她眼前晃了几下，"要不，你讲讲稻子是怎样长熟的呗？"

"哎……"她长叹了一口气，眼睛突然有了神，"于溪，你真不该说自己是农村人！"

"哈哈，是挺惭愧的。"我憋住笑，点了点头。

"告诉你哦，买回来的种子，要放在河里泡够四小时，再放到塑料棚里沤。过个十天的样子，种子就能冒出芽，再撒进秧池。至少一个月的时间，秧池不能缺水，直到6月前后，旱地里洇上水，把垡机过上几道，就可以拔秧苗了，然后一棵棵栽下去。"

"最后等着收割？"

"还没算完，洒两道化肥，治三遍虫，隔两三天灌一次水。这些事情已经不算忙了，也正好赶上你暑假回来，陪我一起做。那几年的日子，过得也不错，挺充实的。"

"打农药很危险，我还晕了过去。"我说起很多年前仍觉得后怕的事，"大热天的中午，在秧田里治虫，我背着农药气筒，没走两圈，就晕了过去。也不知道是中暑了，还是中毒了，反正两眼一黑，就倒了下去。"

"哦，记起来了，记起来了。那次，我以为你死了，把我魂都吓飞了。"

"可是，我后来怎么就躺在水渠里了？嘴里还有泥巴？"我开怀大笑起来，发自内心的笑。

舒晓笑了两声，又剧烈咳嗽了起来，她用力捶着胸口，直到气息平缓。

"是我把你拖到水渠边，又一不小心让你掉到了沟底。"

"来了个狗啃泥？"

"嗯嗯，摔个狗啃泥，总好过丢了命。"她抿住嘴，不敢笑出声来，额头上冒出了虚汗。

"当时，我晕过去的时候，你都在想啥？"我好奇地问。

"我想没人陪我玩了。"

"就这样？"我惊讶道，"不害怕啥的？"

"不害怕，当时一点都不害怕。当时，我还在想，你要是变成了鬼，没准还能把你捉住，带回家。"她撇嘴笑了起来，几秒过后，她脸上的表情突然消失得无影无踪，"于溪，这世界上真的有鬼吗？"

"也许，信则有，不信则无……"我也和她一样，陷入在恍惚里，世间真的有鬼神吗。

"于溪，我时而想得透彻，时而又犯糊涂……"她的干枯的手指，在我的手背上轻轻地抚摸着，"我是不是又让你难过了？"

我强忍着难过，摇了摇头，笑了笑。

"于溪，你可别难过了。其实，我倒不是特别怕死。可一想到死了，就没人记得我了，就怕得不得了。"

"别瞎想了，尽想这些没用的。我一直在呀，一直在你身边。"我强忍着泪水，继续努力安慰她。

"可……可我……又多么希望……你忘了……"她说着说着，豆大的泪珠从灰白的脸上滚落下来。

她嘤嘤地抽泣着："你把我忘了，就没人记得我了……"

她说的每句话，都戳中了我的痛点。那时，我再也说不出半句话来，只能低下脑袋，拼命地摇头。

距寄往福建永泰县的信，过了一个月之久，照片里的男人出现了，只是同我想象中不一样。我以为他会穿着体面，开着豪华的轿车，跑来对我说，想把自己的女儿接到国外治疗。

现实中，他一半的头发花白，装束也是十年前的打扮，长袖衬衫塞进裤腰，一条磨损的黄牛皮带紧紧绷在腰上，一双网孔状的牛皮凉鞋。

他从裤兜里掏出一张纸条，指着上面的地址，用夹杂闽南口音的普通话问我："我找这里一个叫于溪的老师。"

"哦……"我点了点头，竟忘了如何称呼他，"哦……我就是……"

男人热泪盈眶地诉苦："这蹩脚的山沟，我坐了三天的火车，一天的汽车，又一路问着走过来……"

"你先住下吧，有间宿舍，和我同事睡上下铺。"我着急打断了他的话，冷冷地对他说，"不过，我没想到你会来。"

"她奶奶去世后，我才知道还有这么个女儿。这些年也没个消息，不然我早就来了。"

听他这么一说，我吃惊得说不出话来。面前的男人说得几分真假，我没有丝毫的兴趣，也许只有他自己觉得这样说能减少负罪感。

不过话又说回来，他能来，多少还有点人性吧。这样想着，我的心里多少舒坦了些。

男人可能察觉到气氛不对，像是突然明白过来，盯住我脸看了一会儿，露出喜悦的笑容说："你该不会是我女婿吧？"

我点了点头，明白过来后，又赶紧摇头解释道："我和她同村。"

男子将信将疑地"哦"了一声，然后笑嘻嘻地说："这次我过来，先带她回去休养。等她病好了，就让她学做点小生意，永远比呆在这里强。"

听他如此说，我还是觉得挺欣慰的，至少看到了一个做父亲的责任和担当。只是舒晓真实的状况，我并没有在信中详细说明。继而，我担心他见到了女儿，会不会难受到崩溃。

"你先住下再说吧。"

我心想着这件事得先同舒晓商量，于是领着男人去了荣格的宿舍，并且交代了荣格一番，暂时不要过多谈及舒晓。

回到宿舍，我一五一十同舒晓讲了事情的前因后果。

听完，舒晓浑身颤栗起来。她目露出凶光，恨不得马上撕碎我。

我抓起她冰凉的手，轻轻抚摸着，想减轻她的痛苦。可一切，为时已晚，舒晓已经闭上了眼睛，憋住全身的力气，让自己的脸扭曲起来。

几秒过后，她本没有血色的脸，瞬间涨得通红。

从未看她如此难过的样子，我才清醒过来，也许是我做错了。正好又是晚上时分，我急得像热锅上的蚂蚁，一刻不停地替她擦拭眼泪。

也不知道，我在床头守了多久，然后迷瞪了一会儿，天就麻麻亮了。

舒晓出人意料地坐了起来。她眼睛明亮地看着我，笑容怪怪地说："于溪，帮我洗洗干净吧？我还想喝红薯粥，不甜的话，多放点白糖。"

听了她的话，我帮她洗得干干净净。舒晓自己穿上红色的旗袍，对着镜子画了半个多小时的妆。

我以为做着梦，世界突然透亮了，从前那个舒晓又回来了。看着她一连喝了两碗红薯粥，我惊喜得差点叫了起来。

"于溪，我梦见院子里的桃花开了，然后病就好了。你说神奇吧？"

"是中药的奇迹，这得给车红丹记大功。"

"后来，桃花又谢了，就像下了一场大雨。我在院子里来回奔跑着，尖叫着，然后光秃秃的树丫上又冒出了新芽，'啪'地又开满了桃花。"

"桃花入酒，桃仁入药，桃木辟邪，真是处处有用。"

"它们开了败，败了又开，时间短得很，一来一去就是一场轮回。没准于溪 60 岁的时候，又能遇上我，那时的我还是这般年纪。你要记得同我打招呼，把所有的经历讲给我听。"

"哪有什么轮回。"我看着她神采奕奕的样子，得意忘形地说道，"真有轮回的话，也是万生万物一起轮回，重新做人的概率没有。"

"我可是很认真交代这些事情。据说前世的记忆藏得很深，如果我 20 出头，你也 50 多岁了……"舒晓嘴角上扬，诡谲地笑了起来，"你会不会太老了，头发全白了，眼睛也花了，牙齿还掉光了。最要命的是，你的记忆也不好了，同我擦肩而过，也未必认得我……"

就这样，有说有笑地过了一个多小时，舒晓突然难受起来，嘴里哼哼唧唧。我惊慌失措地抱住她，让她呈半坐状，头靠在我的胸口上。

她花了很大力气说出几个字："难受……好难受……"

她眼睛缓慢晃动着，露出过多的眼白。我不断擦去她脸上油亮的汗珠。

她"咕噜、咕噜"地哼叫着。我以为她呼吸困难，便用力捶她的胸口。我捶得"嘭、嘭"响，累得满头大汗，也没有阻止她的哼叫。她的表情依然痛苦。

我以为她陷在梦魇中，没准可以摇醒她。于是，我捧着她的脸，拼命地摇晃。可是她在挠自己的脖子，一次比一次用力，最后刺出了血印子。

我没了主张，解开她旗袍领口，不动声色地看着她伸缩着脖子，然后听任自己的眼泪滑落。

舒晓躺在我怀里，脸色由苍白一点点地变成了蜡黄，最后连仅剩的光泽也消失了。

由于慌了神，我忘记作交代，便丢下舒晓，跑去山下，挨家挨户地敲门。

他们打开门，见我不说话，只顾着流泪，似乎明白了怎么回事，撒腿就朝学校跑。

这一天的天气也奇怪，从山上下来的时候，阳光大得很，再返回的时候，竟下起了大雨，淋得我浑身湿透。

走近学校时，阵阵号啕大哭声，正从院墙里面传了出来。

宿舍门前的沙土地上，舒晓的生父正趴在大雨中，一拳又一拳地猛砸在地面上。刚刚的号啕大哭声，也正是他发出来的。

我冷漠地看着，想着由他去吧。

短短的一个多钟头，陆陆续续地来了很多人，挤满了屋里屋外。不过这些人当中，能够帮得上忙的，只有姜伯、狗娃的爷爷和赵婶。

姜伯是热心的老村长，过问着村里大大小小的事儿。谁家碰上困难，首先想到的就是他。狗娃的爷爷懂丧葬、嫁娶的习俗，通晓其中的繁文缛节。谁家办红白喜事，会邀他到场张罗张罗。至于赵婶是在家发心修行的道人，吃斋念经了几十年，又经常主持祭祀事宜，自然经验丰富。

赵婶将烧好的纸灰用冥纸包好，再塞进舒晓的手里。狗娃爷爷开始了喊魂仪式。他叫了声丫头，发觉不对，又大声冲我喊道，丫头叫啥名字？

"哦……"我回过神，想了几秒，"舒晓，她叫舒晓。"

狗娃的爷爷大声吆喝："舒晓！舒晓！"

"大点声！"赵婶着急提醒，"再大点声！！"

"舒晓！舒晓！"狗娃的爷爷连续大声地喊，"舒晓……"

狗娃的爷爷连喊了好几声，也一连放了几个响屁，就是没见舒晓有反应。

宿舍门前的泥地上，几个人冒着雨去搀扶舒晓的生父，见他不肯起身，便作罢离去。又过了一会儿，舒晓生父完全睡在了地上，嘴里的哀号声也渐渐微弱下来。

见众人忙活着，我站到了一边，只在心里默念了一遍又一遍：丫头，快醒醒；丫头，快醒醒……

在心烦意乱的默念声中，我眼见着狗娃爷爷点上了油灯，赵婶和另外几个妇女，七手八脚地给舒晓穿上了寿衣。

见大伙垂头丧气的样子，我的那点念想也跟着破灭了。看了看床头的油灯，又看了看脸色暗沉的舒晓，我拖着腿退出了门外，瘫坐在门槛上。眼前热闹的场面，好像同我没有关系似的。

又过了十几分钟，见舒晓的呼吸越来越微弱，姜伯颤颤巍巍地往她嘴里放进几粒米，又往她眼睛上摆上两枚硬币。

对姜伯所做的一切，舒晓早没了任何反应，就像熟睡的孩子，只在冥纸盖住脸时，又出现规律的起伏。这是生命活着的迹象，

凑近时，我听见了她喉管里的浓痰翻滚的声音。间隔一会儿，又是一长串的呼噜噜声。

是奇迹？还是神经错乱的假象？总之那一瞬间，我立刻从混沌里苏醒，反复祈祷舒晓能睁开眼睛，再坐起来，然后莫名其妙地看

着周围哭泣的人群，笑盈盈地说，跟大家开了个玩笑。一场啼笑皆非的闹剧结束后，众人抹了抹眼泪，接着哈哈笑出声来。一切如从前般和睦，温馨。

可惜没等我细想，就被赵婶的说话声打断了。她在同姜伯商量，要不要将舒晓嘴里的米粒抠出来，让她出口痰。

姜伯说，没见过放进了米粒盖上了铜钱，又要把它们取下来的。这是对亡者的大不敬。

赵婶急了，同姜伯争论，这人不是没死嘛！刚才大家伙忙活的时候，都没有注意到呀！

赵婶第一个哭出声来，紧接着，妇女们全哭了起来，开头的称呼不一致，有称呼闺女的，有称呼侄女的，也有称呼妹妹的。不过哭丧的情绪出奇地一致，个个声泪俱下，嘴里反复念叨的几句话也是大同小异，我的亲闺女啊，我的好侄女啊，我的乖乖啊，你怎么不等等我啊，我想你啊……

置办酒席的团队，自带着雨棚、锅灶、桌椅板凳，在雨地里忙活起来。他们在宿舍前的空地上搭起帐篷，然后往稀烂的地面铺上干稻草，再摆开桌椅板凳，以供前来吊唁的宾客入席就座。

邻村过来的戏班，也在雨棚下铺好了戏台，又蹦又跳的，好不热闹。

也不知道过了多久，酒席散了，宾客纷纷跑去观看演出，只有敛棺人和我留在舒晓身边。

敛棺人在替舒晓化妆，做简单的仪容。他们替她盘好发髻，又化出祥和的妆容，再把她抬进冰棺，盖上薄薄的红色锦被。

我跪到冰棺前，往火盆里添烧冥钱，看着嘴角微微上扬的舒晓，再次想起初见的情形。

舒晓穿着背心和裤衩，站在烈日下问我：喂，你是于溪吗？你能不能和我一起玩竹蜻蜓？

于是，我转过头，看见她圆乎乎的脸、灿烂的笑容、硕大的银项圈。然后，我们爬上槐树，摘下一串串紫色的花；坐上小木桥，凝望波光粼粼的水面；跑进田野里，戴着花环奔跑……

《一日夫妻百日恩》的剧目正在上演，花旦尖细的嗓音具有强大的穿透力，把我从回忆中拉了出来。我挪了挪身子，同灼热的火盆拉开点距离，然后机械地往里添纸。

随着演出进入尾声，满满的人群也渐渐散了去。我闭上眼睛，聆听着动静。陡然间，所有热闹的声音同时消失了，像嘎嘣断掉的琴弦。

我的心又落回空荡荡的位置上。

县城宾馆，国富前来告别。他说，要是想好舒晓葬在老家，他就留下来多等几天。

我说，还没有想好。

他又说，晚上十点十五分有趟火车，就先回去了。

我说，好。

他说，你招呼好其他人，就不用到车站送了。

我说，好。

晚点时分，舒晓生父敲门进来。我坐在椅子上，想着如何打发他走。如果他想提出带走舒晓的骨灰，我就把舒晓登报同他断绝父女关系的消息告诉他。

结果，也不是我想的那样，他一声不吭地从包里拿出黑色塑料袋，轻轻地放在桌子上，然后又轻轻地关上了门，啥话没留下地走了。

我没有打开袋子，已经猜到里面是什么。

王校长进来时，我就把黑色塑料袋交给了他。他的眼眶闪出泪花，拍着我的手，叹息道："你走吧，你走吧，别再回来了……我怕是再也遇见不到你这么好的老师了……"

车红丹敲门，我没有让她进来。门敲得"砰砰"响，我背靠着门，死死地抵住，悄无声息流泪。

几个小时，我的手机上出现50多条未读信息。我也不敢去打开看。

后来，出现服务员说话的声音。车红丹同服务员用方言交流了一会，敲门声才停止了下来。

我躲在窗帘后面，偷看车红丹的身影。她站在对面的马路边，时不时抬头朝窗户看来，然后又低下头不停地徘徊。有那么一瞬间，我觉得她透过窗帘的缝隙看见了我。

我清楚自己要走了，唯独没有勇气同她告别。她从下午的四点，一直等到了十点。手机上信息提醒声，不断地响起。我依然没有勇气打开，哪怕是看上一条。

关掉了手机，我躺到床上，脑袋一片空白。

过了凌晨十二点，门外响起了"咚咚"的脚步声，然后越来越近。过了一会儿，敲门声响起。我犹豫了一会儿，终于打开了门。

"我可以进来说吗？"服务员迟疑了几秒，继续说，"楼下的女孩是你朋友吗？"

我点了点头。

服务员走进房间，瞥了一眼桌上的骨灰盒，转头看着我说："她站了一整晚，我都看不下去了。她找不到求助的人，央求到我这里来了。"

我坐在椅子上，一声不吭地抽烟。

"你不说话，我这就去把她叫上来……"

不知道是服务员声带的问题，还是我耳朵的问题。只见她的嘴一张一合，而我的耳朵里只有"嗡嗡"的声响。

我摇了摇头，念出一堆人名来："舒晓、继父、爷爷、蓝姨、小木匠、白胡子校长、胖子数学老师、国富、国富爸妈、初中瘦子物理老师、高中同桌龚平、大学同学唐明辉……"

"他们是谁？"

"他们曾经是人，然后变成了鬼，而我还活着。"

"我不跟你啰嗦了，也不想管这个闲事。"

服务员叹了一口气，摔门跑了出去。门外传来一声沉闷的骂声："神经病！"

几分钟后，再次响起了敲门声。

车红丹站在门外，手里拎着透明塑料袋，里面装着餐盒。

"你一直站在门外吗？"我有点不耐烦，又有点紧张地问。

她没有回答。

"我是神经病吗？"我盯着她的眼睛问。

她依旧没有回答，只是转过身，背对着我，然后放下塑料袋，脱光了衣服，走进卫生间。

面对着半透明的卫生间玻璃，我看见她坐在马桶上，然后起身，打开淋篷头，冲洗起身子。

她裹好了浴巾，走出卫生间，一言不发地躺在了床上。

我坐在椅子上，脑袋一片空白地看了她一整夜。车红丹睁着眼躺了一整夜。

天亮时，我拿出买好的火车票，递到她的面前。

车红丹神情麻木地瞟了一眼，窸窸窣窣地穿好衣服，跟着我下楼。

前台处办理完退房手续，我便跑到马路上拦了一辆车。车红丹仍旧一声不吭地跟着我。

上了出租车，我终于动摇了，想依偎在她的怀里哭一场。只是车红丹一直不说话，我也不知道她在想什么。

检了火车票，通过了安检，我们站在月台上，等候即将进站的火车。

进到车厢，我找到位置坐了下来，隔着 1 米多远的距离，同她默默对视。

火车缓缓开动时，车红丹突然抿紧了嘴唇，仰起头。

不足一秒，她再次看我时，眼眶已经湿润了，喉管抽搐般蠕动着，传出"呜呜"的哽咽声。

"于溪，我一直都懂你，别再糟践自己了。你哭出来吧！也许心里会好受些。"车红丹大声喊道，"你走了，再没人懂我啦！"

我把头伸出窗外，看见她站在原地，微微颤动着嘴。

"哐啷、哐啷"的车轮声，越来越尖锐，像有人来回扭动着收音机的旋钮。她喃喃的自语声，淹没在嘈杂的风噪里。

那一刻，那一秒，那一双哭红的眼睛，也随着火车的疾行，离我越来越远。

因为爱你

枯燥乏味的旅途中，嘈杂的车厢里，我借着窗外的光线，打开了舒晓的日记本：

你曾许诺，与我结伴同行。走过乡间的小道，穿过城市的高楼。来来往往的人群里，只有我俩是静止的。

我在想，因为你的出现，生活才有了久违的温暖。

暮色的余辉洒在你天真无邪的脸上，美丽又动人，而你却泪光闪闪地对我说，你累了……

我在想，你注定是风，冷漠的旁观者，又像划过的流星，短暂却美好。

于是，我笑笑，闭上眼睛，听你从我身边溜走的声音……

你寂寞浅酌的吟唱，缓缓淹没在光亮的海洋里。

我记起了，年少无知的忧伤，这里，抑或是那里，不过是些记忆的碎片，一片两片……

只是，注定分离，为何要留下这淡淡的一抹伤。且听风吟，不过是风卷细沙的悲伤，时间会淡忘……

2006 年 7 月 10 日

于溪，有了你们照料，我会走得不孤单。

已经下定了决心，要了无牵挂地走。可临了，临了，还放不下一些事情，想要拜托你。

没法当面开口，才写在了日记里。如果你能看到的话，烦请你记下这个地址：云南省红河州金平县营盘乡营盘街村。2000年6月25日，上午10点30分，我女儿出生的日子。

你肯定要责怪我，做出这么残忍的事情。可是你是清楚她的爸爸是怎样的人，我也丧失了养活她的能力，更给不了她好的教育。是的，天道好轮回，苍天饶过谁，生而不养，是多大的罪孽。我想，老天也不会放过我们。即便撒手人寰，也会有个追债的人将我们挫骨扬灰，永生永世不得安宁。

说实话，我犹豫过很久，想到孩子要在支离破碎的家里面，度过漫长凄苦的一生，我怕得肉发抖。碰巧，这户姓唐的人家，男人老实巴交，女人贤惠勤快。冥冥中是有缘分，他们正想领养孩子。我主动签了协议，不再与女儿相认。他们始终没同意我这样做，还撕毁协议说，往后我的日子过好了，可以把女儿接走。他们没有怨言。

女儿的名字是我起的，大名小名都叫唐糖。没有特别的含义，就希望她心里有糖，生活苦一点没关系。如今，我告诉你这些，是想说，倘若你的日子过得好了，也帮帮我的女儿。你也是做了爸爸的人了，定会理解我的心情。

我的女儿已经没了爸爸，很快也要失去我这个妈妈。想到女儿从此再没了亲人，我是整夜失眠。于溪，真是冥冥中的宿命吗？我的女儿正在经历与你一样的人生，你这么辛苦地熬了过来，也不知道她能不能像你一样熬过来。

2006年7月4日

时间消耗得毫无意义，目睹着现在的处境，我就像挣扎的羚羊，深陷在沼泽里，越挣扎越陷得深。

悲哀啊！我还是相信了命运，这辈子辛苦了点，没准下辈子会甜蜜些。

　　25号了，又是女儿的生日。往年还给她买个蛋糕，如今，也没能力做这件事了。

　　于溪，我很想对你说女儿的事，转念又想起你的好，做不出伤害到你的事。谁让我们生着柔暖的心，哪能当得了坏蛋。

　　你默默地付出，我看在眼里，又不知回馈。其实，人没有下辈子，何来报答之说。你的爱太沉了，背不动会伤了你。

　　多希望有下辈子呀，静心向佛，从晨曦到日落，替你诵经祈祷。

　　多希望有下辈子呀，只做你的影子，不去打扰，默默地注视就好。

　　多希望有下辈子呀，再好好爱一次，对你说，一万次爱你！

2006年6月25日

　　早上起床，读了一会儿书，记录了一些琐事。

　　时间正说明一切，真爱不会被打败。纵然，无法在一起，但我的心早已给了你。

　　这些照片，你还记得吗？你说，想建一座木屋，布置出原始的风格，不被打扰地休憩。

　　那一刻，你坚定的眼神，让我相信，留在你身边会多么快乐。

　　可是，你的妻子是优秀的，认真爱着你。车红丹也是奇女子，用心温暖着你。所以，同你近在咫尺，我也不敢触及你的灵魂。

　　有来生的话，别再以这样的身份相爱了，戴着面具似的，演了一出又一出闹剧。落幕的时候，一人委屈，一人哭泣。

2006年6月13日

　　今天想忏悔，奈何活得不够通透，才心生恐惧。

　　其实，没有天生的幸福，也没有谁剥夺了谁的幸福。所谓的幸福，只是一种心境；所谓的悲伤，又是另一种心境，只有智慧才能教会你选择。

从前不明白的道理，终于有了定论。难怪自己迷糊地度过一生，倘若早点明白倔强、任性、自私、冷漠的缺点，一切的一切早已迎刃而解了。

仁慈的主，祈求你赐予智慧，别让孩子继续着不幸！

2006 年 6 月 1 日

于溪，你受着煎熬，我何尝不是。现在的生活就像一潭死水，黑黢黢的，够不着底。这些年，没有迎来灿烂的人生，反而把平凡的日子糟蹋了。

好了，伤过也好，痛过也罢，都不如说些别的，不然冬天就更冷了。今天看见了雪莲，传说它具有治愈的力量。此时，香山的红叶也红透了吧？你从遥远的北京寄来的红叶，安静地躺在抽屉里，留予信笺的笔墨，正淡去痕迹，像落水的耳环缓缓沉落。

如今，我堆砌着故事，一笔一画地勾勒你的模样。今生没有负过任何人，唯独负了你。

2004 年 6 月 20 日

顶着好看的皮囊，谁还会去爱它的灵魂。如今，我要将皮囊打碎，看看还有多少真心在。

川藏公路，海拔 4000 多米，是死亡横行的地方。稀薄的空气，直射的阳光，凛冽的寒风，浮肿的身躯，从米黄再到褐色的皮肤，这就是我想要的。

看见浮肿的脸，开裂的嘴唇，粗糙的手脚，我开心地笑了。没有了往日白皙的脸蛋，有的只是起皱的干瘪的老脸，谁还会爱这样的我？

冬日的拉萨街头，游荡得没有方向，孤单得想哭泣。谁站在黑夜里问我，这些年过得怎样？谁能告诉我，怎会在最美的年纪遇见你，又在玫瑰绽放的季节离开你？

佛说，几世的轮回，才能弥补今生的错。今晚，站在纳木错湖畔，借着星光对你表达：等你，愿在回忆里老去！

2004 年 4 月 24 日

早上六点，准时醒来，突然想起，同你说声安好。

上午，采来几朵玫瑰，撕下片片花瓣，对着它们说，我好想你！

下午，洗完头发，坐在院子里，晒着太阳，思绪飘来，我好想你！

晚上，烛光昏黄，想寄封信给你，怎么也提不起笔。想着你的承诺，泪水夺眶而出，回应着窗外滴答的雨声。

山盟海誓，怎奈得过时间。我出现在站台，又黯然神伤地离去。望着你上车的背影，我知道你再不会回头看，而我依然死犟，想把说出的话变成现实。

是不是受过伤的心，才会这样犹豫？如果死亡能够解决一切，我愿纵身入海。

2003 年 12 月 24 日

今天是 28 岁生日，没心情收拾自己，睡到十点才起床。煮了西红柿鸡蛋面，又多加了一个鸡蛋，给自己过了生日。

10 岁生日，爸爸屋里屋外地忙。我时不时地偷菜。爸爸问我，长尾巴开不开心？我没有回答，但整夜兴奋得睡不着觉。

第二天，几个孩子围着一张小桌子，吃着美味的菜肴。记得于溪吃得最多，肚子都吃圆了。

20 岁生日，被房东赶了出来，在清河小营桥的天桥下呆了整晚，却没敢告诉你。不过，我很快又找到工作了。

今天又想你了，快两年没你的消息了。你的记忆里会不会早没有了我？但我确实来过。

最近不知怎么了，喜欢想从前的事。一到下雨天，就想撑着伞到外面走走。从前清贫，快乐简单，爬上树桠，快乐地歌唱：既然要走，就莫回头。丢下疲倦，轻盈而去。可如今，一双看不见的手，将我们的故事悄悄拉上了帷幕。台下茶盘里仍有余温，却不见了那个品茶听曲的人。空荡荡的舞台上，寂寞的歌不知唱给何人听？

于溪，你不要怪我离开你。当初，我也不舍过，挣扎过，只是走的那一瞬间，我觉得你没有我会过得更好。我以为只是和你谈了一场恋爱，却不曾想，你会留下惊鸿一瞥。

人生若是只如初见，该多好。你还是那个骑马归来的少年，在我伸手可及的地方。

可我还是做不了那个乖乖的丫头，更敌不过命运的安排。我只希望你在未来的每一天，都要好好照顾自己。

2002 年 3 月 5 日

我清晰地记得，不顾一切爱上你的冲动，仿佛周围黑压压的人都不见了。我只听见自己的心跳。你害羞地将头埋进我的怀里，那一刻你像个孤单的孩子，需要一个温暖的怀抱。

你沉默不语地看着我，安静地流着泪，那一刻你是幸福的。我想所有的委屈都过去了，你也需要我的安慰。

车缓缓地驶向青云山，我们看着彼此，好像时间都停止了。那一刻，我此生也无法忘记。

出了福州车站，上了往青云方向的车。在青云山脚下，随便找了一家旅馆。这一切是那么的随意，又是多么地迫不及待。

我们拥吻着倒在床上，飞速地褪得一丝不挂。你跟我讲，《茶花女》里的章节，描述的是主人公同茶花女在偏僻的乡下，两人在床上躺了一个星期，有说不完的话，饿了就随便吃点，有力气了就继续做爱。

那一刻，我多么希望我们也能像他们那样，身体永远痴缠在一起。

我们坐在旅馆的大厅里，听夏雨描述各地的风景。你抽着烟，我将剥好的芦柑塞到你嘴里。

那是属于我们的时间，只有两颗靠近的心，也无关风花雪月。

2001 年 8 月 12 日

最近，烟抽得特别厉害，以为自己还年轻，转念一想，又觉得自己老了，没有多少时间可以挥霍了。

年轻的时候，许多想做却又不敢做的事情，一件又一件地清晰记起。我后悔没有足够的勇气挽留住你，也后悔固执地淡出你的生活。

住在篦街的那段时光，总幻想胡同没有了尽头，同你一直牵手下去，一路走一路欢声笑语。如今，循声回望去，只见你一筹莫展，只是我在莫名心疼不已。

你大概不记得了，你说喜欢北京的午后，毫无思绪躺在草地上，能在蓝天上，一笔一画地画出房子，还有我们的未来。

可这一天，终究没有到来。命运就像交错的列车。错过了最美的风景，也记住了最美的风景。

那片，只属于你我的杂木林，又到了明丽灿烂的季节，满满的金黄的色调，缤纷的落叶，以及斜阳拉长的树影，很美，很漂亮了吧。

今天，很想写几个字，证明我的存在：既不回头，何必不忘。既然无缘，何须誓言。今日种种，似水无痕。明日何夕，君已陌路。

2001 年 7 月 21 日

于溪，你爱很多人，但最爱你自己。我感到羞耻，为你这样的人不值。你让我爱得卑微，像一只流浪的摇尾乞食的狗。昨天站在天台上，我差点就跳了下去。转念，想着满满的心喂了狗，根本就不值。

现在，你可怜的样子真的很丑。你觉得自己受伤了，觉得被抛弃了。真的是这样吗？你还是不够爱我，你倘若爱我，不会留下我一直等你，你倘若爱我，爬也会爬到我面前。

我可是为了爱你，抛弃了全世界！像你这样灵魂空洞的人，再多的欲望也填不满！算了吧，你只是不够爱我而已！

2001 年 7 月 19 日

今天离开了山村，想着以后再也不能回去，心里有点难受。

上午，大哥大嫂都来送我了。我听见女儿哇哇的哭声，竟然没有流一滴眼泪。也许，我想着她今生会过得比我快乐，多少有点欣慰吧。

我离家出走快一年了，明辉肯定急坏了。可是，我回去了，日子会改变吗？会变好吗？

突然，觉得连个说话的人都没了。

2001 年 3 月 17 日

女儿出生十天了，我也出院了。医生告诉我，女儿出生只有 3 斤 4 两，还抢救了两个小时。当时，我看着她不健康的样子，真担心她活不下来。

现在，看来我的担忧是多余的。女儿很乖，不哭也不闹，吃完了睡，睡完了吃，偷偷地长身体。

如今，小生命在我的怀抱里，我就在想啊，她虽然这么弱小，但是多么的干净啊！她眼睛是清澈的，皮肤是雪白的，血液是干净的。

大概，人都是这样来到这个世界的吧。从一开始，我们都想做个好人，心善地喜欢这个世界，可是慢慢地染上了污秽，甩都甩不掉，像是烙上去似的。

你们会责怪我的狠心吗，想着抛弃这么弱小的生命。我是很自私，转念一想，她如果没有我这样的妈妈，将来是不是更容易快乐点。

2000 年 7 月 5 日

　　明辉不知道怎样了，他就要当爸爸了。如果把这个消息告诉他，他会重新振作起来，给我们一个像样的家吗？我还是害怕。

　　我也快要当妈妈了。很想很想重新来过，干干净净地做人，看着孩子平平安安地长大。

　　不想这些不开心的事吧。大哥大嫂他们顾不上自己生活困难，天天忙着给我补充营养。大哥经常上山，每次出去就是一整天，逮不到东西，就不愿意回家。山脚下小河里的鱼，都快让他捉完了。

　　最近胃口特别大，米饭能吃三大碗，总不好意思自己添饭。大嫂看出了我的心思，她帮我盛饭时，把饭压得紧紧的。这样一来，我两碗就能吃饱。大哥辛苦弄回来的野味和鱼虾，摆上饭桌时，我竟不知怎么了，怎么吃都不是滋味。

1999 年 5 月 28 日

　　今天躺着晒太阳。几只正在下蛋的鸡，在院子里来来回回地走动。院墙外的竹林，在风的吹拂下，发出沙沙的声响。远处连绵的山延伸至天际，飘过山头的云像山脊上埋头吃草的羊。

　　突然，忍不住想描写下此刻的恬静。我又一次享受到家的感觉了。

　　今天，哥哥上山了。他说，准能逮一两只野兔。不知怎的，最近老是嘴馋，嘴上不说，心里想得厉害，所以期待着多少能吃上点野味。

　　嫂子早早扛着一大桶衣服出去了，到现在还没有回来呢。通往山脚的路很难走，河边又特别滑，真担心她会摔倒。他们两口子，尽心尽力地照顾我，多少让我觉得不好意思。

1999 年 3 月 10 日

靠近窗口的这端，再次想起你沉静的目光。初见你的那一眼，我的心便被你的目光灼伤。

起初，我习惯性地等在这里，等着你回过头，拉着我的手说，丫头，天晚了，我们回家吧。

每每回头张望时，你依然没有出现。甚至我会去想，一定要回到过去吗？

路和路的距离，越伸越长。你我是两个永不交叉的方向，即便我把路标转回昨日，也难恢复那种快乐和慌张。对你的感觉淡了，连我自己都没有察觉。

两个星期前，我就收到你的来信。我似乎不想参加婚礼，也不能大度地看着你牵着别人的手，走进婚姻的殿堂。

至于你问我，对你的爱是不是真切。我现在很认真地回答你，我爱你！也不知道还能爱多久，反正趁还能爱你的时候，继续爱吧！

哪天自己的心死了，人也不在了，下辈子，还不知道，能不能继续爱你。

有下辈子的话，我不愿做别的，活成一棵树，根植于你身旁，哪怕一辈子不能牵手，至少也能看得见你的喜怒哀乐。

我多清楚没有你的日子，每一秒都是煎熬，我爱你，爱到心痛，爱到呼吸困难，可是相比于你的幸福，你的未来，我的痛又算得什么。

送一首扎西拉姆·多多的诗给你。

《班扎古鲁白玛的沉默》
你见，或者不见我
我就在那里
不悲不喜
你念，或者不念我

情就在那里

不来不去

你爱，或者不爱我

爱就在那里

不增不减

你跟，或者不跟我

我的手就在你手里

不舍不弃

来我的怀里

或者

让我住进你的心里

默然相爱

寂静欢喜

1998 年 5 月 20 日

人性的丑陋，大概就是嘴里仁义道德、背地里干着吃人的勾当。强者鼓吹弱肉强食的道理，弱者想要反抗，便会受到肉体和精神的折磨。

弱者永远生活在底层，只有基本生存的权利。这样才能衬托强者的价值，美其名曰：替国家减轻负担，替社会分担责任。

冷漠的城市啊，充斥着多少尔虞我诈？虚伪的人啊，怎么能够心安理得地入睡？我适应不了冷漠，也无力改变，能做的只有逃避。我甚至想去没有人的地方生活，接受没有偏爱的大自然。我的命该交与自然去宣判，就让生死由命、由天作安排。

1996 年 1 月 24 日

几个月以来，我整天会胡思乱想，怕你真的消失了，再也不回来了。

冬日的清晨，我微笑地站在街头，看人来人往。他们朝气蓬勃，谈笑风生，一切又与我无关。

你会不会成了别人的新郎。从此你的快乐，再与我无关。

我躺在这梦里不愿醒来，你也不要叫醒我。

人们都说真爱，兜兜转转，还会回来，真是这样的吗？

只有在寂静的夜晚，我仍沉浸在孤独中，似乎又能看到过往的人，远远地走来。又是一个清晨，我看不到阳光。

1996 年 1 月 23 日

翻开很久没看的书，里面掉出一片黄色的银杏叶。

想起了刚来北京的那年。深秋的北京——这个城市最美的季节，在你的校园里，你兴致勃勃地爬到栅栏上摘下这片银杏叶。

我们分开很久了，是很久了，久得我已经快忘记了你的模样。

我无数次梦见自己长出了翅膀，不顾一切地向你飞去。我又常梦见，自己坐在树林里哭泣。

医生说我得了抑郁症，可我仍觉得很好，并且开始看《圣经》了。

我现在想对你说，那个夏日的午后，那个躲在门后的羞涩的少年，莫名其妙地走进了我心里。

我仍想着他，也不知道还能想多久。想在去过的每一个城市，寄一张明信片给他，却不知道还能寄多久，寄往哪……

同你的最初的相遇，我认为是最难忘的。细细想来，那不过是一场华丽的表演，就像花丛中飞舞的蝴蝶，进行生命最后一次表演，然后，落地。

忽然想起，胡兰成写给张爱玲的婚书：愿现世安稳，岁月静好。

挚友，舒晓
1996 年 1 月 22 日

若你离去

　　阅读完舒晓的日记，发现她似乎从未离开过。这么多年以来，她就像玩躲猫猫的小孩，想藏得远远的，又怕被发现不了而失落。

　　她寄了很多没有地址的信，然后又消失得无踪无影，似乎这成了她最大的快乐。

　　K2285 次列车，行驶了差不多一天一夜。天空微亮时，才到达昆明。从昆明坐汽车，又是 10 多个小时，才到达金平县城。从金平县城到营盘乡 4 小时的车程，然后还有几个小时的山路。

　　云南的阳光温暖，倒让我有了些许的不适应。不过，远离了喧嚣，心情竟也舒畅不少。我再次想起那张笑脸来，想到她对我说过的话，我不属于城市。

　　两个多小时的山路走完，终于抵达了半山腰的木屋。木屋如舒晓日记里描述的那样，安宁又古朴。

　　屋里的两口子见到了我，似乎一下子就明白了过来。他们什么话也没问，迎我进了屋。

　　我坐了下来，深吸一口气，捂住肿胀的脑袋，告诉他们，我和舒晓同村，如同兄妹。当然，我没有带走唐糖的意思，只是想看看孩子。

两口子突然明白什么，眼里闪出了泪花。

舒晓说得没错，这对夫妇是淳朴善良的人。唯一让我不满的是，他们没有让孩子接受教育的意识，以至于唐糖还在无忧无虑地玩耍。

在我们聊天的功夫，一个五六岁大的孩子，从屋外冲了进来，一头扑在了女主人的怀里。孩子满头大汗的样子，一定是玩得贼狠了点，连头发都湿了。

男主人端起桌上的茶缸，耐心地给孩子喂了几口水。

孩子喝完水，才注意到我。她看了我一眼，又赶紧转过头，再次埋进女主人的怀里。

孩子就是唐糖没错。她高高的鼻梁，小小的嘴巴，薄薄的嘴唇，像极了唐明辉。她圆润的脸型，红扑扑的脸蛋，同小时候的舒晓如出一辙。她那双扑闪的大眼睛，长长的眼睫毛，像扇动翅膀的蝴蝶，又是一个富有灵气的舒晓。

小女孩趴在妈妈的耳边轻声问："妈妈，他是谁呀？"

女主人拭了一下眼泪，言语哽咽地说："孩子，他是伯伯，从很远的地方来看你。"

我点了点头，努力地朝母女俩笑了笑。

小女孩走上前，仔细看了看我，挠着小脑袋问我："我怎么不认识你？"

我尴尬地笑笑说："可我认识你哦，你是叫唐糖吧？"

小女孩扑闪着大眼睛，疑惑地看了我一会儿，然后点了点头。

"伯伯可以抱抱你吗？"

我上前，蹲下身子，将她抱在怀里。唐糖腼腆地冲我笑了笑，又用力推开了我，朝院子外面跑去。

大家回过神时，唐糖正搬动着骨灰盒。临进院门前，考虑当地的习俗，我把骨灰盒留在院门外，就是没想到唐糖会整这么一茬。

女主人赶紧冲出屋外。我也慌张地追了出去。

唐糖已经打开了绑紧的绒布，正指着骨灰盒子上的照片问我："这又是谁呀？"

一时间，气氛紧张了起来。我连忙摆了摆手，示意他们不要回答。

"你应该叫她姑姑。你刚出生那会儿，她还抱过你。"我语气平和地说，眼泪控制不住地涌出来，"以后，你能经常去看她吗？"

小女孩立刻摇了着头说："我不想去很远的地方。我就要爸爸妈妈。"

趁唐糖不在，我坦白了此行的目的，按广洋湖镇老祖宗的规矩，未婚少亡人，倘若无子嗣的话，不能葬在规划地里，也不能立碑。

唐糖的养父母表示理解，当即同意随我走。我们商定好，等过完下葬，再送他们回云南。

隔壁村的潘永年，广洋湖镇的风水先生，外号潘大师。

国富请到潘永年，好酒好烟地招待了一番。潘大师前往规划地走了一圈，随手指了湖堤东坡的空地，敲定了舒晓墓地的位置。

当即，我提出了质疑，说不准哪年修湖堤，又要迁墓地。再说几十年下来，村里没有在湖堤上修坟的先例。要是随意下葬，同大河西的"乱葬地"有啥区别。

国富制止了我，说我不该怀疑大师的判断。

潘大师不以为然地说，明明是块上等的宝地，风水绝佳，面迎三岔河，背临荷藕田，俯瞰整座规划地。

国富安慰我，潘大师说得也对，死者为大，入土为安。再说，国家出台了建公墓的政策，说不准哪天，就平掉了规划地。

最后，潘大师强调，墓穴宜小，2*1米是上佳规格，可化戾气；墓碑宜简，雕饰忌繁絮，佑后人昌运；日子宜仲冬，十七日上佳。

11月17日，下了两天的雪停了，村庄四周的田野白茫茫一片。

离村庄3公里开外的野地，是村里一百多年来，集中下葬死人的墓地。七十年代，公社搞平坟还田运动中，在咱村划了块荒滩，用于集中下葬死者。这便是规划地的由来。

厚厚的积雪覆盖住了整个规划地，半圆形的坟墓，远远看过去，就像一毡毡白色的蒙古包。

舒晓下葬的日子，村里没有一个人前来，连国富那个爱凑热闹的老婆也没来，规划地特别冷清。

银装素裹的荒地里，只有我、国富、还有唐糖一家三口。当然，还有寒风中摇曳着身子的芦苇和香茅。

墓穴预留的洞口，刚好比骨灰盒大了一点。国富将骨灰盒放置进了墓穴，又挖了几锹土，用力夯实。

燃烧的冥纸借着风势，短短几分钟，化成了灰烬。唐糖爬上了高高的坟头，又勇敢地滑下来。短暂的刺激，让她快乐无比。

烧完了纸钱，我将唐糖抱在怀里，捏了捏她红扑扑的脸蛋说："你就别胡闹了。"

唐糖明白似的点了点头，然后指着墓碑问我："上面写得啥？"

我看着大理石墓碑，一字一字地念道："故慈姊舒氏晓之墓。生于七五三月五，殁于零六八月十七。女唐糖敬立。"

"为啥，还有我的名字？"唐糖依偎我怀里，缩着脖子，天真地问，"姑姑不是死了吗？"

"来，唐糖。给姑姑磕头。"

国富接过唐糖，教她学磕头。唐糖十分听话地跪在雪地上。国富刚刚合手，默默念起来。唐糖就拍起小手，乐呵呵地笑起来。

"我看，还是算了吧。"我又把唐糖抱到怀里，掸掉了她裤子上的雪渣。

"伯伯，人为什么要死呀？"

我突然愣了一下，看着跪在地上的国富，一时不知如何回答孩子。

"谁让你妈不给你读书，不然早就明白这些道理了。"国富转过头，看着唐糖说，"我告诉你哦，除了这个世界，还有另一个世界。那里有好多玩具……"

唐糖歪着脖子，扑闪着大眼睛，将信将疑地看着我。

"狗娃说过，人死了就不能玩了，只能看着别人玩。"

"伯伯给你讲讲《彼得潘》的故事。小彼得潘长出了翅膀，飞到了很远很远的岛上。岛上住着很多很多的人，有爷爷、奶奶、爸爸、妈妈、姑姑……"

"没有伯伯吗？"

"有，伯伯也在，熟悉的人都在。"

唐糖赞同地点了点头，然后满意地搂住了我的脖子。

下葬结束后，国富从湖堤滑了下去，然后穿过一条河坝和一片芦苇滩，直接进到"鬼化地"。他带去剩下的纸钱，给他的父母、我的爷爷、舒晓的继父、兰姨，一并烧了些。

我领着唐糖，沿着湖堤上，从通往村里的小路返回。

一路上，走着走着，我的脑海里不断闪现出湖堤四季的景色，春天的油菜花，夏天的虫子，秋天的蒲公英，冬天的白雪，只是那时候，我们都在。

第二年开春，国富领着泥瓦匠，推倒了我的土坯房，盖起了两间砖瓦房。

我要求简单翻新。国富倒好，自掏腰包，给我重建了新房。不过，他多少给我留了点念想，新房建在老地基上，房梁和椽子，也是用的旧的。只是，还剩许多旧木料，扔了怪可惜的。

翻新结束后，我竖起旧房顶板、门板、旧床板，蒙了层油毡布，搭了一间简陋的灶房，用上了爷爷留下的旧锅碗瓢盆和瓦罐炉。

国富见新厨房不用，盛怒之下，嚷着要拆了那间格格不入的灶房。我制止了他，说自己一个人开锅，不想讲究太多。在我的坚持下，他理解、妥协了。

选了一个晴好的日子，我翻出箱子里、柜子里的衣服和物件，全部洗刷、晾晒了一遍。

十多年没翻动过的箱柜，里面霉味、鼠骚味大得很。旧物件还好，旧衣服就没几件完整的。留下的爷爷的青布棉袄，更是烂成了一堆棉絮。当初，村里老人叮嘱再三，烧光死者生前的衣物，不然会粘晦气。我不以为然，结果还是被时间捷足先登了。

箱柜里，最完整的衣服，也就是一件涤纶的帽衫，可能涤纶材质容易保存，也可能是我只穿一次的原因。

在我穿完后，爷爷便就把它压进了箱底，再没拿出来过。也许，他是怕我看见了，会难过。

说起涤纶的帽衫，是爷爷趁着热闹的除夕夜，背了一袋米，走了十几里路，从地摊上换来的。

不过，那个除夕是我哭得最伤心的一晚，也是最不懂事的一晚。当时，我想到别的孩子会穿新衣服过年，就跟爷爷闹腾个不停。他好说歹说，我就是哭着听不进。最后大半夜的，他扛起一袋米，走出了家门。

天快亮时，他才回到家，拿回了新买的衣服。我这才停止了闹腾，穿着漂亮的草绿色的套头衫，挨家挨户拜年，讨到了许多瓜子、花生、糖果。

满心欢喜回到家，爷爷穿着旧青布棉袄，坐在桌前发呆。他见我回到家，一把将我搂在怀里，然后说，对不起我，让我受了委屈。也是，那一天，我一下子长大了，开始十分用功读书。

晾晒青布棉袄时，从口袋里掉出一个红纸包。刚开始，我以为是爷爷用来做"关目"的符。拆开一看，才知道是关于我身世的内容。

冬月初三，是我的生日，也是爷爷发现我的日子。那天，他像往常一样，替村里收集大粪。结果，在卫生院的粪坑里，发现了我。那时，他看到我通体发紫，还有呼吸，觉得可怜，就带回了家。

他也打听了很多年，也没能找到我的亲生父母。他本想把这个秘密带走的，但又怕断了我的念想。

可能，冥冥注定的天意，让我知道了这个不好、也不坏的秘密。

这年的秋天，黎冰的父亲病重，想见我一面。我便请了几天假，去了趟杭州。

杭州第一人民医院，我见到了那个最不愿见的人。黎冰告诉我，她爸爸得了肾坏死，拖着想见我一面，才肯动手术。

他安静地躺在床上。黎冰母亲告诉他，我来了。他才睁开眼睛，然后用力指了指门。

陪伴的人退了出去，留下我在病房。眼前，那个熟悉又陌生的人，已经让病痛折磨得不成人形。我想说点什么，可是胸口的诸多繁绪，又不知该先表达哪一个。

他突然拉过我的手，紧紧地搜在胸口。他的眼睛明亮有神地盯着我，然后又噙满了泪水。

我明白他想说什么，所以点了点头。那一刻，他没有说一句话，但是眼神里已经没有了不安和恐惧。或许，我的到来，已经让他释然。

我也没有说一句话，但心情格外舒畅。也许是等到了他认可的这一天，也许是享受到了一种平等，两个男人之间互相尊重的平等。

医生进来时，我有点难过，退出门外。拉开门的一刹那，我回头看了他一眼。他也正看着我，脸上露出难以琢磨的笑容。那是，见他第一次对我笑。

杭州的天气闷热，湿嗒嗒的，远不如乡下清爽。坐在豪华车里，头晕得厉害，紧接着，是阵阵的心悸，莫非自己也患了绝症？

黎冰问我，脸色白得很，是不是哪里不适？我只是感叹了一下，几年的时间，杭州已是如此繁华。

紫云山庄，那幢熟悉的别墅，早已重新装修了一番。

链条锁的铁栅栏大门不见了，取而代之的是感应锁的铜门。车辆靠近时，大门会自动识别车牌，然后缓缓打开。别墅内，欧式的家具、窗帘、挂件，也全都不见了，取而代之的是简约风格。

餐桌上，主位席空着。男主人还在厨房里，忙活最后一道菜。黎冰知道我爱喝酒，从酒柜里取了瓶茅台。她让我喝喝看，不喜欢的话，可以自己去挑。

我尴尬地笑笑，然后倒了半杯，喝了一大口。酒是好酒，喉咙只辣了几秒，嘴里就立刻回甘，冒出浓烈的香味。

我夸酒好。黎冰就说，酒柜里的酒，我可以全部带走，反正，她家也没人喝。

她还告诉我，她老公替我谋了份政府部门的工作，干个几年就能转正。

说话间，男主人系着围裙，端着澳龙刺身，摇摇摆摆地走近餐桌。

黎冰顺手掐了老公的肚子一下，然后娇嗔地说道，你快点嘛！于溪，都饿坏了！

男主人揉了揉肚子，然后堆满笑容，对我说，马上！马上！

他大腹便便的样子，倒是十分可爱。我瞧他啥都好，应该是个疼老婆、爱孩子的顾家男人。唯一美中不足的是，他正在发福，腰部的肥肉下坠得厉害，头发也谢了顶，发际线快到了耳鬓。

他脱掉了围裙，从厨房跑了出来，然后，简单介绍了几道自创的菜品，马赛鱼羹、黑椒牛排、翡翠残阳、凤求凰。

精致的中西式菜肴，出自一个居家男人之手，的确让我佩服。可是，不知是菜的味道古怪，还是喝多了白酒，中途，我借口上了趟卫生间，吐了个精光。再回来时，彻底没了胃口。

下午，我坐在院子里的秋千上，等着黎若希放学，就像5年前的秋天，黎若希等着挑货郎的孙女一样。只是，挑货郎的孙女再也没来过。

男主人欲表地主之谊，想带我四处转转。他说，杭州人杰地灵，西溪湿地最美。

听闻他一口熟悉的江苏口音，我总觉得别扭，对西溪湿地也没了期待，所以便拒绝了。

黎若希回到家，见到我，愣了一会儿。我叫了她的名字。她没有搭理我，扭头跑上楼，锁上了门。

晚饭时，黎若希不肯下楼吃饭。黎冰催了几遍，最后，只能作罢。

那晚的夜，异常的寂静，闻得见窗外蟋蟀的鸣响。

酒精的作用，我又失眠了，反复思考：留在杭州，准有体面的工作，也能常常看望黎若希。只是我真的喜欢城市吗？还能适应城里的生活吗？

凌晨两点刚过，我听到门外有动静，先是轻轻的脚步声，然后是纸张塞进门缝的声音。

我捡起地上的作业纸，上面写着工整的书法字：爸爸，你就是个骗子！你没给我打过抚养费！妈妈说你没钱，我才不相信！以后你得按月给我打钱，不然，我就去法院告你！再告诉你一个秘密，新爸爸不是我爸爸，你才是我爸爸。

客房里的吊灯亮了一宿，我只和衣眯瞪了一会儿。醒来时，窗外蒙蒙亮，灯光转成了苍白色。

我端起精致的水晶杯，喝光了里面的水，然后托住沉重的头，撑开疲倦的眼睛，望着窗外……

我只想好好活着，守着家里那只孤单的猫。

假如爱有天意

2017 年，广洋湖镇撤了村办小学。我因腿脚不便，索性辞了工作，安心呆在家里写作。

同一年，也就是 2017 年，黎若希考上了中央美术学院。高考过后，她带着录取通知书，过来看望我，并同我相处了几天。

临走时，我去车站送她。她突然哭着说，印象中的爸爸很年轻，而你已经这么老了，腿也瘸了。

当时，我自嘲了一番，生活就像一本书，会表达的人记录在文字里，不会表达的人写在了脸上，刻在了身上。而我就是一本能静、会动的书。

若希还告诉我，她没花过我寄去的钱，也清楚我生活得困难，但就想收到我每月打去的钱。

若希想独立赚钱，让我往后不要寄钱，写信就好。我说，好！那一刻，她真的长大了。

时间一晃，又过去了几年，年轻人陆续外出打工，只在逢年过节时回村探亲；留守村庄的老人也搬到了镇上，专职陪伴娃娃读书。这样一来，村里剩不了几个人。

十三年前，翻新过的房经常转潮，导致摔断过的左腿隐隐胀痛。不过忍一忍，也就过去了。平时我也会注意控制湿气，擦一擦水泥地面上的水珠，接一接檐上滴落的雨水。这样一来，腿疼的毛病，会大有改观。

说起自己的断腿，没有好好医治，才落下了病根。不过我也没有打算治好它。当时要治的话，花个几百元，去趟医院，是能治好的。

可能是天意吧，不然荒远的规划地怎会蹿出一只花猫，让我躲避不及从摩托车上摔下来。不过我摔断了腿，花猫非但没走还跟回了家，陪伴了我几年。

这么多年过去了，村里想帮我撮合亲事的人很多。国富老婆就介绍过隔壁村的王寡妇。

王寡妇人品不错。她的丈夫安装空调过程中，意外坠亡后，她便守寡了十多年，从没有过负面新闻。她还开了间理发店，独自拉扯着女儿。孩子考上了大学，她才想安心找个伴，这才看上我。

当时，我没给王寡妇痛快话。扭扭捏捏过了几个月，再回头找她时，她已经改嫁了。

村里要替我办五保户证明，被我拒绝了。一是，觉得自己还有收入，养老不成问题。二是，自己是村里第一个大学生，没有理由成为社会的负担。

就这样，我又是一个人生活了下来，基本不与人打交道，只同国富走动走动，喝几杯老酒。

国富承包了一百多亩水田，又搞了十几亩的水产养殖。几年的功夫，他混得风生水起，成了村里的种植大户和镇里的致富带头兵。不过，他从来没有嫌弃我这个发小。

这次，远到漠河了却心愿。一是，送唐糖到北京服装学院报名，二是，国富的撺掇，让我下定了决心。

说是国富的撺掇，不如说是他点醒了我，让我做了几十年的、迷迷糊糊的梦醒了。

那天中午，我正在瓦罐炉上做饭。国富提着一块猪肉几个熟菜、两瓶二锅头，找上门来，说要来搭伙。

在河边码头，我洗完菜，回到家，看到瓦罐炉碎成几块，里面的柴火还冒着青烟，锅里煮熟的鸭肉，也倒在了潲水桶里。国富坐在门槛上，垂头丧气，也不看我。

我察觉出什么不对劲，但也不敢多问些什么。

短暂的沉默后，他终于爆发了，一脚踹坏了厨房的木板墙。我吓得赶紧跳到一旁。

"今天，非把你的窝拆了不可！"

他说着话的功夫，便把木板搭建的厨房拆得差不多了。他的所作所为，既回归了孩子气，又沾染着江湖习气。一个50多岁的人，实在不该这样做。

"今天烧的鸭子哪来的？"他发泄了一通，开始责问我，"是不是王三家的？"

"是的！"我理直气壮地回答，"又不是偷来的。"

"要不是碰见了，我还不信。多少人看你笑话，你知道不！"他怒吼道，"他妈的，这个王三也是缺德！死掉的鸭子，不把它埋掉，扔在河里，就是等你去捡！"

我反驳道："都是刚死的！死久了，我能闻得出来。只要烧熟了，放点白酒，啥细菌都杀死了。"

"你他妈的，读这么多书有个屁用！读傻了，知道不？"国富满嘴喷脏话，不堪入耳，"你杭州的老婆多有钱，在乎你几个臭钱！还有云南的丫头，是你亲生的吗？你天天吃些捡的东西，他们哪个知道？王寡妇看不上你了，不是你腿瘸，是怕你负担太重，怕把你逼死……"

"够了……够了……"我脑袋一蒙，哀求道，"咋感觉自己才活了几年，没想到挨着，挨着，就快过了一辈子……"

"好了，好了，我不说了。"

国富拍了拍我，然后搬出桌凳，摆上熟菜，倒好酒，坐了下来。我端上一束塑料花，搁在桌子中间。国富嫌弃地看了我一眼，不过没再说什么。

四月的空气里，弥漫着淡淡的清香，有油菜花的味道，槐花的味道，柳叶的味道，还有好多，好多。和煦的春风里，温和的阳光下，我们喝得痛痛快快，昏昏沉沉，仿佛时光又回到了三十年前，国富在上海四处闯荡，我努力学习，迎接功成名就的一天。

"于溪，你出去走走吧，就是出家也行。"国富似乎喝醉了，对着空气大喊，"舒晓，你给老子听着！你不心疼我兄弟也就罢了！他到底欠你多少债，咋就还不清了……"

说完，国富搂住我哭了起来。我也跟着哭了。

"于溪，听我的！"国富冷静下来，又继续劝说道，"舒晓的女儿叫什么名字来着？唐糖，对，是唐糖，听说今年也考大学了。你肯定要送她去报名。"

我点了点头，明白了他的意思。

2020年，我继续着北上的行程，看完了夕阳染红的未名湖，又去攀爬了火红的香山，踩了踩寒冷刺骨的北戴河的水，又骑行完广袤无垠的内蒙草原。

从昏睡中醒来，列车已悄然穿过一座座陌生的城市。

舒晓正在对我说，我们应该感谢爱。它让生活变得简单，思绪简单，甚至生命形态简单，就像忙碌的蚂蚁、寄生的小虫，漂浮的尘埃。

我站在窗口张望，没有阳光，也没有月光，只在思考：人为何来到这个世上，又为何选择离开。若不在人间，何来千愁百忧？

若有来生，我愿做摇蚊，生命短暂，顾不及一声叹息。

若有来生，我愿做摇蚊，忙碌于晨暮之间，哪管得了山崩地裂，海枯石烂。

若有来生，我愿做摇蚊，眼里只有黑和白，哪管人类的多愁伤感。

若有来生，我愿做摇蚊，朝灼热的太阳飞去，再化作粒粒尘埃，环顾这热闹的世界。